艾凡里的安妮

〔加〕露西·莫德·蒙哥马利　著

黎靖阳　译

中国言实出版社

图书在版编目(CIP)数据

艾凡里的安妮 /(加)露西·莫德·蒙哥马利著；
黎靖阳译. - 北京：中国言实出版社，2022.6
ISBN 978-7-5171-4167-9

Ⅰ. ①艾… Ⅱ. ①露… ②黎… Ⅲ. ①长篇小说－加
拿大－现代 Ⅳ. ①I711.45

中国版本图书馆 CIP 数据核字(2022)第 084858 号

艾凡里的安妮

责任编辑：张馨睿
责任校对：郭江妮

出版发行：中国言实出版社
　　　地　　址：北京市朝阳区北苑路 180 号加利大厦 5 号楼 105 室
　　　邮　　编：100101
　　　编辑部：北京市海淀区花园路 6 号院 B 座 6 层
　　　邮　　编：100088
　　　电　　话：010－64924853(总编室)　010－64924716(发行部)
　　　网　　址：www.zgyscbs.cn　电子邮箱：zgyscbs@263.net

经　　销：新华书店
印　　刷：三河市元兴印务有限公司
版　　次：2022 年 7 月第 1 版　2022 年 7 月第 1 次印刷
规　　格：695 毫米×980 毫米　1/16　18 印张
字　　数：230 千字

定　　价：48.00 元
书　　号：ISBN 978-7-5171-4167-9

　　这部小说一开始就以安妮与新邻居哈里森先生（Mr. Harrison）的纠纷开始——由于哈里森先生抗议安妮的牛"多利"糟蹋他的田地，所以当安妮看到哈里森家的田地上有头牛时，她立刻跳进泥地里抓它。将牛转手卖掉之后，安妮才突然发现那其实不是自家的牛……十六岁的她，即便成了小学教师，还是糗事不断，幸亏她总能乐观面对。有安妮在，绿山墙常有笑声，在玛丽拉收养表弟学生的遗孤戴维与朵拉（David & Dora）之后，这间房子更是热闹不已。

　　教书生涯展开后，安妮很快就面临理想与现实的落差——当初她发誓绝不体罚学生，然而经历了"爆竹事件"，又在自己抽屉里发现一只死老鼠之后，她第一次动用教鞭教训了始作俑者安东尼·派伊（Anthony Pye）。让安妮不解的是，自从她"修理"了安东尼之后，对方竟然表示对她大为拜服！

　　尽管艾凡里小学有许多胡闹的学生，安妮也遇到她眼中的英才——爱写诗的男孩保罗·欧文（Paul Irving）。保罗在母亲去世后，被送到父亲的老家与奶奶同住，但因为想象力丰富，他并不孤独。巧合的是，安妮与戴安娜有次出门迷路，意外地认识了石屋"回声小屋"（Echo Lodge）里有童心的老小姐勒万达（Miss Lavedar）与她的忠仆夏洛特四世（Charlotte The Forth）。勒万达小姐正是保罗父亲的前未婚妻，当年因矛盾而分手。安妮和勒万达小姐很投缘，因此牵线带保罗去拜访她，最后终于促成她与保罗父亲复合。

　　安妮生活的另一个重心是艾凡里的促进会（the Lmorovement Soclety，简称 A. V. I. S.）——村中年轻人组成的社区营造团体，安

Ⅰ

妮、戴安娜、吉尔伯特都是成员。他们沿道路种植景观赏苗木,粉刷公共场所,劝说各家各户修老屋、维护草坪,想把村子改造得更加美丽宜人。村民们都很支持,唯有博尔特先生(Mr. Boulter)不肯拆掉他那摇摇欲坠的老屋。

村里的亚伯大叔(Uncle Ape)以气象预报员自居,但他的预测并不太准。安妮执教第二年的五月,报上刊载了一则亚伯大叔的预言,说艾凡里将有大风暴,大家都不以为意。谁知当日,一场大冰雹真的降临,村中多人受伤,不少房屋受损,而博尔特先生的老屋也倒啦!尽管促进会种植的苗木多半付诸东流,但各家已经开始促进景观,安妮对促进会的前景依然乐观。

林德夫人的丈夫去世了,玛丽拉邀她后搬进绿山墙,一起照顾戴维与朵拉,好让安妮能辞职去念大学。听到安妮要离开,艾凡里小学的孩子们难过不已。

尽管这一册里,安妮还没修爱情学分,但最末几章戴安娜答应了弗雷德的求婚,哈里森的妻子来到艾凡里与他团聚,勒万达小姐也终于要结婚了。"回声小屋"的婚礼结束后,听安妮赞叹勒万达小姐与欧文先生的重逢很浪漫,吉尔伯特却说:"如果他们之间没有那些分离误解,手牵手走过人生,有更多属于彼此的回忆,不是更好吗?"

目 录

第一章

暴 跳 如 雷

一个八月的午后,爱德华王子岛的一间农舍前,她坐在宽敞的红砂门阶上,品读晦涩的维吉尔的长诗。① 这是一位身材高挑的少女,芳龄十六岁半,有着深灰色的瞳仁和红褐色的秀发。

蓝雾温柔地包裹着丰收的山坡。微风轻拂着白杨,仿佛精灵细语。大片火红炽烈的花在风中翩翩起舞,映照着樱桃园一角低矮暗淡的冷杉。在如此宜人的八月午后,与拉丁语的史诗相比,做一场金秋的美梦更令人惬意。安妮双手托腮,目光停留在哈里森先生家上空松软的云团上。它们越堆越高,如同一座雄伟壮丽的雪山。她逐渐陷入对未来的甜蜜憧憬中,想象着自己在教育界大显身手,培养出诸多政坛新星,激励青年才俊们志存高远、大展宏图。不经意间,《维吉尔诗集》滑落地面,而安妮依旧沉醉在乌托邦中不愿醒来。

然而,理想很丰满,现实太骨感。艾凡里学校似乎并没有多少可造之才。当然,安妮会尽量不去这么想。如果老师能对学生们产生积极深远的影响,没准可以力挽狂澜。安妮脑子里有些不切实际的理想,她认为只要方法得当,一名教师也能实现这些目标。她仍沉浸在幸福的画面中,幻想着四十年后,一位大人物握着她布满皱纹的

---

① 维吉尔:古罗马诗人,代表作为拉丁文史诗《牧歌集》《农事诗》《埃涅阿斯纪》。

手,鞠躬致敬。他郑重其事地说,正是安妮首次点燃了他内心的鸿鹄之志,而他一生所有的成就都归功于当年在艾凡里学校,安妮言传身教的点点滴滴。尽管还不知道他会是何方神圣,但安妮希望他最好是一位大学校长,甚至是加拿大总理。就在这时,她的黄粱梦被无情打断。

一头温顺的泽西小奶牛迈着小碎步跑过,仅仅五秒过后,哈里森先生就出现了。说"出现"也许太温柔了,他根本就是突然冲进院子里。

他完全等不及开门,直接跨过栅栏蹦了进来。他怒不可遏地冲到目瞪口呆的安妮面前。此时安妮已经站起身,一脸茫然地望着他。哈里森先生是他们的新邻居。尽管他们见过一两次面,但她还从没和他打过交道。

罗伯特·贝尔先生的农场紧挨在卡斯伯特家的西边。四月初,安妮从皇后学院回来以前,他就已经把农场卖掉,搬去了夏洛特敦。买他农场的人正是哈里森先生。他是新不伦瑞克人。这是当时大家对于哈里森先生仅有的认识。来艾凡里不到一个月,他就成了公认的"怪咖"。"脾气古怪的家伙,"瑞秋·林德太太说道。瑞秋太太是一位心直口快的女士,认识她的人都深有感触。哈里森先生显然与众不同。这是一个"怪咖"的基本特征,你懂的。

最初,独居的哈里森先生公开声明不希望有愚蠢的妇人在他的地盘晃悠。这下他可捅了马蜂窝,爱嚼舌根的艾凡里人迅速展开报复。坊间流传起他的斑斑劣迹,大多是关于家务活和做饭的问题。他当初雇用了白沙村的约翰·亨利·卡特来干活,这些传言正是约翰·亨利开的头。首个问题是,哈里森家没有固定的用餐时间,哈里森先生饿了才吃饭。如果这会儿约翰·亨利也在屋里,他就过来和哈里森先生搭个伙。但是,假如约翰·亨利在外边干活,他回来想吃饭的话,就不得不等到下一次哈里森先生的"饥饿魔咒"显灵了。约翰·亨利难过而激动地说,得亏他每个星期天能回家填饱肚子,并且第二天一早,他的妈妈装一篮子吃的让他带着,否则他早就饿死了。

其次就是关于洗碗的问题。这绝不是吹牛。若非到了下雨的星期天,哈里森先生绝不洗碗。到了这天,他会把餐具一股脑地扔进雨水桶里一次洗完,最后再把它们沥干。

哈里森先生受邀给牧师艾伦先生捐款时,再次展现了他一毛不拔的个性。他说他必须先看看自己能从布道中享受多少好处才会考虑捐款,他可不提倡盲目消费。当林德太太去给教会捐款时,她顺便参观了他家。他对林德太太说,艾凡里的不信教的长舌妇比别的地方多多了,只要林德太太赞成,他非常乐意捐款给教会,用以教化她们信仰基督教。林德太太听到这里便抽身离开了。她说可怜的罗伯特·贝尔太太是多么幸运,如今能安然长眠于地下。如果她仍在世的话,看到她曾经引以为傲的家是现在这个样子,非得肝肠寸断不可。

"你说为什么?她以前隔天就要给厨房拖地,"林德太太义愤填膺地对玛丽拉·卡斯伯特说,"你看看现在厨房里是什么样!我走进去的时候都不得不提起裙摆。"

最后一个问题是,哈里森先生养了一只名叫"金杰"的鹦鹉。此前艾凡里还没人养过鹦鹉,因此人们把他的行为视作离经叛道。这只鹦鹉真是要命!如果你相信约翰·亨利·卡特的话,那么世上再没有比这更坏的鸟了,它恶毒话连篇,出口成"脏"。若不是卡特太太还没为约翰·亨利找到心仪的下家,她早就让约翰·亨利辞职走人了。而且有一天,由于约翰·亨利在弯腰的时候和鸟笼贴得太近,金杰竟在他的后脖子上叨下了一块肉。每到星期天,不幸的约翰·亨利都会回家。这个时候,卡特太太就会给人们看他脖子上的伤痕。

当哈里森先生怒火中烧、一言不发地站在安妮面前时，这些往事在她的脑海里一晃而过。即使哈里森先生表现出和蔼可亲的态度，他也不是一个相貌英俊的人。秃顶的他是如此矮胖，而现在，他的圆脸更是气得发紫，那对暴突的蓝眼睛仿佛要从脑袋上蹦出来。安妮觉得他真是自己见过最丑的人，没有之一。

就在这时，他突然开口说话了。

"我再也无法忍受了，"他气急败坏地说，"就算一天也不可以，你听到了吗？小姐。上帝保佑，这已经是第三次了，小姐。第三次！我已经忍无可忍了，小姐。我上次警告过你婶婶下不为例，但她不知悔改。我想知道她到底是什么意思。这就是为什么我今天站在这儿，小姐。"

"你可以告诉我你遇到了什么麻烦吗？"安妮以最威严的语气问道。最近她一直在训练这种语气，以便它能在开学后派上用场。但是火冒三丈的哈里森先生显然对此无动于衷。

"麻烦，是吗？上帝保佑，要我说，麻烦大了去了。小姐，麻烦就是我发现你婶婶的泽西奶牛又糟蹋我的麦田去了，就在不到半小时以前。第三次了，你给我记着。上个星期二我就看到它，昨天又看到它。我来这儿警告你的婶婶下不为例，她却重蹈覆辙。你的婶婶在哪儿，小姐？我要见见她并好好教训她，让她听听我的心声，哈里森的心声，小姐。"

"如果你说的是玛丽拉·卡斯伯特小姐，她并不是我的婶婶，而且她已经去东格拉夫顿看望她病重的远房亲戚了，"安妮字斟句酌地说道，"我的奶牛冲进了你的麦田，对此我深表歉意。它是我的奶牛，不是卡斯伯特小姐的。马修从贝尔先生手里买下它，然后在三年前送给了我，当时它还只是个小牛犊。"

"歉意，小姐！歉意根本无济于事。你最好去看看那畜生在我的麦田里干的好事。从麦田中心到田边,它把麦子踩了个遍,小姐。"

"我非常抱歉。"安妮诚恳而坚定地重复道,"但是如果你能把栅栏好好修一修,多利①也许就不会闯进你的麦田了。那条横亘在你的麦田和我们牧场之间的栅栏是你的,我注意到它的现状不容乐观。"

"我的栅栏可好着呢。"哈里森先生粗暴地打断她,他对安妮的这一招"围魏救赵"感到恼羞成怒,"就算是监狱的铁栅栏也挡不住这头'牛魔王'。我就把话撂这儿了,你这个红毛小丫头。正如你所说的,如果这头奶牛确实是你的,你最好给我把它看住喽。别再让它跑到别人家的田里祸害庄稼。那可比坐在这儿看这种有黄色封套的小说打发时间有意义多了。"他凌厉的目光扫过安妮脚边那本躺着"中枪"的浅褐色封皮的《维吉尔诗集》。

在这一刻,红色从她的头发一路晕染到了耳根,因为发色问题一直是她的软肋。

"我是有红头发,但好过有些人,除了耳边的几撮毛之外什么也没有。"安妮迅速反击道。

因为哈里森先生对自己的秃顶非常敏感,所以安妮这句话戳到了他的痛处。他顿时觉得怒气填胸、如鲠在喉,以至于吐不出半个字来,只能怒目圆睁地瞪着安妮。而安妮此时已然心平气和,只待乘胜追击。

"我有同理心,所以我能理解你,哈里森先生。我能深刻体会那种在麦田里奔走起牛时精疲力竭的感觉。我不会对你刚才说的话怀恨在心。我向你保证,多利绝不会再到你的麦田里捣乱。我向你发誓。"

"好吧,一言为定。"哈里森先生喃喃地说,语气似乎有所收敛,但

---

① 多利:安妮的那头泽西奶牛的名字。

他还是怒气冲冲地跺着脚离开了。安妮听到他边走边咬牙切齿地兀自咆哮着，直到他的声音彻底湮没在远处。

安妮心烦意乱，于是她径直穿过院子，把那头调皮的泽西奶牛关进了牛栏里。

"这回它一定逃不出来了，除非它冲破牛栏。"安妮思忖着，"它现在看起来这么温顺，我敢说它一定是被那些燕麦恶心到了。早知道这样，上星期希勒先生想买的时候我就该把它卖了。不过话说回来，最好还是等到我们举行拍卖会的时候把这些家畜一块打包卖掉吧。毫无疑问，哈里森先生是个'怪咖'，他这样的人一定不会有什么志趣相投的朋友。"

对于辨识志同道合的人，安妮向来独具慧眼。当她从屋里出来时，玛丽拉·卡斯伯特正好把车开进院子里。安妮赶紧跑回去沏了一壶新茶，她俩一边喝茶一边聊这件事。

"拍卖会结束以后我就能松一口气了。"玛丽拉说，"圈养这么多的牲畜真是伤脑筋，而且只有一个不靠谱的马丁来照料它们。马丁当初答应我，如果我允许他去参加他婶婶的葬礼，昨晚他就能回来干活，结果到现在还没个人影。真不知道他到底有几个婶婶，自从一年前雇了他，这已经是他家里过世的第四个婶婶了。真希望庄稼早点收成，然后巴里先生赶紧接手这个农场。在马丁回来以前，多利必须待在畜栏里。最终它还是要回到后面的牧场里，然而那里的栅栏目前还没修好。唉，正像瑞秋说的，这个世界真是一团糟。还有奄奄一息的玛丽·基斯，真不知道她那两个孩子以后咋过。据我所知，她还有个兄弟在不列颠哥伦比亚省。玛丽已经给他写信说了这事，但至今未收到回信。"

"那些孩子长什么样？现在几岁了？"

"六岁多。他们是一对双胞胎。"

"哦哦，自打哈蒙德太太生了几对双胞胎以后，我对双胞胎可是喜欢得不得了。"安妮兴致勃勃地说，"他俩长得漂亮吗？"

"我的天，实在没法分辨，因为他们脸上太脏了。当时戴维在屋外玩泥饼，朵拉出去叫他进来，谁知戴维推了她一把，她便一头栽到了最大的那块泥饼上。她随即号啕大哭，戴维见状自己也扑了上去，还在里边打滚，只为告诉她这都不是事，没啥好哭哭啼啼的。玛丽说朵拉很乖巧，但戴维是个熊孩子。可以说，他从小几乎没有受到过像样的管教。当他还在襁褓中时，他父亲就去世了，而玛丽从那以后几乎就成了个药罐子。"

"我一直对缺失父母养育的孩子感到深深的惋惜。"安妮郑重地说，"被你收养之前，我一无所有。我真心希望他们的舅舅能够伸出援手。对了，你和基斯太太有什么特殊关系吗？"

"玛丽？没什么关系。只不过她先生是我们的三表弟。林德太太从院子那头过来了，想必是来打听玛丽的消息的。"

"千万别告诉她哈里森先生和那头奶牛的事。"安妮央求道。

玛丽拉答应了她，尽管这个承诺毫无必要。因为林德太太还没坐稳就张口开始念叨这事："今天我在从卡默迪回家的途中，看到哈里森先生从他家麦田开始，一路追打你家那头泽西奶牛，看起来像发疯了一样。他是不是跑来吵架了？"

安妮和玛丽拉秘而不宣地相视一笑。艾凡里的家长里短向来逃不过林德太太的火眼金睛。就在早上安妮还说："如果你半夜回到自己的屋里，锁上门，拉下百叶窗，然后打了个喷嚏。林德太太第二天准会问你感冒好点了没。"

"当然了。"玛丽拉肯定地说，"那会儿我不在，他把安妮喷了个狗血淋头。"

"他真是个粗鄙之徒。"安妮说着，忿忿不平地把脸扭向一边。

"你说得太对了。"瑞秋太太一脸严肃地说,"罗伯特·贝尔把他的产业卖给那个新不伦瑞克人的时候,我就知道会惹来麻烦。如今有这么多'怪咖'涌进来,真不知道艾凡里未来会变成什么样。这真是让人寝食难安。"

"啊,还有其他不速之客吗?"玛丽拉问道。

"你没听说吗?好吧,首先是唐奈尔家,他们租下了皮特·斯隆的旧宅。皮特顺便雇用唐奈尔来打理磨坊。他们是从爱德华王子岛的东南边过来的,除此之外人们对他们一无所知。游手好闲的蒂莫西·科顿一家则是从白沙村过来的,他们一定会成为整个艾凡里的累赘。在他还没开始做那些偷鸡摸狗的勾当以前,他就得了肺结核。他的太太是个好逸恶劳的人,什么本事都没有,连洗个碗都得坐着。乔治·派伊太太收养了她丈夫的侄子——父母双亡的安东尼·派伊,他马上就要去你们学校上学了,安妮。到时候你可有麻烦了,因为你又多了个问题学生。保罗·欧文刚从美国搬来和他奶奶住。玛丽拉,你一定记得他爸爸,那个斯蒂芬·欧文,就是他在格拉夫顿把勒万达·露易丝甩了。"

"我并不觉得是斯蒂芬甩了她。他们大吵了一架。一个巴掌拍不响,我认为双方都有责任。"

"好吧,无论如何,他俩没有结婚。而且从那之后,她的性情变得越来越古怪。据说,她后来一直蜗居在那间被她称为'回声小屋'的石屋里。斯蒂芬则去了美国,和他叔叔一块做生意。他后来娶了一个'美国佬'为妻,从此再也没回来。他母亲在此期间还去看了他一两次。他太太两年前去世了,于是他把孩子送到他母亲这儿生活一段时间。他的儿子才十岁,我不知道他会不会是个讨人喜欢的学生。那些'美国佬'的事可不好说。"

林德太太明显总是用一种偏见的眼光看待那些不幸在爱德华王

子岛之外的土地上出生长大的人。当然，他们可能是好人，但小心驶得万年船，这些人还是值得怀疑的。她对"美国佬"有执拗的偏见。她的先生在波士顿打工时，曾经被老板骗去十美元，从此瑞秋太太便把屎盆子扣在了所有美国人头上，九头牛也拉不回来。

"给艾凡里学校补充一些新鲜血液不一定是坏事。"玛丽拉含而不露地说，"如果这个孩子能像他父亲那样就再好不过了。尽管有人说斯蒂芬·欧文狂妄自大，但他小时候确实是这一带最优秀的孩子。我想欧文老太太也一定为他感到自豪，自从她先生去世以后，她便孤苦伶仃地生活。"

"噢，也许这个孩子人品还不错，但是他会和艾凡里的孩子们格格不入。"瑞秋太太言之凿凿，仿佛这就断定了问题的关键。瑞秋太太的评论覆盖面极广，可以涉及任何人、任何地点、任何事件，非常值得作为参考。"我听说你要开办一个乡村促进会。这是怎么一回事，安妮？"

"我刚和一些孩子在辩论会上探讨了这个问题呢，"安妮说着，脸上泛起了红晕，"他们都感觉这个主意很棒，艾伦先生和艾伦太太也这么认为。如今许多村子都已经成立了类似的协会。"

"然而，你这样只会陷入无止境的麻烦。最好还是别去捅这个马蜂窝了，安妮，人们可不喜欢被改造。"

"哦，我们不是要改造百姓，而是改进艾凡里本身。我们有许多措施可以让它变得更加美好。打个比方，如果我们可以劝说利维·博尔特先生拆除那幢位于他的农场北部的令人生厌的危房，算不算一个进步呢？"

"必须的"，瑞秋太太承认道，"那栋破房子已经搁那儿好几年了，真是碍眼。如果你们促进会真能说服利维·博尔特无偿为公共事业做贡献，我愿意到场见证拆除危房的历史时刻。我并不是想打击你，安妮。也许你从那些粗制滥造的美国杂志上吸收了一些新思想,但是你要知道,一旦开学,你就会忙得不可开交。作为朋友,我建议你还是别把精力浪费在这些改革工作上。然而,我知道你一旦下定决心,还是会义无反顾地做下去。你是那种会千方百计把事情做到底的人。"

安妮紧紧抿着的双唇印证了瑞秋太太对她的分析八九不离十,安妮的心一直挂在成立促进会这件事上。吉尔伯特·布莱恩在白沙学校任教,但是星期五晚上到星期一早上他都会待在艾凡里的家中。与此同时,他也是促进会的狂热支持者。大部分人对促进会的理解就是偶尔开个会,并且最终会演变为某种文娱活动。至于要怎么改造,没人比安妮和吉尔伯特更清楚。他俩一块讨论,并在心中描绘了理想中的艾凡里的蓝图。

瑞秋太太还带来了其他消息:

"他们已经把卡默迪学校交给了一个叫普里西拉·格兰特的人。你在皇后学院的时候是不是有这样一个人,安妮?"

"嗯嗯,没错。普里西拉能去卡默迪教书实在是太棒了!"安妮欢呼起来,她的灰色瞳仁顿时熠熠生辉,宛如夜空中璀璨的星辰。本来林德太太还觉得安妮不够漂亮,但眼前的这个女孩让她不得不重新思考这个问题。

第二章

追悔莫及

第二天下午,安妮和戴安娜·巴里一块去卡默迪购物。戴安娜自然也是促进会的会员。一路上,两人几乎都在谈论会里的事。

当她们经过艾凡里礼堂时,戴安娜说:"咱们的当务之急是把礼堂粉刷一遍。"礼堂是一处破旧的建筑,坐落在郁郁葱葱的山谷中,四面覆盖着参天的云杉。"这地方真是太寒酸了。在劝说利维·博尔特先生拆除危房之前,咱们得先把这事办了。但我爸爸打赌咱们搞不定利维·博尔特,因为这人太抠门了,他可不愿花时间折腾这房子。"

"如果男生们能答应给他拖运废板材并且帮他劈成柴火,没准他会同意让他们拆房子呢。"安妮满怀期待地说,"咱们要全力以赴,不过一开始也要慢慢来,毕竟万事开头难。一口吃不成胖子,咱们不能苛求所有改造工作一步到位。当然,咱们还是先从'开化民智'做起。"

戴安娜尚不明白何为"开化民智",但是这词听着不赖。能加入这样一个目标清晰的社团,令她感到非常自豪。

"昨晚我就在寻思接下来的工作,安妮。你知道连接卡默迪、纽布里奇和白沙村的那个三岔路口吧?那儿种满了小云杉。我想把它们全都拔掉,只留下两三棵白桦。你觉得这个主意咋样?"

"太棒了。"安妮欣然赞同道,"然后在白桦树下添一张古朴的粗木凳。等到春天来了，咱们还可以在路口中央摆个大花坛，里边种上争奇斗艳的天竺葵。"

"是的。只要咱们能想法子让锡兰·斯隆老太太看好她的那头奶牛，别让它跑到路上，否则它一定会吃光咱们的天竺葵。"戴安娜乐不可支地笑起来，"我开始有点明白你说的'开化民智'的意思了，安妮。瞧，这就是博尔特的那幢老房子。以前你见过这样的'乌鸦巢'吗？它就紧挨在道路右侧。这所宅子真是又旧又破，连窗户都没了，总让我的脑海里浮现出那些满地找眼珠子的丧尸。"

"这座破败废弃的老房子如今的这个样子真是令人唏嘘。"安妮浮想联翩地说道，"它似乎一直沉湎于逝去的过往，追思着缀满快乐的旧时光。玛丽拉说这座老宅里很久以前曾住着一大户人家。当时，这儿是一处非常美丽的地方，有一座雅致的花园，里边长满了芬芳的蔷薇，园中处处可以听到小孩子的欢声笑语。如今这里却人去楼空，徒留卷帘西风。它一定备感孤独凄凉！也许，多年以前的那些小孩子的、蔷薇花以及悦耳歌声的魂魄，都会在月圆之夜结伴归来。那一刻，这座老宅便能重温那朝气蓬勃、阖家欢乐的旧梦。"

戴安娜摇了摇头。

"我现在对这种地方已经不再抱有那样的幻想了，安妮。你还记得当年咱们说恐怖林闹鬼吗？后来，这事让我妈妈和玛丽拉大发雷霆。时至今日，我在夜晚穿过那片灌木林时仍然心有余悸。一想到博尔特老宅的鬼魂，我经过它时也会惴惴不安。此外，那些孩子仍然在世，他们都长大了而且过得很好，其中一人还当了屠夫。还有啊，花朵和歌声本来就是没有灵魂的。"

安妮忍住了一声叹息。她深爱着戴安娜，她们一直都是亲密无间的闺蜜。但是，她在很久以前就明白了一个道理：她若想梦游仙境，只能踽踽独行。通向那世外桃源的是一条充满魔力的小径，即使亲如挚爱的人也无法与她携手同行。她们在卡默迪时，天上下起了雷阵雨。好在雨并没有下多久。回程令人心旷神怡。在乡间小路边，枝叶上的雨珠闪烁着晶莹的光泽。草木葱茏的小山谷里，出浴的蕨叶散发出奇异的辛香。但就在她们转入卡斯伯特路时，安妮看到了煞风景的一幕。

她们的右前方就是哈里森先生广袤的晚熟麦田，苗壮的麦子青翠欲滴。然而，麦田中居然站着一头扎眼的泽西奶牛！拔节疯长的麦子簇拥着它匀称光滑的腰身，隔着饱满的麦穗，它淡定地向安妮她们眨着眼睛。

安妮立刻勒紧缰绳，双唇紧闭地站起身，这似乎预示了那头畜生的悲惨结局。安妮缄口不言，果断爬下马车，然后敏捷地攀过栅栏。事情发生得太突然，弄得戴安娜丈二和尚摸不着头脑。

"安妮，快回来！"戴安娜如梦初醒，厉声叫道，"湿漉漉的庄稼会弄脏你的裙子的，弄脏你的……她竟然无动于衷！好吧，她一个人没法搞定那头牛，我必须去帮帮她。"

安妮疯也似的冲进田里。戴安娜快速跳下马车，把马拴在一根柱子上，然后将她漂亮的棉布格子裙撩起来固定在肩膀上，翻过栅栏，开始追赶她那位火急火燎的朋友。浸湿的裙子粘在安妮身上，阻碍了她的前行，所以戴安娜很快便追上了她。她们身后一片狼藉，哈里森先生若是见到这番景象必定心如刀绞。

"安妮，我求求你，快停下来吧。"可怜的戴安娜人口地喘着粗气，"我都快断气了，而且你瞧，你全身都湿透了。"

"我必须……把……那头牛……弄出去……趁着……哈里森先生……还没发现。"安妮上气不接下气地说，"我才……不管……就算……淹死……我……也要……搞定它。"

但是这头泽西奶牛似乎并不想离开这片美食天地。还不等两位气喘吁吁的女孩靠近它，它又掉头径直跑到麦田的另一角去了。

"拦住它!"安妮喊道。"跑，戴安娜，快跑!"

戴安娜立刻冲出去，仿佛是一支离弦的箭。安妮也想跑起来，但她爱莫能助。这头奶牛好像中邪一样在麦田里东奔西窜，安妮心中笃定地认为它是被恶灵附体了。她俩花费了足足十分钟才把它赶出来。她们一同跨过田边的沟渠来到卡斯伯特路上。

路边停着一辆小马车，卡莫迪的席勒先生和他的儿子满面笑容地坐在里边。毫无疑问，安妮现在一点好脾气都没有，即使看到了他们，她也没有一丁点释怀。

"我想上周我向你出价的时候，你就该把它卖给我了，安妮。"席勒先生咯咯地笑起来。

"现在我就把它卖给你，如果你想要的话。"它的这位面红耳赤又狼狈不堪的主人说道，"就在此时此刻。"

"成交。那咱们还按当时的价位，我出二十块买下它。吉姆会把它运到卡莫迪，今晚就把它和其他货物一块送到镇里，布莱顿的里德先生正好想要一头泽西奶牛。"

仅仅五分钟后，吉姆·席勒就带着泽西奶牛上路了。冲动的安妮正揣着刚赚来的二十块钱驾车行驶在绿山墙路上。

"玛丽拉会说什么吗?"戴安娜问道。

"噢，她才不在乎呢，毕竟多利是我的奶牛。而且她在拍卖会上拿不到这么高的价。但是，我的天，如果哈里森先生看到麦田，一定会知道它又进去捣乱了。关键是，我还向他发了誓，绝不让此事再度发生! 好吧，这真是给我上了一课。以后我绝不可以许下和奶牛有关的誓言，不论在哪儿，我绝不可以信任一头冲破畜栏的'牛魔王'。"

当天，玛丽拉去了林德太太家里。她回来前就知晓了多利的交易，因为当时林德太太透过窗户目睹了交易的大部分过程，并脑补了其他细节。

"我觉得把它送走是件好事,尽管你这样做确实太冲动了,安妮。我不知道它是如何逃出牛栏的,它一定弄坏了一些围栏。"

"我还没想到这茬。"安妮说,"我现在就去检查状况。马丁还没回来,也许他又有其他婶婶去世了。这让我想起像皮特·斯隆先生和耄耋老人的故事。有天晚上,斯隆太太在读一份报纸,后来她对斯隆先生说:'我看到这上边写,又有一个耄耋老人死了。耄耋老人是什么,皮特?'斯隆先生说他也不知道,但是耄耋老人一定是某些孱弱的家伙。尽管你从未听说过他们,但是他们命不久矣。这就像是在说马丁的婶婶们。"

"马丁就像那些'法国佬',"玛丽拉一脸嫌恶地说,"一点都不靠谱。"玛丽拉正在查看安妮从卡莫迪买回来什么好东西,突然听到一声尖叫从场院传来。一分钟后,安妮冲进厨房,攥紧了她的手。

"安妮·雪莉,你这是怎么了?"

"噢,玛丽拉,我该怎么办? 这真是太糟了。都是我的错。噢,我到底什么时候才能学会三思而后行。林德太太总说,我终有一天会闯祸。她指的就是今天啊!"

"安妮,你真是个烦人的孩子! 你到底做了什么好事?"

"我把哈里森先生的泽西奶牛卖给了席勒先生,就是他从贝尔先生那儿买来的那头! 多利此时此刻还乖乖地待在牛栏里。"

"安妮·雪莉,快醒醒,别做梦了。"

"我真希望这是个梦,可惜它不是。就算是,那也是个噩梦。哈里森先生的奶牛如今已经到达夏洛特敦了。噢,玛丽拉,我捅了个娄子了,这可是我这辈子捅过的最大的娄子。我该怎么办?"

"怎么办? 没有别的办法,孩子,咱们只能去找哈里森先生当面说说这事。如果他不接受金钱赔偿的话,咱们可以用自己的泽西奶牛作为交换。多利和他的那头奶牛差不多。"

"可是他一定会大发雷霆。"安妮哀号道。

"我敢说他会的,他是个暴躁易怒的男人。如果你需要的话,可以由我来向他解释。"

"不,真的不必了,我不能这么厚颜无耻。"安妮激动地大声说,"这都是我的错。我绝不会让你来替我背黑锅,我会自己去的,现在就去。这事越早了结越好,否则夜长梦多。"

可怜的安妮拿起她的帽子,捎带上她刚拿到手的二十块钱准备出门。经过储藏室的时候,她恰巧瞥见那个静静地躺在桌上的坚果蛋糕。今天早上她才做好这个抹着粉色糖霜、点缀着核桃仁的美味蛋糕。周五的晚上,促进会的年轻朋友们要来绿山墙①安妮本想用此蛋糕来款待他们。但是相比生气的哈里森先生谁更需要它呢? 安妮认为,这个蛋糕可以俘获任何男人的心,尤其是一个需要自己掌勺的男人。于是她立刻把蛋糕塞进了盒子里,她打算用它向哈里森先生负荆请罪。

"也就是说,我需要一个充分表达歉意的机会。"她心怀愧疚地思忖道。她攀过路边的藩篱,抄了一条近道穿过麦田。八月夕阳的余晖把田野染成梦幻的金黄色。"现在我尝到赶赴刑场的囚犯的滋味了。"

---

① 绿山墙就是安妮家的名字,因其有着绿色的山墙而得名。

第三章

负 荆 请 罪

哈里森先生的宅邸是一座老式的低檐白漆房,坐落在一排粗壮的云杉之间。

此时,哈里森先生只穿着一件单衣,坐在门廊上,叼着烟斗,逍遥自在地吞云吐雾。茂盛的葡萄藤投下一片阴凉。当他发现有人正从小径的另一头走来,他立刻蹦了起来,冲回屋里,锁上大门。哈里森先生对自己前一天的震怒失态感到又讶异又羞赧,因此才有这种令人不悦的反应。这就像一盆凉水,几乎浇灭了安妮心中最后一团勇气的火种。

"如果他现在已经这么生气了,等他知道了我的新'杰作',那还了得?"她一边重重地敲门,一边难过地盘算着自己的命运。

没想到哈里森先生开门了,脸上露出难为情的笑容。他邀请安妮进屋,温和友好的语气中透露着一丝紧张。他已经把烟斗收好,披上了一件外套,并礼貌地给安妮拿来一张布满灰尘的椅子。要不是那只多嘴的鹦鹉,这个"接待仪式"本将在一种欢乐友好的气氛中持续下去。金杰那双邪魅的金色眼睛滴溜溜地直转,透过鸟笼注视着安妮的一举一动。还未等安妮坐稳,它就叫嚷起来:

"我的天哪,红毛丫头来这儿有何贵干?"听完这话,你很难分辨哈里森先生和安妮谁的脸颊更红。

"别和那只鹦鹉一般见识，"哈里森先生说道，随即狠狠地瞪了金杰一眼，"它总是喜欢胡说八道。它是我那当水手的兄弟送给我的。水手们平时就出言不逊，学舌的鹦鹉把这些糟粕都吸收了。"

"我也这么认为。"可怜的安妮说道。考虑到她的使命，安妮不得不压制住内心的愤懑。显而易见，她可不能在这个节骨眼上给哈里森先生脸色看。如果在未经许可的情况下，你头脑发热地卖了别人的泽西奶牛，就别怪他的鹦鹉对你冷嘲热讽。不过，眼前这个"红毛丫头"也不是吃素的，她可没有想象中的这么好欺负呢。

"我来此是为了向你忏悔的，哈里森先生。"她斩钉截铁地说，"就是……就是关于……那头泽西奶牛。"

"我的天哪。"哈里森先生如惊弓之鸟般地叫出声来。"它又跑到我的燕麦田里去了？好吧，别介意，就算它又犯错了也没关系。这无关紧要，不值一提。不得不说，我昨天太冒失了。就算它又犯错了也没关系。"

"噢，如果只是这样就好了。"只听安妮一声叹息，"现在的情况可要严重十倍，我真的没法……"

"我的天哪，你的意思是它跑到我的小麦田里去了？"

"不，不，不是小麦田。但是……"

"那就是卷心菜地啰！它居然闯入了我的卷心菜地？那可是我种来展览的，我的妈呀！"

"不是卷心菜地，哈里森先生。我会和你坦白，这正是我登门造访的缘故，但是请你不要打断我，这会让我非常紧张。请让我把话说完，在此之前请你不要做任何评论。尽管最后你的话一定会像连珠炮一样一发不可收拾。"最后这句话终究还是被安妮憋在心里没有说出来。

"我不会再吐出半个字。"哈里森先生说完就缄口不言了。但是，金杰可不受这个"缄默条约"的束缚,仍然时不时地蹦出几句"红毛丫头",让安妮心烦意乱。

"昨天我把家里那头泽西奶牛关进牛栏了。今早我去了卡莫迪,我回来时看到一头泽西奶牛在你的燕麦田里捣乱,于是我和戴安娜便合力把它赶了出来。你无法想象那是一段多么难熬的时光。我全身湿透,狼狈不堪,精疲力竭,气急败坏。这时我们碰巧遇上了席勒先生,他愿意购买那头奶牛,于是我便立刻以二十块的价钱卖了它。我真是大错特错。我本该缓一缓,先咨询一下玛丽拉,但我做事总是不经大脑。相信每个认识我的人都会和你这么说。随后席勒先生就把那头奶牛送上了下午的火车。"

"红毛丫头。"金杰再次说道,语气极度轻蔑。

这时哈里森先生站了起来,脸上阴云密布,仿佛要吃掉这只鹦鹉一样,但是金杰毫无惧色。他把鸟笼拿到了隔壁的房间里,并锁上了门。金杰不依不饶地叫嚷着,咒骂着,使尽浑身解数以显示它并非浪得虚名。然而它发现居然无人理睬自己,这才闷闷不乐地回归沉寂。

"非常抱歉,请你继续。"哈里森先生说着,再次坐了下来,"我那水手兄弟从没教过这只鹦鹉一丁点礼节。"

"后来我就回家了。午茶过后,我出去查看了牛栏,哈里森先生。"安妮身体前倾,十指相扣,摆出一个孩子气的手势,一对灰色的大眼睛可怜兮兮地凝视着一脸尴尬的哈里森先生,"我发现我的奶牛依旧待在牛栏里。被卖给席勒先生的奶牛其实是你的。"

"我的天哪。"哈里森先生大叫道,被这突如其来的消息惊得呆若木鸡,"这真是件罕见的事情啊!"

"噢,给人惹麻烦对我来说简直是家常便饭。"安妮沮丧地说,"我早已臭名远扬了。你也许认为我经历了之前的挫折后已经长了记性,但是眼看明年三月我就满十七岁了,我却没有任何长进。哈里森先生，我明白，请求你原谅我是一种奢望，现在去追回你的奶牛也为时已晚。这是这笔交易所得的钱，如果你不想要钱的话也可以把我家的奶牛牵走，多利是一头非常棒的奶牛。我已经不知道如何表达我对这一切的歉疚了。"

"不，不。"哈里森先生迅速回答道，"别再提这件事了，小姐。真的没关系，没关系的。问题总会发生的。有时候我太操之过急了，小姐，太鲁莽轻率了。我无法管好自己的嘴巴，总是把自己的想法和盘托出，于是就给人们留下了不好的印象。如果那头奶牛还在我的卷心菜地的话……但是，别担心，它已经不在了。所以，过去的就让它过去吧。我想我会更愿意领走你的奶牛作为交换，既然你已经不想要它了。"

"噢，谢谢你，哈里森先生。你不生我的气，这真让我高兴。我还以为你会勃然大怒。"

"由于昨天发生了那样的事，我猜你来我这儿认错的时候一定怕得要死，是不是？但是你千万不要放在心上，我就是一个心直口快的糟老头，仅此而已。我总是习惯于陈述事实，尽管有时这种表达方式过于简单粗暴。"

"林德太太也是如此。"安妮脱口而出，说完她就后悔了。

"谁？林德太太？你可千万别说我像那个长舌妇。"哈里森先生不耐烦地说，"我可不像，一点都不像。你这盒子里装的是啥？"

"一个蛋糕。"安妮调皮地说。哈里森先生的好脾气令人始料未及，她感到如释重负，"我带来给你的。我想你也许不常有吃蛋糕的机会。"

"不得不承认，我确实不常吃。但是我非常喜欢这个蛋糕，真是太谢谢你了。它看起来非常诱人，我希望它的口感也很棒。"

"必须的！"安妮兴高采烈地说，言语中充满了自信，"虽然我以前也有一些失败的作品,艾伦太太也许和你说过,但是这个完全不一样。我本来是为促进会做的,不过没关系,我会给他们另外做一个。"

"好的。我可有言在先,小姐,你必须帮我吃掉它。我把水烧起来,这样咱们可以一块喝杯茶。你意下如何?"

"你愿意让我来泡茶吗?"安妮一脸困惑地说。

哈里森先生咯咯地笑起来。

"我知道你对我的泡茶水平没有信心,这你就错了,我可是能泡一壶你从未品尝过的最好喝的茶呢。但今天还是由你来泡吧。很幸运的是,上个星期天下雨了,所以现在我有一大堆干净的餐具。"

安妮立刻蹦了起来开始干活。在放茶包之前,她把茶壶洗了数遍。然后她打扫了炉灶,摆好桌子,并从储藏室拿出了杯碟。储藏室的样子真是把安妮吓坏了,但是她什么也没说。哈里森先生让她取出了面包、黄油以及一个黄桃罐头。安妮用一束从花园里采来的鲜花点缀餐桌,并选择性地忽略了餐桌上的污渍。不一会儿,茶就泡好了。安妮和哈里森先生在餐桌两头面对面坐着。安妮主动给他倒茶,和他畅叙校园里、朋友间的故事以及关于未来的打算。她简直不敢相信眼前发生的一切。

哈里森先生把金杰提了回来,他说这只可怜的鸟儿一定非常孤单寂寞。安妮觉得现在的自己可以宽恕任何人、任何事物,于是她主动给它喂了一枚核桃仁。但是金杰的感情已被严重伤害,因此它拒绝接受任何示好。它闷闷不乐地蹲在鸟笼的栖木上,竖起羽毛,蜷缩成一个绿色镶金的球。

"你为什么给它起名叫金杰?"安妮问道。她对名字还是很看重的,并且认为"金杰"这个名字和它这身华丽的羽毛完全不相称。①

---

① "金杰"本意是姜,作为颜色来形容时,指的是姜褐色。

"我那水手兄弟给它起的名字,也许这个名字在暗示它的暴脾气。① 尽管我是很喜欢这只鸟儿的,但是它的脾气真是太臭了。它确实有自身的问题。不管怎么说,这鸟儿就是一只磨人的小妖精。有些人非常反感它口无遮拦的行为,但是它改不掉。我也做了努力,别人也做了努力。有些人则对鹦鹉怀有偏见。这很愚蠢,不是吗?我就喜欢鹦鹉。金杰就像家人一样陪伴着我,没有任何理由能说服我抛弃它,没有任何理由,小姐。"

哈里森先生对安妮抛出的最后这句话,仿佛是在怀疑安妮打算说服他抛弃金杰。然而安妮开始渐渐喜欢上这个古怪、暴躁又好动的小个子男人了。这个午茶结束之前,他们已经成了要好的朋友。哈里森先生听了促进会的事,欣欣然表达了他的赞美之情。

"这非常棒,加油。这个地方还有非常大的改进空间,这儿的人也是一样。"

"噢,这我还不清楚呢。"安妮快速答道。对于安妮本人或者她的朋友来说,艾凡里只是有一些小瑕疵。不论是艾凡里本身的瑕疵,还是当地人的瑕疵,都很容易清除。但若是听到一个类似哈里森先生这样的纯粹的外地人谈起这件事,那就另当别论了。"我认为艾凡里是一个好地方,这儿的民风也非常淳朴。"

"我猜你是有点情绪了。"哈里森先生一边打量着这个面红耳赤、怒目而视的孩子一边评论道,"我发现你通红的脸颊和头发很搭。艾凡里是个不错的地方,否则我也不会来此定居。但我想即使是你也不会否认它有些瑕疵。"

"因此我才更喜欢它。"安妮坦率地说,"我不喜欢那些完美无瑕的地方或是完美无瑕的人。我觉得一个完美无瑕的人是相当无趣

---

① 姜是辣的。

的。米尔顿太太说她从未见过一个完美无瑕的人，但是她已经千千万万遍地听闻了这样的一个人，那就是她丈夫的首任妻子。难道你不觉得嫁给这样一个男人是一件非常难受的事情吗？"

"相较之下，迎娶一个十全十美的妻子比这难受多了。"哈里森先生郑重地说，言语中带着一种猝不及防又令人捉摸不透的温柔。

茶点结束后，安妮坚持要帮他洗餐具，尽管哈里森先生一再强调他已经有足够应付好几周的干净餐具了。她本来还想要扫扫地，但实在找不到扫帚。与此同时，她也不敢问，她担心家里其实一把扫帚也没有。

"日后你可以随时过来玩，时不时和我聊聊天。"当安妮即将离去时，哈里森先生提议道，"咱们两家相距不远，而且邻里之间本就该友好相待、互帮互助。我很欣赏你们的促进会，你们做的事看起来挺有意思的。你们的第一个整顿目标会是谁？"

"我们并非要去干涉别人的生活，只是改良一些地方。"安妮郑重其事地说。她怀疑哈里森先生只是在拿这个项目来调侃。

安妮走后，哈里森先生透过窗户望着她的背影。一个体态优雅、天真无邪的少女，无忧无虑地迈着轻快的步子穿过田野，渐渐融入一片醉人的晚霞。

"我是一个脾气暴躁、孤苦伶仃、絮絮叨叨的老头。"他大声地说，"但是那个小姑娘身上的某些品质真的让我青春焕发。这真是一种奇妙的感觉，让人欲罢不能。"

"红毛丫头。"金杰用一种低沉沙哑的声音讥讽道。

哈里森先生恼怒地在这只鹦鹉面前晃了晃拳头。

"你这只尖酸刻薄的鸟儿。"他喃喃地说，"当那水手兄弟把你带回家时，我就该拧断你的脖子。你能不能别再给我捅娄子？"

由于安妮许久未归，玛丽拉可是急坏了。玛丽拉正打算出去找安妮,没想到她正好兴高采烈地回到了家。她马上把她的冒险经历向玛丽拉娓娓道来。

"无论如何,这真是一个美妙的世界,不是吗,玛丽拉?"安妮开心地说,"林德太太前段时间还一直在抱怨这个世界越来越不像话了,她说当你期待着一个美好的结局,你一定会或多或少地收获失望。也许这说得没错。然而凡事总有好的一面,况且事情发展到最后并不总是像你想象得那么糟,反而几乎都比预计的要好。本来我以为今晚去哈里森先生家会有一场浩劫,结果他却待我非常亲切友好,让我度过了一段愉快的时光。我想我们会成为真正的好朋友。只要我们相互包容,一切都会朝着积极的方向发展。不过,玛丽拉,我发誓,以后我绝不能在不确定其归属的情况下卖掉一头奶牛。还有啊,我讨厌鹦鹉!"

第四章

龃 龉 不 合

某一天的日落时分,简·安德鲁斯、吉尔伯特·布莱思以及安妮徘徊在一条栅栏边。一路上云杉轻曳,树影婆娑。这条被称为"白桦小径"的路最终汇入主干道。简过来和安妮度过了一整个下午,安妮陪她走在回家的路上。在栅栏边,她们遇到了吉尔伯特,三人便开始讨论着明天的事情。明天不仅是九月的第一天,更是意义重大的开学日。

"你俩都比我有优势。"安妮叹气道,"你们要教的都是不认识你们的小孩子,可是我却要去教我的旧校友。林德太太还说学生们会觉得怪怪的,所以不会尊重我这个老师,除非我给他们点颜色瞧瞧。但我认为老师不该凶神恶煞地对待学生。唉,这份责任对我来说真是不堪承受之重。"

"我觉得我们能胜任的。"简轻描淡写地说。简并不希望成为一个流芳百世的伟人,所以她无须承受那些远大抱负带来的困扰。对于她来说,领取一份合理的薪水,为人处事让校董满意,名字能登上督学的光荣榜,这些就已经令她心满意足了。她心中可没有更远大的目标。"最重要的事就是维持良好的教学秩序,这就需要老师时刻保持威严。如果我的学生不听话,我就惩罚他们。"

"你打算怎么做?"

"当然是结结实实揍一顿。"

"噢,简,不会吧。"安妮惊叫道,"简,你可不能这么做呀!"

"讲真的,一旦他们不听话,我确定、一定以及肯定要这么做。"简斩钉截铁地说。

"我绝不会打孩子。"安妮同样坚持己见,"我完全不同意使用暴力。史黛西小姐从未打过我们,但是她的课堂依然井然有序。而菲利普先生总是打人,但是孩子们并未因此更听他的话。如果我无法在不使用暴力的情况下做好教学工作,我不配做一个老师。世上有许多管理的艺术,我首先应当试着感化学生,这样他们才会愿意按我说的去做。

"倘若他们还是不听话呢?"简又抛出一个现实的问题。

"无论如何,我是不会打他们的。我可以向你保证,这种做法不会起任何效果。噢,可千万别打你的学生呀,亲爱的简,无论他们有多调皮。"

"你是如何考虑这个问题的,吉尔伯特?"简强势地问道,"难道你不觉得有些熊孩子真的值得好好教训一番吗?"

"难道你不认为打孩子这种行为非常野蛮残忍吗,不论是对待什么样的孩子?"安妮厉声说道。因为心急如焚,所以她的脸颊憋得通红。

"好吧。"吉尔伯特缓缓地说。此刻他正犹豫不决,既想表达自己的真实想法,又想要达到安妮的期望。"这件事儿还是要一分为二来看。我同样不太赞成棍棒教育。我觉得吧,正像安妮说的那样,我们通常会有更好的办法来管理学生,而体罚应该作为万不得已的最后一种手段。但是从另一方面,正如简所言,总有极少数的熊孩子油盐不进,说白了,不打一顿他们就不知道天高地厚。总而言之,体罚将是我动用的最后一种教育手段。"

吉尔伯特试图讨好对立的对方。虽然这种常规操作无可厚非，但是效果适得其反，最终他把两边都得罪了。

简把头扭到一边说："当我的学生调皮捣蛋的时候，我一定会收拾他们。这是最简洁有效的教育方式。"

安妮失望地给吉尔伯特递了个白眼。

"我不会打孩子。"她寸步不让地重复道，"毫无疑问这种做法既不正确也非必要。"

"假如你要求一个男生做一件事，他却一把推开你呢？"简问道。

"我会让他放学后留堂，和蔼而坚定地开导他。"安妮说，"只要你用心寻找，每个人的身上都有闪光点。寻找并挖掘学生的闪光点本来就是教师的天职。我们在皇后学院时，教务管理学教授就是这样和我们说的，你懂的。在你体罚孩子之后，你还能从他们身上找到什么闪光点呢？伦尼教授说，以正确合理的方式感化孩子，远比用生硬的'3R法则'教育孩子重要得多。"①

"但是你别忘了，督学可是要通过'3R法则'来考察学生的。如果他们没有达到标准，督学就不会在评估报告中给你高分。"简反驳道。

"我更愿意我的学生们尊敬我，在多年后回想起来时，他们会认识到我是真的帮了他们，而非徒有虚名地登上光荣榜。"安妮义正词严地说。

"即使孩子们惹是生非，你也完全不会惩罚他们吗？"吉尔伯特质疑道。

"噢，我会不得不惩罚他们，虽然我自己非常讨厌这样做。但是你可以选择在课间把他们留下来训话，或者罚站，或是罚抄写。"

---

①　3R法则指的是自尊自爱"Respect for self"，尊重别人"Respect for others"，对自己的行为负责"Responsible for all your actions"。

"我猜你一定不会罚女孩子和男孩子坐在一块,对吗?"简狡黠地说。

吉尔伯特和安妮相视一笑。安妮曾经就被安排和吉尔伯特坐在一块,以此作为对她的惩罚,这一度让她备感苦涩。

"好吧,时间会证明一切。"当他们分别时,简意味深长地说。

安妮沿着白桦小径走回绿山墙。一路上碧树成荫,木叶萧萧,蕨叶的异香沁人心脾。她穿越紫花谷,经过绿柳湖,下至情人路,见证光明与黑暗在冷杉树下激情拥吻。这些地点都是很久以前由她和戴安娜命名的。她慢慢地走着,享受着林木与田野散发出的迷人芬芳,欣赏着夏日黄昏的漫天星辰,审慎地思考着从明天起她将承担的重任。当她抵达绿山墙时,林德太太清晰而响亮的声音从厨房敞开的窗口飘出来。

"林德太太来给我提新学期的建议了。"安妮这样想着,随即苦笑了一下,"但是我不一定要进去。我想她的建议一定会非常惊悚,极少数很有裨益,但大部分实在是不敢恭维。我还是到哈里森先生那儿转转吧。"

自从上次闻名遐迩的奶牛事件以来,这已经不是安妮第一次来找哈里森先生聊天了。有好几个傍晚,安妮都过来拜访了他。他们俨然已经成为非常好的朋友,尽管哈里森先生引以为豪的直肠子时不时仍会让她难堪。金杰依旧戴着有色眼镜看她,并从不忘挖苦地叫她"红毛丫头"。

于是哈里森先生想出了一个法子来改掉金杰的陋习,那就是每当他看到安妮从远处过来时就会欢呼雀跃地喊出"我的天呀,瞧这可人的小姑娘又来啦"之类的甜言蜜语。但是这些努力显然徒劳无功,因为金杰早已看穿了哈里森先生的小心机,并对此不屑一顾。安妮绝不会知晓哈里森先生在她背后给它灌了多少蜜,反正在她面前它可是一句恭维话也没说过。

"啊,我猜你一定是刚从树林里回来,你今天一直在那里准备明天要用的鞭子是吧?"安妮刚走到游廊,他就这样开口欢迎道。

"才怪呢,哪有这回事。"安妮义愤填膺地说。她一直是人们最佳的戏谑对象,因为她总是对事情太较真。"我绝不会在校园里使用鞭子,哈里森先生。当然,我不介意使用教鞭,但仅限于指示板书。"

"所以你是打算用皮带抽他们咯?哦,我还不知道有这种操作。不过你是对的,若是被教鞭打,只会疼那么一下;但若是用皮带,那'酸爽'的感觉简直停不下来。"

"我不会用任何诸如此类的方式对待学生,我绝不会去体罚他们。"

"我的天啊。"哈里森先生发自肺腑地惊呼,"那你怎么掌控局面?"

"我会靠人格的力量感化他们,哈里森先生。"

"这种方法没用,"哈里森先生说,"一点都不起作用,安妮。常言道,不打不成器。当我还是个学生的时候,我们老师每天都会打我。他总说,如果我不是正在捣乱,那就是在捣乱的路上。"

"时代不同了呀,哈里森先生。"

"但是人性可没变。记住我说的话,你摁不住那群扑腾的'家雀',除非为他们准备好一根浸满盐水的狼牙棒。① 否则,你管理起来将会有心无力。"

"行吧,我还是会先按照我的方式来教学。"安妮说。纵使全世界都反对,她依旧怀着坚定的信念,对自己的那套理论深信不疑。

"我发现你真是顽固。"哈里森先生如是评价道,"好吧,好吧,咱们走着瞧。终有一天,你会被无理取闹的学生激怒。你们这些红头

---

① 浸满盐水的棍棒打人更疼,就像在伤口上撒盐一样。

发的家伙都喜欢发飙。到时候你就会瞬间忘却那些可笑的理论,然后把他们劈头盖脸一顿狠揍。你终究还是太年轻,不适合教书育人。你真是太单纯、太幼稚了。"

无论如何,安妮上床睡觉时感到非常悲观、失望,所以她一晚上都睡不踏实。早上起来吃早餐的时候,她看起来面色苍白、形容憔悴。这可把玛丽拉吓坏了,于是她给安妮煮了一杯焦姜茶。安妮耐心地一口一口呷着喝,尽管她想不通热辣甘甜的姜茶能对她的未来有什么帮助。这要是魔法药水,喝完之后能瞬间增加她的教学经验值,安妮肯定早就二话不说地喝下很多杯了。

"玛丽拉,如果我失败了怎么办!"

"你哪会在一天之内就一败涂地呢? 更何况来日方长啊。"玛丽拉说,"安妮,你的问题在于,你总是想让孩子们在一天之内长大,想立刻改掉他们身上的所有毛病。一旦你做不到,你就会一蹶不振。"

第五章

羽 翼 丰 满

这天早晨，安妮依旧沿着熟悉的白桦小径走去学校，却第一次无心流连路上的风景。校园里和往常一样鸦雀无声。在安妮还没到的时候，前任老师已经嘱咐孩子们在自己的位子上坐好了。当安妮进入教室时，数排"祖国的花朵"齐刷刷向她投以明亮而好奇的目光。她把帽子挂好，转过身面向她的学生们。她在心中默默祈祷，希望自己的样子并没有想象中的那样窘迫和慌乱，尽管此时她的身体正止不住地颤抖。

安妮要向学生做开学致辞，所以昨天晚上她一直在准备演讲稿，直到将近半夜十二点才上床睡觉。她仔细地对稿件进行了修改和润色，并把它整个背了下来。这真是一篇非常出色的稿子，涵盖了许多好建议，尤其是关于互帮互助的友好态度以及严肃认真的求学精神。唯一令她遗憾的是，此时此刻她已经把讲稿内容忘得一干二净。

尽管只是过去了十秒钟，但是这对于安妮来说就像一年那样漫长。只听见她无力地说："请拿出你们的《圣经》。"安妮感觉自己已经无法呼吸了。借着翻书声和开关桌盖的碰撞声的掩护，她紧张地瘫坐在椅子上，在孩子们诵读《圣经》时，安妮重整旗鼓、理清思绪，开始巡视这些迈向"成年之境"的小小信徒。

安妮对大部分学生还是很熟悉的。她原来的同学已经在去年毕业了,所以如今的学生几乎都是当初与她一同走进校园的学弟学妹,除了初级班和十个刚刚来到艾凡里的新面孔。相比那些未来已经被安排得明明白白的学生,安妮对这十个新来的小家伙怀有浓厚的兴趣。不得不承认,他们可能和其他人一样平凡,但是换句话说,里面同样可能出现一个绝世天才。这真是个激动人心的想法。

独自坐在角落的正是安东尼·派伊。他有一张阴沉凝重的小脸,此刻他那双乌黑的眼睛正以一种充满敌意的眼神注视着安妮。安妮立刻下决心要赢得这个男孩的心,让派伊家大吃一惊。

在另一角坐着另一个奇怪的男孩,他和阿迪·斯隆坐在一块。他是一个模样很有趣的小男生,长着一个朝天鼻,脸颊布满雀斑。他还有一双淡蓝色的大眼睛,眼睑长出近乎白色的睫毛。这应该就是唐奈尔家的孩子了。要说他的妹妹和他有什么相似之处,也许就是她恰好和玛利·贝尔坐在过道的另一边。安妮真好奇这孩子的母亲是个啥样的人,居然让她以这样的装扮来上学。她正穿着一件褪色的粉红色真丝连衣裙,上面装饰着棉布蕾丝边,脚穿长筒丝袜,还踏着一双肮脏的白色童鞋。她浅黄色的头发弯成了无数凌乱的卷毛。她头上还顶着一个明晃晃的比脑袋还大的粉色蝴蝶结。从她的表情来看,她对自己的打扮可是相当满意。

有一个面色苍白的小家伙,她有着光滑、如丝般柔顺的波浪状的披肩秀发。安妮想,她一定是安妮塔·贝尔。她父母曾经住在属于纽布里奇学校的学区,就在他们把房子北迁五十码之后,她家就被划入艾凡里学区了。有三个脸色苍白的小女孩儿簇拥在一个位子上,想必她们就是科顿家的孩子。而那个有着一头长长的褐色卷发以及一双淡褐色眼睛的小美人,毫无疑问就是普里利·罗杰森,她此刻正越过《圣经》的边沿向杰克·吉利斯抛着媚眼。她的父亲刚娶了新的太太,就把她从她在格拉夫顿的奶奶家接了回来。有一个高挑而局促不安的女生坐在教室后排，整个人手忙脚乱的。安妮乍一看还想不起来她是谁，后来才发现她的名字是芭芭拉·肖，她最近才来投奔住在艾凡里的婶婶。有一次芭芭拉走在过道上，不知是自己不小心还是被别人绊了一下，结果摔了一个狗啃泥。这个非同小可的事故还被同学们记录下来并贴到了门廊上作为纪念。

当安妮的眼睛掠过前排，她发现一个男孩正盯着她看，她立刻被一种神奇的兴奋感电了一下，仿佛这就是她苦苦寻觅的天才。她知道他一定是保罗·欧文。瑞秋太太终于说对了一件事，那就是他和艾凡里的孩子们不一样。不仅如此，安妮意识到他和任何地方的孩子都不同。他目不转睛地凝视着安妮，那双海洋般深蓝色的瞳仁里，隐藏着一个和安妮相似的灵魂。

安妮知道保罗已经十岁了，但是他看起来只有八岁的样子。他有着安妮在孩子中从未见过的世间最美丽的脸庞，五官细腻得体，栗色鬈发熠熠生辉。尽管他没有噘嘴，可是嘴巴依然很饱满。红润的双唇轻触，在唇线尽头弯成精致的小角，露出若隐若现的梨涡。他的脸上是一副庄严肃穆的沉思者的表情，似乎他的心理年龄比生理年龄要大许多。但是当安妮对他微笑时，他脸上的严肃瞬间融化了，并回报以一个温暖的笑容，仿佛有一束光从他的身体里投射出来。这种感觉就像是他内心的明灯突然被点亮，让他从头到脚都光彩照人。最令安妮高兴的是，这个笑容是一种单纯的个性反馈，它发自内心，并且不受任何外力唆使。多么珍贵，多么美好，多么温馨啊！没有只言片语，仅仅是瞬间的微笑互动，安妮和保罗便成了一辈子的莫逆之交。

这一天过得像梦一样，事后安妮再也无法清晰地回忆起学校里发生过的任何一件事，仿佛在台上教书的完全是另外一个人。她机械地听课、做算术、做摘抄。孩子们基本上都表现得相当乖巧。安妮只做出了两项惩罚。莫利·安德鲁斯在过道上遛蟋蟀,结果被逮了个正着,安妮罚莫利在讲台边站了一小时。对于莫利来说,更沉痛的教训是,安妮没收了他的蟋蟀。安妮把它们装进了盒子里。在回家的时候,她拿到紫花谷把它们放生了。但是莫利从来不信,他笃定安妮是把他的蟋蟀带回家里自己玩去了。

另一个小坏蛋是安东尼·派伊。他把水壶里的水沿着奥蕾莉亚·克雷的后脖子一股脑地倒进了她的衣服里。安妮在课间把他留了下来,并且教导他该如何成为一个绅士。安妮告诫他,一个绅士是绝不会把水倒入女生的衣服里的。她还说,她希望所有男生都能成为绅士。她的一番谆谆教诲亲切和蔼且具有感染力,但不幸的是安东尼始终不为所动。他一言不发地听着安妮的训诫,脸上仍是那副郁郁寡欢的表情,离开的时候,他甚至轻蔑地吹起了口哨。安妮发出了一声叹息,之后又马上打起精神,提醒自己曾经立下了誓言,要赢得派伊的心。正所谓,罗马不是一天建成的。事实上,派伊家的人到底有没有感情值得有人为之付出,都是一个问题。但是安妮依然对安东尼满怀期待。她认为,只要有人能为他解开心结,他一定能成为一个非常优秀的男生。

放学以后,孩子们作鸟兽散,安妮整个人像散架了一般跌坐在椅子上。她感到头昏脑涨,心情极其沮丧。说真的,安妮并没有什么值得沮丧的理由,因为这一天也没什么出格的状况发生。但是安妮就是感到疲惫不堪,不由自主地觉得自己将永远无法喜欢上教育事业。每天重复做自己不喜欢的事是多么糟糕、多么痛苦的体验,而且,这一做也许就是四十年。安妮内心委屈难当,恨不得当场号啕大哭,但是又怕被人发现。她想想还是决定等回到自己的房间再让泪水开闸释放。正当她徘徊不定的时候,门廊传来一阵高跟鞋的“嗒嗒”声和“唰”的开门声。来到安妮面前的是一位女士,她的着装让安妮想起哈里森先生曾在夏洛特敦的商店里遇到的女人。哈里森先生说："她看起来就像一个时髦贵妇和梦魇迎头相撞后的车祸现场。"

来人身着华丽的淡蓝色丝绸夏装，有的地方打褶蓬起，有的地方饰有荷边，还有的地方缝着并排的松紧线。这些装饰极其复杂，几乎无处不在。她的脑袋上顶着一个硕大无朋的白色雪纺帽，帽子上装饰着三根又长又细的鸵鸟羽毛。一条粉色的雪纺头巾点缀着无数巨大的黑色圆点，像裙摆一样从她的帽檐垂下，披在她的双肩。走起路来，这条头巾仿佛彩带一般，轻盈地向后飞舞。这个小个子女人身上竟然找不到一处可以再塞下一件珠宝的地方了，与此同时，她的身上还飘散着一股浓重的香水味。

"我是唐奈尔太太。"这位时髦靓丽的贵妇高声说道，"我来找你主要是因为克拉利斯·阿米拉回家吃晚饭的时候告诉了我一件事，这事令我非常恼火。"

"非常抱歉。"安妮顿了一下，搜肠刮肚地追忆早上唐奈尔家的孩子到底出过什么岔子，但是什么也想不起来。

"克拉利斯·阿米拉告诉我，你把我们的家族姓氏叫成'烫乃尔'。雪莉小姐，现在请你注意，我们的姓氏正确发音是'唐奈尔'，重音在第二个字。我希望以后你能够记住这点。"

"我会努力记住的。"安妮猛地倒抽一口气，憋回极度想笑的冲动，"我以前一直觉得拼错别人的名字会非常尴尬，但是没想到读错名字更让人郁闷。"

"那当然。同时克拉利斯·阿米拉还告诉我，你称呼我儿子为雅各布。"

"可他告诉我，他的名字就是雅各布。"安妮驳斥道。

"我早就料到如此。"唐奈尔太太说，言语间似乎在暗示，这年头想要得到孩子的感激简直比登天还难，"这孩子有许多平民趣味，雪

35

莉小姐。当他出生的时候，我本打算给他起名为圣克莱尔。这名字多有贵族范，不是吗？但是他爸爸非要给他取他叔叔的名字——雅各布。我最终屈服了，因为雅各布叔叔是个'钻石王老五'。这事你怎么看，雪莉小姐？当我们无辜的孩子到了五岁的时候，雅各布叔叔已经结婚了，并且有了三个儿子。你有没有听说过他做的那件忘恩负义的事？他把婚礼的邀请函送至我家的时候，实在是太没有礼数了，雪莉小姐。我当时就说：'别再叫他雅各布了，谢谢你。'从那天起，我儿子改名为圣克莱尔。我已下定决心，圣克莱尔就是他理所应当的名字。他那个执迷不悟的老爹依然叫他雅各布，这孩子居然也莫名其妙地对这个粗鄙的名字有着强烈的好感。但是无论如何，他就是圣克莱尔。毋庸置疑，他就该一直叫圣克莱尔。请你务必谨记于心，雪莉小姐。你一定会的，谢谢你。我和克拉利斯·阿米拉说了，我相信这只是一场误会，三言两语就能解决问题。唐奈尔，重音在第二个字。还有圣克莱尔，别再让我听见什么雅各布。你会记住的吧？谢谢你。"

当唐奈尔太太迅速离开后，安妮锁好校园的大门就回家了。在山脚下的白桦小径上，她遇到了保罗·欧文。他递给安妮一束雅致迷人的野兰花，艾凡里本地的孩子乐意称之为"米百合"。

"请你收下，老师，这是我在怀特先生的田里采摘的。"他羞涩地说，"我把它们送给你，是因为我觉得，你是那种懂得欣赏花卉的女士。还有一个原因就是，"他抬起那双美丽的大眼睛，"我喜欢你，老师。"

"你这个嘴甜得像蜜一样的小可爱。"安妮说，伸手接过这捧沁人心脾的芬芳。保罗的话就像一个魔咒，安妮心中郁积的失落和疲惫瞬间一扫而空，希望之泉源源不绝地喷涌而出，在她的心田欢快地舞蹈。在这束兰花的馨香的祝福之下，她穿过白桦小径回到了家，一路上身轻如燕、健步如飞。

"嘿,今天过得怎么样?"玛丽拉兴致勃勃地问。

"一个月后再问我这个问题吧,也许那个时候我才能给你答案。现在真不行,我拿不准,一切才刚刚开始。我的大脑现在还是一团又黏又稠的糨糊,今天我妥妥搞定的唯一一件事就是教会了克里夫·怀特什么是字母 A,他以前居然对此毫无概念。但这或许只是他的起点,没准这条路的终点会是莎士比亚或者创作了《失乐园》的弥尔顿。"

林德太太随后带来了更多振奋人心的消息。这位可爱的夫人在她家门口拦住了过往的学童,并要求他们说说自己对新老师的看法。

"每个孩子都说他们可喜欢你了,安妮,除了安东尼·派伊。我不得不承认他确实不喜欢你,他说你'一点都不好,就像其他女老师一样'。派伊只是个小插曲,你可别介意。"

"我不会为此自怨自艾的,"安妮平静地说,"我还要让安东尼·派伊喜欢上我呢。只要我足够耐心和体贴,最终一定能赢得他的心。"

"不过,你可不能小看派伊家的人。"瑞秋太太小心翼翼地说,"他们向来不按常理出牌,行事就像梦境一样虚无缥缈。至于那个自称唐奈尔的女人,反正我是绝不会叫她唐奈尔的,那个姓氏本来就读作'烫乃尔'。说白了,那个女人得了失心疯。她养了一条哈巴狗,名叫奎尼。它居然和他们一家人围在桌边用餐,甚至能吞下一整个瓷盘的食物。如果我是她,我可不敢做出这种荒唐事。托马斯说'烫乃尔'先生本身是个通情达理、勤奋踏实的男人,但是他在挑老婆这事上却有失水准。"

第六章

形形色色

此时正是九月的一天，清爽的海风漫过海岸的沙丘，登上爱德华王子岛的山冈。山上一条红色道路蜿蜒前行，经过农田，穿过密林，在长着云杉树丛的角落转弯，串起一片正在茁壮成长的人造枫林，枫树的下盘簇拥着羽毛状的蕨叶。道路随后沉入谷地，一条小河在谷林间出出入入、时隐时现。一个不留神，这条路便没入了彩练般的紫菀丛中。这些花儿长着金色的枝条和烟蓝色的花朵，和红色道路一块沐浴在明媚的阳光下。数不胜数的蛐蛐就像是定居于这片山冈的退休老人，它们组成了其乐融融的乐团，演奏出激荡人心的交响乐，让仲夏的空气都为之沸腾。一头膘肥体壮的棕色小马闲庭信步地走在这条路上，两个女孩在它身后的马车上，海阔天空地聊着青春、生命以及埋藏其中的单纯无价的欢乐。

"啊，这真是一个伊甸园般的日子，不是吗，戴安娜？"安妮如释重负地长舒一口气，语气里充满了喜悦之情，"这空气想必是被施了魔法。看看丰收谷里的那片紫色的花海，戴安娜。还有呢，快闻一闻冷杉朽木的芬芳！这个气味是从那个阳光灿烂的小山谷里传出来的。埃本·怀特先生曾经在那儿砍伐木材，用作栅栏上的木桩。在尘世过着这样逍遥的日子，真是令人心花怒放，但是冷杉朽木的芳香让我感觉来到了天堂。我的灵魂似乎只剩下三分，另外七分已经化作华兹华斯。[①] 天国本不应该有冷杉，对吗？然而对我来说，如果天堂的树林里没有冷杉朽木的香味环绕，那样的天堂是不完美的。也许在没有死亡的天堂里，咱们依然能享受到这甜美的香气。没错，我想就是这样子的。这馥郁的馨香一定就是冷杉的灵魂，并且毫无疑问，它会升入天国。"

"树木是没有灵魂的，"戴安娜实事求是地说，"但是冷杉朽木的清香可真让人心旷神怡。我准备用冷杉的针叶当填充物做一个垫子。你最好也做一个，安妮。"

"我想我会的，并且我要用它来打盹，到时候我一定会梦见自己变成了树精或是林中仙女。而现在，我仍是怡然自得的安妮，一个艾凡里学校的女教师，在这样一个甜美温馨的日子驾着马车兜着风。"

"这真是个幸福的好日子，与此同时我们也肩负一个'幸福'的任务。"戴安娜叹息道，"你到底为什么要选择游说这条路上的街坊呢，安妮？几乎所有艾凡里的'怪咖'都住在这儿，我们很可能会像乞丐一样被打发走。这真是所有路线中最艰难的一条了。"

"这正是我选择它的缘故。诚然，如果我们主动要求，吉尔伯特和弗雷德也会义不容辞地选择这条路。但是戴安娜，你知道的，我觉得自己对促进会负有责任。当初正是我带头提出组建促进会的建议，所以理所应当由我来接最烫手的山芋。我唯独对你心怀歉意，所以在这些'怪咖'的家里，你不需要发言，我会独自搞定这些谈判。林德人太相信我对此驾轻就熟，但是她还没想好是否支持我们的计划。她一想到艾伦夫妇都支持，就也想要支持；但她转念一想，促进会是个源自美国的'舶来品'，便又举棋不定了。只有成功地办好这件事

---

① 华兹华斯：英国浪漫主义诗人，有"桂冠诗人"的美称。他的作品灵感基本源自其生活了将近一辈子的湖区。

才能为我们正名。普里西拉准备为我们的下次会议做一份报告,我想她会把这份报告写得很精彩,因为她的姊姊是一位才华横溢的作家,想必她也继承了妙笔生花的基因。我至今仍然难以忘怀,当初得知夏洛特·摩根太太正是普里西拉的姊姊时我有多么兴奋。她曾经写出了《在埃奇伍德的日子》和《玫瑰花蕾花园》这样的著作,我能成为她侄女的朋友真是太荣幸了。"

"摩根太太现在住在哪儿?"

"她住在多伦多。普里西拉还说,明年夏天她姊姊会来咱们的岛上探亲,如果方便的话普里西拉还会安排咱们和她姊姊会面。我真不敢相信这是真的,简直就像做梦一样。"

艾凡里的乡村促进会是一个井然有序的组织。吉尔伯特·布莱思担任主席,弗雷德·怀特担任副主席,安妮·雪莉担任秘书,戴安娜·巴里担任会计。宣誓入会的成员每两周在成员的家中举行例会。眼看快入冬了,他们并不指望能在这么短的时间里取得多少改革成果。但他们还是未雨绸缪,开始编写明年夏天的改革计划,采集并讨论提案,撰写和阅读报告,还有安妮所说的,广泛地开化民智。

当然,坊间也存在着反对的声音,许多还相当刺耳。这些声音触动了促进会成员敏感的神经。据传闻,伊利沙·怀特先生说这个组织更为恰当的名字应该是"相亲交友俱乐部"。锡兰·斯隆太太宣称,她听闻促进会的成员想要犁开路边的土,然后全部种上天竺葵。利维·博尔特先生则警告街坊们,促进会成员已通过决议,要求每个人拆除并重建他们的房子。詹姆斯·斯宾塞先生放话称,他请求促进会铲平教堂山。埃本·怀特告诉安妮,他希望促进会能让老约书亚·斯隆定期刮干净他的络腮胡子。劳伦斯·贝尔先生说如果实在没更好的改良措施,他可以重新粉刷他的畜棚,但是他坚决不同意给牛棚的窗户挂上蕾丝窗帘。克里夫顿·斯隆是一名促进会成员,他平时的工作主要是负责将牛奶运送至卡默迪的奶酪加工厂。梅杰·斯宾塞先生曾询问他,是不是明年夏天每个人都要将自己家的牛奶架粉刷一遍,并在架子上摆上刺绣作为装饰。

也许人性就是这样。既然事已至此,促进会决定勇敢地放手一搏,孤注一掷地做好那些有望在这个秋天实现的改革计划。在巴里家的会客厅里,他们举行了第二次会议。会上奥利弗·斯隆提议开展一项募捐活动,以筹措用于粉刷礼堂内壁和翻新礼堂屋顶的资金。茱莉亚·贝尔对此表示支持,但她心中有些不安,感觉自己的举动太过招摇、不够淑女。吉尔伯特对这个动议发起投票,最终它获得全票通过。安妮慎重地对此提案做了会议纪要。下一个议题是任命新一届委员会。格蒂·派伊为了不让茱莉亚·贝尔抢走所有风头,大胆地提名简·安德鲁斯小姐为委员会的主席。同样地,这个动议也得偿所愿地获得支持并通过。简投桃报李,让格蒂进入了委员会。除了格蒂,委员会成员还有吉尔伯特、安妮、戴安娜、弗雷德·怀特。委员会将在闭门会议中分配各自负责募捐的街道。安妮和戴安娜被指派负责纽布里奇街道,吉尔伯特和弗雷德负责白沙街道,而简和格蒂负责卡默迪街道。

"因为呢,"吉尔伯特对安妮解释这样安排的原因,此时他们正穿越恐怖林,走在回家的路上,"派伊家族都居住在卡默迪路上。如果没有一个本家人去募捐的话,他们一个子儿也不会出的。"

接下来的星期六,安妮和戴安娜就出发了。她们先驾车到达路的尽头,然后回过来朝着自己家的方向挨家挨户募捐。第一家是传说中的"安德鲁斯家的姑娘们"。

"如果只有凯瑟琳一个人在的话,我们应该能有所斩获。"戴安娜说:"但是,如果伊莱扎也在的话,恐怕就要竹篮打水一场空了。"

伊莱扎果然在家,而且脸色看起来比往常更加阴沉。伊莱扎小姐让人感觉人生是痛苦的深渊。按照她的理解,任何一个微笑都是浪费力气且应该受到斥责,更不必说开怀大笑了。安德鲁斯家的姑娘们已经单身了五十来年,看起来极有可能要单身度过余生。据说凯瑟琳并未放弃希望,但是伊莱扎这个天生的悲观主义者,也许从来就不知道什么叫希望。他们生活在一幢棕色小房子里,坐落于一个阳光明媚的角落。这里本是马克·安德鲁的山毛榉林的一角,原址上的树木被砍去后,她们在此建了房子。伊莱扎常常抱怨,这儿的夏天真是热死人了,凯瑟琳则更乐意说,这儿的冬天多么温馨宜人。

伊莱扎此刻正在做女红,并非因为她需要,而仅仅是为了抗议凯瑟琳浪费针线,编了一堆无用的蕾丝。在安妮她们诉说来意时,伊莱扎一直眉头紧锁,而凯瑟琳却面带微笑。而且,每当凯瑟琳注意到伊莱扎的眼神时,她就会愧疚而慌乱地收起笑容。但是稍不留神,她的笑容又会在下一秒重新绽放。

"如果我是有钱可以浪费的'土豪',"伊莱扎冷冷地说,"也许我会拿钱来烧,享受那绚丽的烟火带来的快感;但我绝不会把钱投入那个礼堂,一分钱都不会。给这个礼堂投资并不能给艾凡里带来任何好处。那只是供年轻人约会的纸醉金迷的地方,还不如让他们早点回家洗洗睡呢。"

"噢,伊莱扎,年轻人本来就需要一些娱乐活动。"凯瑟琳辩驳道。

"我看不出这有什么必要。咱们年轻的时候可没去过礼堂或者别的什么地方鬼混呀,凯瑟琳·安德鲁斯,真是世风日下啊。"

"可我认为世道是蒸蒸日上的。"凯瑟琳坚定地说。

"你认为!"伊莱扎小姐嗤之以鼻地说,"你主观臆断的事根本不能改变现状,凯瑟琳·安德鲁斯,事实胜于雄辩。"

"好吧,我喜欢从积极的一面看待事物,伊莱扎。"

"哪有什么积极的一面?"

"噢,当然有。"安妮厉声说,她已经无法继续在沉默中忍受这种歪理邪说了,"嗯,事物总是有其光明之处,安德鲁丝小姐。这是个非常美好的世界。"

"等你到了我这把年纪,就不会对它有这么高的评价了。"伊莱扎小姐尖刻地反驳道,"到时候你也不会再热衷于改进它。你的母亲现在怎么样了,戴安娜? 我亲爱的,她的近况可真是糟糕,看起来如此虚弱。玛丽拉还有多久就会完全失明,安妮?"

"医生说只要她注意保养,她的眼疾就不会恶化。"安妮支支吾吾地说。

伊莱扎摇了摇头。

"医生总是这么说,好让病人振作起来。我要是她就不会抱什么希望。务必做最坏的打算。"

"但我们不是也应该做最好的打算吗?"安妮言辞恳切地问道,"两种结果都具有相同的可能性。"

"我的经验告诉我事实绝非如此,而且我可是有五十七年的阅历,你却只有十六年的。"伊莱扎生气地回敬道,"好走不送。哼,你们这个新社团最好别把艾凡里带跑偏,尽管我并不抱什么希望。"

谢天谢地,安妮和戴安娜终于逃了出来,她们快马加鞭地离开了这个是非之地。她们在山毛榉林中刚一掉头,就发现一个丰满的人影在安德鲁斯先生的牧场上飞奔,并朝她们兴奋地招手。那正是凯瑟琳·安德鲁斯,她跑得快断气了,以至于几乎说不出话来。但是她塞了一堆钢镚到安妮的手中。"这是我的那一份,用来粉刷礼堂。"她气喘吁吁地说,"我本来想给你们一块钱的,但是我又不敢拿太多私房钱出来,怕被伊莱扎发现。我对你们的社团非常感兴趣,我相信你们一定会办很多实事。我是一个乐天派。和伊莱扎生活在一块,我必须做一个乐天派。在她找我之前,我必须赶回去了——她还以为此刻我正在喂鸡。祝你们的募捐之旅一切顺利，别因为伊莱扎的话而垂头丧气。这个世界正在变得越来越好，毫无疑问。"

下一家是丹尼尔·布莱尔家。

"现在，一切取决于他的太太是否在家。"戴安娜说，此时她们正驾车在一条辙痕累累的小路上颠簸，"如果她在的话，我们不会拿到一分钱。每个人都说丹尼尔·布莱尔从不敢在未经老婆首肯的情况下剪头发。毫不夸张地说，她是个吝啬的女人。她说，她在之前还算慷慨大方。但是林德太太说，她在结婚之前从来没有慷慨大方过。"

那晚，安妮把她们在布莱尔家的经历告诉了玛丽拉。

"我们把马拴好，然后敲了敲厨房的门。尽管没人应答，但我们发现门是开着的，可以听见储藏室传来某人可怕的声音。我们无法分辨说话的内容，但是戴安娜说，她根据声音可以推断出此人正在咒骂着什么。我不敢相信这是布莱尔先生，因为他向来是那么安静又温文尔雅。但至少可以确定的是，他正在气头上。这个可怜的男人来到门口，脸紫得像一棵甜菜头，脸上大汗淋漓。他正穿着一件她太太的大号格子围裙。'我实在脱不下这讨厌的东西。'他说，'因为后面的带子打了死结，我解不开，所以请你们见谅，女士们。'我们请他不必介怀，然后进屋坐了下来。布莱尔先生也坐了下来，他把围裙调转了 180 度，并卷了起来。他的样子既尴尬又焦虑，我们都为他感到难过。戴安娜还说，她真抱歉我们在这个时候打搅他。'噢，没那回事。'布莱尔先生强颜欢笑地说，你知道他总是彬彬有礼的，'我是有点忙，正准备烘焙一个蛋糕。我太太今天刚接到一个电报，她的妹妹今晚要从蒙特利尔过来。于是她就去火车站接她妹妹了，并指示我提前烤一个蛋糕作为下午茶的茶点。她写下了食谱并教我如何操作，但遗憾的是我弄到一半已经完全忘记该如何进行下去了。食谱上说，接下来根据个人口味调味。这是什么意思？你如何斟酌这个用量？如果我的口味恰好和别人的口味不同呢？一个小千层蛋糕放一汤匙的香草精够不够呢？’”

“我真的比任何时候都更同情这个可怜的男人，这活似乎完全不属于他擅长的领域。我听说过妻管严，现如今还真见到了个活生生的例子。我正想说，‘布莱尔先生，如果你能为我们的礼堂捐款，我会帮你做蛋糕’，但是话到嘴边又咽了下去，因为我突然意识到这样说很不友好，简直就是在和一个身陷困境的同胞讨价还价。所以最终我提出无条件地为他做蛋糕。他对我的决定感到喜出望外。他说，婚前他曾经自己做过面包，但是做蛋糕显然超出了他的能力范围，然而他并不想让太太失望。他给我找来另一条围裙，戴安娜负责打蛋，我负责调配用料。布莱尔先生到处给我们找原料，他风风火火地忙前忙后，已经完全忘了自己的围裙。此刻，那条围裙就像旗帜一般在身后飘扬。戴安娜说，她再多看一会儿眼都要瞎了。完事之后，他说他能独自把蛋糕烤好，他过去经常干这活，所以剩下的就不需要我们帮忙了。最后，他问我们要了清单，然后捐出了四块钱。所以你看，我们得到了嘉奖。即使他没有捐出一分钱，我也会因为我们做了一件真正的好事而感到开心。”

西奥多·怀特是下一户人家。无论是安妮还是戴安娜，以前都没有去过那儿。她们和西奥多太太也不熟，只知道她待人不客气。她们应该从前门还是后门进呢？正当她们还在小声嘀咕之时，西奥多太太手持一沓报纸出现在前门。她小心翼翼地将报纸一张张地铺在门廊的地板上和台阶上，然后来到一脸茫然的访客跟前。

“你们可否先在草地上擦干净鞋上的污泥，再沿着报纸铺就的路线进屋？”她忧心忡忡地说，“我刚做了大扫除，可不容许任何灰尘再进入我的屋子了。昨天下了一场雨，所以这条小路变得泥泞不堪。”

“你可千万别笑。”当她们踏上那些报纸时，安妮悄声警告戴安娜,"还有呢,戴安娜,不论她说什么,拜托你千万别看我,否则我很可能无法保持庄重。"这些报纸一直铺满门厅,延伸至一间纤尘不染的会客室。安妮和戴安娜战战兢兢地在最近的椅子上坐下,并逐一道明来意。怀特夫人礼貌地倾听着,只打断了她们两次。一次是她追打一只调皮捣蛋的苍蝇,另一次是她从地毯上拾起一根从安妮的裙子上落下的纤细如发的小草。安妮深感内疚,但是怀特太太还是当场捐赠了两块钱。"怀特太太这么爽快,准是怕咱们为了募捐再来她家。"当她俩离开时,戴安娜如是说。她们松开拴马的缰绳时,怀特太太在回收那些报纸。而当她们驾着马车离开院子时,她们看到怀特太太正挥舞着一把扫帚打扫门厅。

"素闻西奥多·怀特夫人是世上最爱干净的人,现在我可是对此传言深信不疑了。"戴安娜说。刚行驶到没人的地方,她便爆发出压抑许久的笑声。

"好在她没有孩子。"安妮严肃地说,"如果她有的话,对他们来说,这将是多么可怕的事。"

在斯宾塞家,伊莎贝拉·斯宾塞太太对她们说了一些关于艾凡里居民的坏话,这令她们感到非常难堪。托马斯·博尔特先生则拒绝出资,因为二十年前这座礼堂并未建在他推荐的地方。伊斯特·贝尔太太向来是健康的代名词,却花了半个小时详细地描述了她满身的伤病,然后悲痛地捐出五毛钱。因为她说,明年的今天她也许已长眠于墓地里,再也无法再给她们捐款了。

他们最糟糕的遭遇,其实是在西蒙·弗莱彻家。当她们驾着马车抵达他家的院子时,还看到有两双眼睛透过门厅的窗户在注视她们。但是不论她俩怎么耐心地敲门,就是没人应。最后她俩只能怏怏不平地离开西蒙·弗莱彻的家,安妮都开始感到灰心丧气了。没想到时来运转,她们在接下来的斯隆家族的数个农场收到了慷慨的捐助。而且除了一家态度傲慢,其他人家都热情地与她们挥手道别。她俩最后的目标是塘桥旁的罗伯特·迪克森家。尽管这儿离她们自己的家很近,但她们还是留下来一块喝了午茶,因为她们怕冒犯迪克森太太。她可是个声名远播的脾气暴躁的女人。

当她们还未离开时,年迈的詹姆斯·怀特太太正好来访。

"我刚去了洛伦佐的家。"她高声说道,"他现如今可是艾凡里最骄傲的男人了。你们知道吗,他家新添了一个男丁。在此之前,他太太已经生了七个女儿了。要我说,这真是喜事临门。"安妮竖起耳朵仔细听着。当她们驾车离开时,她说:"咱们现在取道洛伦佐·怀特家。"

"但是他住在白沙路。那里距此可不近呢,"戴安娜抗辩道,"吉尔伯特和弗雷德会游说他的。"

"他们要到下周六才到那儿,会错失良机。"安妮斩钉截铁地说,"届时,那种喜悦感早已消磨殆尽。洛伦佐·怀特是出了名的吝啬,但是此时此刻他什么条件都愿意接受。我们绝不能放过这个天上掉下的大馅饼,戴安娜。"结果正如安妮所料,怀特先生在院子里会见了她们。他脸上神采奕奕,仿佛复活节的太阳一样容光焕发。当安妮请求他捐款时,他欣然同意了。

"没问题,当然了。那么我就在你们迄今获得的最高个人捐助额上再加上一块钱吧。"

"那就是五块钱。丹尼尔·布莱尔先生捐了四块钱。"安妮诚惶诚恐地说。但是洛伦佐眼都没眨一下就掏了钱。

"五块是吧。喏,五块钱,拿好喽。现在,我要带你们进屋里,让你们看一样好东西。目前可没有多少人能大饱眼福呢。进来吧,让我听听你们的意见。"

"如果那个孩子太丑,我们该说什么?"当她俩跟着喜形于色的洛伦佐进入里屋时，戴安娜惊慌失措地小声问道。

"噢，总会有些什么优点可说的，"安妮从容不迫地说，"小婴儿一定会有优点的。"

尽管这么说，但那孩子确实漂亮。两个女孩对这个胖嘟嘟的新生儿表达了由衷的喜悦之情，这让怀特先生感到他这五块钱花得值。但这是洛伦佐·怀特第一次，也是最后一次参加募捐活动。尽管一天下来安妮精疲力竭，但为了民众的福祉，那晚她又做了一次努力，那就是跨越田野，前去拜访哈里森先生。此时他正一如既往地叼着烟斗和金杰坐在门廊上。严格地说，他住在卡默迪路上，而这块街区本来是由简和格蒂负责的，但是她俩显然和哈里森先生没有交情，所以不得不向安妮求援，以解燃眉之急。

但是，哈里森先生毫不留情地拒绝了捐助邀请。纵然安妮使出浑身解数，依然无济于事。

"我一直以为您是支持我们协会的，哈里森先生。"她心灰意冷地说。

"我支持，当然支持，只是还没到可以出资赞助的地步，安妮。"

这天晚上睡觉前，安妮坐在东山墙①的梳妆台前，望着镜子里的自己。"要是再让我经历几次像今天这样的遭遇，我想我也要变成伊莱扎·安德鲁斯小姐那样的悲观主义者了。"她自言自语道。

---

① 东山墙指的是靠着东山墙的那间屋子，类似四合院的东厢房。

第七章

职 责 所 在

在十月一个温暖的傍晚,安妮背靠着椅子叹气。她坐在桌旁,桌上放着许多书籍和练习册,然而眼前那几份精心撰写的文章却和教学工作没有明显的联系。

"你怎么啦?"吉尔伯特问道。他正巧经过厨房门口,听到了这声叹息。

安妮脸上泛起红晕,赶紧把她的文章塞到那些学生的作文下面,以免被人发现。

"没什么要紧的事。我试着把自己的一些想法写下来,汉密尔顿教授建议我这样做。但是我开心不起来。把这些想法白纸黑字地写下来真是既死板又愚蠢。想象力总是如魅影般捉摸不定,它们是如此反复无常,你完全无法驾驭它们。但是,也许只要我持之以恒,有朝一日我会参透其中的奥秘。我平时也没有太多的时间,你懂的。当批改完学生们的练习和作文后,我就已经累得不想写任何东西了。"

"你在学校已经做得非常出色了,安妮。所有孩子都喜欢你。"吉尔伯特说着,在石阶上坐了下来。

"不,并非所有。安东尼·派伊就不喜欢我,而且似乎永远也不会喜欢了。更可恨的是,他还不尊重我。是的,毫不尊重。他总是用一种鄙夷的眼光看我。说实话,这真是让我愁眉不展、心急如焚。他并不是那种坏到骨子里的男孩，也并不比其他一些孩子更坏。他只是喜欢恶作剧罢了。他基本都会听我的话，只是他总是带着一种轻蔑的态度，就好像我的话完全不值一听。这种行为给其他同学造成了负面的影响。我尝试了各种办法来赢得他的心，但是恐怕我再也无法达成这个目标了。我真的渴望赢得他的心，因为他是这样一个可爱的小男生。尽管他是派伊家的孩子，但只要他愿意让我进入他的内心，我一定会体贴爱护他。"

"也许这仅仅是因为他受到了家里那些不良言论的影响。"

"不完全是。安东尼是个性格独立的男生，他非常有主见。他常常在别人面前说女教师的坏话。好吧，咱们还是静静期待宽容和善良在他心中开花结果吧。我喜欢战胜困难，而且我觉得教书是一项非常有趣的工作。保罗·欧文填补了其他学生带给我的遗憾，他真是个讨人喜欢的小可爱，吉尔伯特。除此之外，他还是个天才。我相信终有一天他会名扬天下。"安妮信心满满地说。

"我也喜欢教书。"吉尔伯特说，"这是一个很好的锻炼人的机会。啊，安妮，在给白沙村的孩子们上课的这几个星期里，我掌握的知识比当年自己上学时学到的要多得多。我们都做得非常棒。我听说新桥的街坊都喜欢简。而白沙村的街坊也对我比较认可，除了安德鲁·斯宾塞先生。昨晚我在回家的路上遇到了彼得·布鲁伊特太太，她说鉴于职责所在，她必须告诉我，斯宾塞先生并不赞赏我的做法。"

"你发现没？"安妮若有所思地问道，"每当人们说鉴于职责所在，他们必须告诉你某件事，那么你就等着接受一件倒霉事吧。为什么他们从不认为，说一件和你有关而振奋人心的事，才是他们的职责所在呢？唐奈尔太太昨天又来学校找我了，她认为鉴于职责所在她必须告诉我，哈蒙·安德鲁太太不同意我给孩子们读童话故事。而罗杰森先生嫌普里利做算术太慢了。如果普里利在做题的时候能少花点时间给男孩子们抛媚眼,我想她会做得更快。尽管我尚未抓住现行,但我确信杰克·吉利斯在帮她做算术题。"

"最后你有没有让唐奈尔太太寄予厚望的宝贝儿子接受他那神圣的名字?"

"他接受了,"安妮大笑道,"但这真是一条非常曲折的道路。刚开始,我叫他圣克莱尔的时候,他压根没有一点反应。等我叫了他两三遍,其他男生就会轻轻地推推他,他才一脸委屈地抬起头来看我,就好像我是在喊约翰或者查理之类的绝不可能指代他的名字一样。所以,有天放学后我把他留了下来,好言好语地劝说他。我告诉他,他的母亲希望我叫他圣克莱尔,我不能违背她的意愿。当我把事情的原委一五一十地说完,他也知道错了。他真是个通情达理的小家伙。他说我可以叫他圣克莱尔,但是如果其他男生这样叫他,他会把他们揍得屁滚尿流。他竟口出狂言,可想而知,为此我再度训斥了他。从那以后,我便称呼他圣克莱尔,其他男生则叫他杰克,大家井水不犯河水。他曾告诉我,未来他想做一个木匠,但是唐奈尔太太则希望我把他培养成一个大学教授。"

提到了大学,吉尔伯特也找到了新的话题。于是他们开始畅谈未来的规划和理想。他们就像年轻人热衷的那样,真挚、热烈而满怀希望地聊着。对于他们来说,未来就是一块充满奇幻可能性的处女地。

最后吉尔伯特定下目标,他要成为一名医生。

"这是一个令人向往的职业。"他兴致勃勃地说,"一个人穷其一生,总要和某些东西作斗争。不是有人说,人类就是一种战斗生物吗?我想要抗击疾病、痛苦和愚昧无知,这些东西彼此紧密联系、不可分割。人生苦短,我想在一项真诚的事业上贡献绵薄之力,想为那无数先人砌起的智慧广厦添砖加瓦。前人栽树,后人乘凉。我愿抓过接力棒,为后辈们做一些力所能及的事情,以此作为对前辈们的报答。对我来说,这是一个人对整个民族履行自身义务的唯一方法。"

"我想要给生活增添一些色彩。"安妮浮想联翩地说,"我并不是很想给人们传授更多的知识,尽管我知道这是最崇高的事业。我更希望他们因为我的存在,享受了一段更为快乐的时光。我希望正是与我相遇,才让他们拥有了这些小小的令人愉悦的美妙感受。"

"我想你每天都在实现这样的梦想。"吉尔伯特对安妮投以赞许的目光。

他言之有理。安妮带有与生俱来的光环。当她经过一个生命,向它投以阳光般的笑容或是金玉般的箴言,至少在那一刻,这个生命就充满了希望、欢喜以及祝福。

最后,吉尔伯特突然想起了什么,于是懊悔地站了起来。

"噢,我现在必须赶去麦克弗逊家了。博伊德教授借了一本书给我,穆迪·斯伯桢今天正好从皇后学院回来过周末,所以我托他把书带给我。"

"我也要给玛丽拉准备午茶了。下午她去看了基斯太太,这会儿她应该准备到家了。"

当玛丽拉到家时,安妮已经把午茶沏好了。壁炉里的炉火欢快地噼啪作响,经霜的蕨叶和宝石般鲜艳的红枫被插在花瓶中装饰着餐桌。火腿和烤面包那令人垂涎欲滴的香味充盈了整个屋子。但是玛丽拉瘫坐在椅子上,发出一声长叹。

"你的眼睛还好吗? 是不是头疼又犯了?"安妮惴惴不安地问道。

"不,我只是有点累,也有点担心,都是因为玛丽和她的孩子。玛丽现在更加虚弱了,看来她熬不了多久了。而那对双胞胎兄妹,我真不知道他们以后该怎么办。"

"他们的叔叔那边有消息吗?"

"嗯,玛丽收到了一封回信。他说他正在一个伐木场上班,并且开始新生活,不知道是和谁在一起了。无论如何,等春天到了他才有可能把孩子接过去。到时候他会先结婚,然后才会有一个能容纳他俩的家。他说玛丽必须找一些街坊收留他们,度过这个冬天。但是玛丽说她不想再麻烦邻居了。不得不说,玛丽和东格拉夫顿的街坊们相处得不太好。最关键的是,安妮,玛丽希望我能收留这些孩子,虽然她没有明说,但我知道她心里是这么想的。"

"噢!"安妮十指相扣,欢呼雀跃,"你当然会收留他们的,玛丽拉,对吧?"

"我还没想好。"玛丽拉尖刻地回答,"我才不像你,一头脑发热就做出冲动的事情,安妮。三代表亲这种远房关系可没什么说服力,照顾两个六岁的孩子更是一个吓人的重担,何况他们还是一对双胞胎。"

玛丽拉素来认为,双胞胎的淘气程度不亚于两个独生子。

"双胞胎可有趣了,至少一对双胞胎是这样的。"安妮说,"当数量上升至两三对的时候,那就会变得单调乏味。当我去学校的时候,他们准能给你增添许多生活的乐趣。"

"我可不觉得那有什么乐趣,要我说,反而是增添了许多烦恼和忧愁。要是他们和你来这儿时的年纪相仿,咱们还没这么大风险。我倒不是很担心朵拉,她看起来很乖巧,然而戴维可不是一盏省油的灯。"

安妮很喜欢小孩子,并且她的心一直以来都系在基斯家的双胞胎身上,而且她童年被遗弃的遭遇仍历历在目。安妮明白玛丽拉的软肋,她对自己的分内之事一定会不遗余力地做好。安妮便心思缜密地按照这个套路来安排话术。

"如果戴维非常调皮捣蛋,那就更加说明他需要良好的管教,不是吗,玛丽拉?如果他们得不到我们的保护,那谁又能保护他们呢?他们又会受到什么潜移默化的影响呢?你想想基斯太太的邻舍,那个斯普罗特家,假如是他们收养了孩子。林德太太曾说亨利·斯普罗特是她见过对神明最不恭敬的人,你根本无法想象他的孩子平时都把什么话挂在嘴边。让这对兄妹跟着他,能学到什么好东西?或者你再假定威金斯家收养了他们。林德太太说威金斯先生为了养家糊口,变卖了家里所有值钱的东西,尽管如此,他也只买得起脱脂牛奶。你不会希望你的亲人受冻挨饿吧,即便他们只是远房表亲,对吗?在我看来,玛丽拉,收留他俩就是咱们义不容辞的责任。"

"我想确实是的。"玛丽拉无可奈何地同意道,"我会告诉玛丽拉,我来收留他们。但是你别高兴得太早了,安妮,那意味着一大堆活等着你来做。我因为眼疾已经没法穿针引线了,所以你必须负责帮他们制作和缝补衣服。但是你向来不喜欢针线活。"

"我确实讨厌针线活。"安妮镇定自若地说,"但是既然你已经出于责任感同意收留这些孩子,我同样也能出于责任感做好针线活。适当地做一些自己不喜欢的事情对人的成长还是有好处的。"

第八章

领养双胞胎

瑞秋·林德太太正坐在厨房的窗边缝着被褥。数年前的一个黄昏,她也是坐在这儿,看到马修·卡斯伯特带着被她称作"淘来的孤儿"的女孩从山坡下来。但是那会儿正值春季,而如今已入深秋。无边落木萧萧下,十里陇野秋草黄。夕阳西下,壮丽的紫金色晚霞仿佛给艾凡里的深林披上了盛装。一匹棕色小马拉着一架轻型马车悠然自得地跑下山坡。瑞秋太太正目不转睛地注视着它。

"玛丽拉从葬礼回来了。"她对她的先生说。托马斯·林德此时正躺在厨房沙发上。林德太太对外界的风吹草动向来消息灵通,相比之下,她对自己的家庭却不甚敏感。她都没发现,最近她的先生在沙发上躺着的时间越来越长。"她带着那对双胞胎。是的,戴维倚在挡泥板上,一个劲地想要抓马尾,玛丽拉赶紧把他拽了回来。朵拉则规规矩矩地坐在位子上,真的很乖,她的衣服总是看起来好像刚刚浆洗并熨烫过一样整洁得体。①哎呀,可怜的玛丽拉这个冬天肯定有的忙喽。但我还是要说,在现在这种情况下,除了把他俩接过来之外,她别无选择。以后她可少不了安妮的帮助。办成这件事一定能把安妮乐坏了。不得不说,她对付小孩子可有一套呢。亲爱的,我还记得

---

① 浆洗是用淀粉液浸泡衣物,使之更加容易立体定型,穿起来显得熨帖、笔挺、有精神。

可怜的马修带着安妮回家后,不到一天,消息就传开了。大家都在冷嘲热讽地说玛丽拉开始带孩子了,没想到现在她已经升级到抚养双胞胎了,这个世界真是惊喜连连。"

这匹胖墩墩的小马一溜烟地踱过林德家洼地的拱桥,在绿山墙路上小跑。玛丽拉的脸色很难看。这里距离东格拉夫顿已有十英里,戴维·基斯这个精力充沛的小家伙却似乎总也停不下来。玛丽拉感到自己实在无能为力,没法让他的屁股好好地贴在位子上。一路上她都提心吊胆,提防着戴维从马车后面掉下去摔断脖子,或者从挡泥板上翻过去落到马蹄下。最后在绝望之中,她威吓说,她回到家要好好地抽他一顿。这时,尽管玛丽拉还在驾着马车,但戴维爬到了她的大腿上,用他那肉肉的胳膊环住她的脖子,给她一个熊抱。

"我才不信呢,"他说着便亲热地抚摸玛丽拉饱经风霜的脸庞,"你一点也不像那种只是因为孩子坐不住就打人的太太。你不觉得在我这种年纪真的很难保持安静吗?"

"不觉得。以前只要大人要求,我都会很乖的。"玛丽拉说。她试着让语气听起来更威严,但是在戴维的爱抚下,她的心却变得越来越柔软。

"好吧,我猜这只是因为你是个女孩子。"戴维说着又抱了抱她,便挪回了他的位子,"你曾经是个女孩,我想,尽管这事想想就有趣。虽然朵拉能正襟危坐,但是我觉着那太无趣了。对我来说,当一个女孩子真是死气沉沉。来,朵拉,我来让你活跃一下。"

戴维所谓的"活跃一下"的方法就是把朵拉的鬈发捏在手指上,然后使劲一拽。朵拉紧接着大叫一声,便哇哇大哭起来。

"你可怜的母亲刚刚下葬,你怎么就能这么放肆呢?"玛丽拉绝望地诘问道。

"但她死时是高兴的。"戴维一本正经地说,"我知道,因为这是她自己说的,她已经厌倦了生病。在她去世的前一晚我们聊了很久,她告诉我你会把我和朵拉带回家过冬,还要我做个乖孩子。我会听话的,但是,为什么安静地坐着就是听话的行为,但是跑来跑去就不算呢?她还要我一直对朵拉好,要为她挺身而出,我会做到的。"

"你揪她头发算是对她好?"

"嗯,我不会让别人揪她头发。"戴维说着眉峰一蹙,攥起两个小拳头,"他们有胆就试试看。我不会过分伤害她,她哭哭啼啼只是因为她是个女生。我很高兴自己是个男生,但很遗憾,我们是双胞胎。当吉米·斯普罗特与他妹妹意见相左时,他会说:'我比你大,自然懂得比你多。'此话一出就把他妹妹治服了。但是我没法这样对朵拉说,所以她的想法就继续和我的想法背道而驰。你可以让我来驾驶一会儿马车,因为我是个男子汉。"

当玛丽拉抵达自己的院子时,她的心情总体来说是欣慰的,因为一路上担心的那些事没有发生。此时,深秋的晚风正与地面的黄叶翩翩起舞。安妮站在门口迎接他们,她把双胞胎兄妹逐一抱了下来。戴维回馈安妮一个标志性的熊抱和一句激昂的宣言:"我就是戴维·基斯先生。"

在吃晚饭时,朵拉举止像个小淑女,而戴维的礼数则统统被他抛到了九霄云外。

"我太饿了,实在没闲工夫规规矩矩地吃饭。"当玛丽拉责备他时,他这样回答,"我比朵拉饿好几倍呢,你想想我在路上做的那些'运动'就知道了。这个李子馅的蛋糕真是太好吃了。我们在家好长时间没吃过蛋糕了。因为妈妈总是卧病在床,而斯普罗特太太又说她最多只能给我们烤面包,威金斯太太从来不会在她的蛋糕里放李子。从来不放!我可以再吃一块吗?"

玛丽拉本想拒绝,但是安妮慷慨地又切了一块给他。但是她提醒戴维,他必须说"谢谢你"才能吃。戴维只是朝她咧嘴一笑,便大口嚼了起来。在大快朵颐之后,他说:"如果你再给我一块,我就会说'谢谢你'。"

"不,你吃太多蛋糕了。"玛丽拉说。安妮明白,玛丽拉是要戴维学会适可而止。

戴维向安妮使了个眼色,然后趴在桌子上,以迅雷不及掩耳之势从朵拉的指尖上夺过她的蛋糕。他张开大嘴,把一整块蛋糕塞了进去。这块蛋糕才刚刚被朵拉咬下一小口而已。此刻她的嘴唇微微颤抖着,而玛丽拉早已瞠目结舌。

安妮立刻以她作为女教师的口吻大吼道:"噢,戴维,绅士是不会做出这样的事情的。"

"我知道他们不会。"戴维说,他嚼了好一会儿才能够说出话来,"但我不是绅士呀。"

"难道你不想成为一个绅士吗?"安妮惊愕地问道。

"当然想啊。但是我还没长大,不能当绅士呢。"

"噢,你当然可以。"戴维话音未落,安妮便脱口而出。她发现了一个千载难逢的机会,可以在戴维心中播下善良的种子。"你还是小孩子的时候,就可以试着成为一个绅士。并且,绅士是绝不会从女士的手里抢东西的,他也不会忘记说谢谢,更不会拉拽别人的头发。"

"不得不说,他们活得一点趣味都没有。"戴维直言不讳地说。"我想我还是等长大了再做一个绅士吧。"

玛丽拉无可奈何地又切了一块蛋糕给朵拉,她感到自己对戴维已经束手无策。这一天她过得非常艰难,尤其是要参加那个葬礼和长途奔波。在那一刻,一种伊莱扎·安德鲁斯式的悲观情绪在她心中油然而生。

这对双胞胎兄妹看起来并不怎么相像,尽管两人都很漂亮。朵拉长着一头油光水滑的鬈曲长发,她总是把秀发打理得整整齐齐;戴维圆圆的脑袋上则长满了毛茸茸的金色小卷发。朵拉的浅褐色瞳仁柔情似水,戴维的双目则显得古灵精怪。朵拉的鼻梁俊俏挺拔,戴维则有一个短小的朝天鼻。朵拉那张嘴显得有些矜持,而戴维总是一副嬉皮笑脸的样子。与此同时,他的一侧脸颊长着一只酒窝,另一侧却没有,这让他笑起来时有一种不对称的喜感。他的这张小脸蛋仿佛到处都藏着恶作剧的影子,又似乎随时都能荡漾起满面春风。

"他们该睡觉了。"玛丽拉说,她想这也许是让这个淘气包消停下来的最简单快捷的方式,"朵拉和我睡,你把戴维带到西山墙去吧。你自己一个人睡不会怕吧,对吗,戴维?"

"不怕,但是我就睡一小会儿。"戴维惬意地说。

"噢,不行,你给我好好睡觉。"饱受折磨的玛丽拉已经不知道再说些什么,但话语中的某些情绪居然把戴维这样的小霸王也镇住了,他乖乖地快步跟着安妮上楼去了。

"等长大了,我要做的第一件事就是好好感受一番通宵达旦的滋味儿。"他信誓旦旦地和安妮说。

即使是多年以后,一想起这对兄妹寄宿于绿山墙的第一个星期,玛丽拉依然会不寒而栗。尽管第一个星期并不比后面的日子更可怕,但是从戏剧性的角度来看确实如此。戴维每天醒来之后,不是在捣蛋就是在通向捣蛋的路上。抵达新家的两天之后,他就犯下了一个引人注目的"大案"。那是一个星期天的早晨,风和日丽如九月一般。安妮给戴维穿戴整齐,玛丽拉帮朵拉梳妆打扮,他们准备一块去教堂做礼拜。起初,戴维对洗脸有强烈的抵触情绪:

"昨天玛丽拉给我洗过了。在葬礼那天,威金斯太太也用硬肥皂搓了我的脸。一个星期洗一次就够了。我搞不懂洗这么干净有什么用,邋里邋遢的可舒坦了。"

"保罗·欧文每天都会自觉地洗脸。"安妮机灵地说。

戴维住进绿山墙里已经超过两天了。现在他十分崇敬安妮，同时又非常憎恶保罗·欧文。从他来的那天开始，安妮就不厌其烦地赞扬保罗。如果保罗·欧文每天都洗脸，那么好了，他戴维·基斯也得每天洗脸。然而洗脸这事真要了他的命。同样地，他不得不顺从地搞好其他卫生。不过当他打理好自己之后，可真是个英俊的帅小伙。安妮领着他进入古老的卡斯伯特教堂时，似乎从他身上体会到了一种做母亲的自豪感。

戴维刚开始还表现得挺乖的，偷偷地四下打量教堂里的小男孩，看看谁才是保罗·欧文。唱《赞美诗》和朗诵《圣经》的环节都风平浪静，但当艾伦先生开始祈祷之后，惊心动魄的事情就发生了。

劳蕾塔·怀特坐在戴维前面，她的头微微低垂，金色头发扎成长辫垂于两侧，中间的颈项包裹在松松的蕾丝褶边中，露出令人怦然心动的白皙的肌肤。劳蕾塔是个胖乎乎的八岁女孩，她十分文静。在她六个月大的时候，她的母亲第一次把她带到这座教堂，从那时起，她从没在教堂里惹是生非过。

这时，戴维把手伸进了兜里，然后变戏法似的取出了一条毛毛虫。那是一条毛茸茸的、不断扭曲蠕动着的毛毛虫。玛丽拉看到后刚想上前阻止，戴维就已经把毛毛虫顺着劳蕾塔的脖子扔进了她的衣服里。

艾伦先生正祷告到一半，教堂里爆发出一阵令人毛骨悚然的尖叫声。牧师先生惊恐地停下了祷告，睁开双眼。每一个会众都抬起了头。只见劳蕾塔·怀特在长椅上急得跳脚，疯狂地抓挠后背。

"噢……妈妈……妈妈……噢……快把它弄走……噢……快把它拿掉……噢……那个坏男孩把它扔到我的衣服里了……噢……妈妈……它越钻越深了……噢……噢……噢……"

怀特太太板着脸噌地站起来，一把抱起扭个不停歇斯底里的劳蕾塔冲出了教堂。劳蕾塔的尖叫声逐渐消失在远方，艾伦先生得以继续主持仪式。但是，每个人心里都知道，那天的礼拜已经被毁了。那是玛丽拉平生第一次无心听经文，而安妮则窘迫得满面绯红、如坐针毡。

他们回到家后，玛丽拉把戴维扔到床上，之后的一整天也没让他再出去，只是给了他简单的面包和牛奶作为午饭。安妮把这些拿到他的屋里，然后满面愁容地坐在他身边。戴维毫无悔意地吃着，脸上是一副愉快的表情，仿佛什么事也没发生过。但是安妮忧伤的眼神不知不觉影响了他。

"我猜，"他若有所思地说，"保罗·欧文不会在教堂往女孩子的衣服里扔毛毛虫，对吧？"

"他当然不会。"安妮哀伤地说。

"嗯，我有点抱歉当时做了这件事。"戴维认错道，"但那真是一条非常可爱的大毛毛虫。我在教堂的台阶上拾到它，就在我们进去的时候。把它扔掉太可惜了。况且，听到那个女孩的惨叫不是很好玩吗？"

星期二的下午，妇女互助会的成员们在绿山墙集会。安妮匆忙从学校赶回了家，因为她知道玛丽拉需要她的帮助。朵拉穿着一套浆洗后的白色连衣裙，系着一条黑色腰带，看起来整洁而得体。她和促进会成员们坐在一块。当有人和她说话时，她会彬彬有礼地与之交谈。当没人和她说话时，她便安静地待着。她的一言一行彰显着模范孩子的作风。戴维则满面泥垢地在外面的场院和着泥巴。

"是我允许他去玩泥巴的。"玛丽拉心力交瘁地说，"我想，如果把他留在外边，最多就是把自己弄得蓬头垢面，但是能少惹许多麻烦。我们喝完午茶以后再叫他回来喝茶。朵拉可以和咱们一块喝午茶，我可不敢让戴维进来和大伙共处一室。"

当安妮去招呼互助会的朋友们喝茶时,她发现朵拉不见了。贾斯帕·贝尔太太说,戴维刚才跑到前门把朵拉叫了出去。于是安妮和玛丽拉在储藏室简短商议之后,决定让这俩孩子待会再一块进来喝茶。

午茶刚进行到一半,客厅里就冲进来了一个可怜巴巴的身影。玛丽拉和安妮惊恐万状地瞪大了眼睛,打量着眼前的这个家伙。互助会成员们也都大惊失色。这个人抽泣着,头发和身上的连衣裙都已湿透,条条水柱淌在玛丽拉新买的圆点地毯上。这莫不是朵拉?

"朵拉,发生了什么事?"安妮叫道,愧疚地瞟了贾斯帕·贝尔太太一眼。据说,贝尔太太的家里从没发生过任何意外,真乃稀世罕有。

"戴维要我走在猪圈栅栏上。"朵拉哭着说,"我不想这样做,但是他叫我胆小鬼。然后我一不小心就掉进了猪圈里,我的裙子全都弄脏了,猪还踩在我身上。我的裙子真的好脏。但是戴维说,如果我站在水泵下面,他就帮我冲干净。我照他说的站好,然后他就喷了我一身水。我的裙子却一点也没有变干净,而且我的腰带和鞋子全都毁了。"

随后安妮独自在桌边招待客人,玛丽拉则带着朵拉上楼换回了旧衣服。戴维被抓了回来关到卧室里,并且不得吃晚餐。傍晚时分安妮去了他的房间,和他进行了一番深入的交谈。这是安妮崇尚的一种教育方式。根据以往的经验来看,这还是有效的。安妮告诉戴维,她对他的行为感到非常失望。

"现在我自己也很懊悔。"戴维坦白地说,"但问题是,我总是在事后才能意识到错误。朵拉不答应帮我做泥饼,因为她怕弄脏她的衣服。这让我非常恼火。我想,如果保罗·欧文知道他妹妹会掉下去,他绝不会逼她走上猪圈的栅栏,对吗?"

"是的。他甚至完全不会产生这样的念头。保罗是个十全十美的小绅士。"

戴维紧闭双眼,陷入了沉思。随后他爬起来,抱住安妮的脖子,把他涨红的小脸耷拉在安妮的肩膀上。

"安妮,哪怕我不是保罗那样的乖孩子,你也一点不喜欢我吗?"

"当然喜欢。"安妮真诚地说,尽管戴维的行为完全不讨人喜欢,"但是如果你不那么顽皮,我会更喜欢你。"

"我……今天还做了点别的事。"戴维吞吞吐吐地说,"我现在非常抱歉。但是我真的好害怕告诉你。你不会勃然大怒吧? 你也不会告诉玛丽拉,对吗?"

"这不好说,戴维。也许我应该告诉她。但是我想,我可以向你保证,如果你承诺改过自新,从此不再做这件事,不论你做了什么,我都不会告诉玛丽拉。"

"不会了,我绝不会再犯这个错误了,反正今年也很难再找到这种东西了。我还是在地下室的台阶上找到它的。"

"戴维,你到底做了什么好事?"

"我在玛丽拉的床上放了一只癞蛤蟆。如果你愿意的话,可以去把它弄走。但是说真的,安妮,你不觉得把它留在那儿很好玩吗?"

"戴维·基斯!"安妮瞬间挣脱戴维的双臂,蹦了起来,飞也似的穿过大厅,冲到玛丽拉的房间。床上有些乱,她胆战心惊地一把掀开被褥,果然看到一只癞蛤蟆趴在枕头下,向她眨着眼睛。

"我该如何把这恶心的玩意弄出来呢?"安妮抱怨道,身上鸡皮疙瘩已经掉了一地。火铲的影子突然闪过她的脑海,于是她趁着玛丽拉还在储藏室里忙活的时候,蹑手蹑脚地把它取了出来。① 安妮为了

---

① 火铲:用于掏炉灰的工具。

63

把这只癞蛤蟆弄下楼，颇费了一番功夫。因为它从铲子上跳下来三次，其中有一次它还在客厅里玩起了躲猫猫。当时，安妮甚至绝望地以为再也找不着它了，所幸最终她还是成功地把它送进了樱桃园里。完事以后，安妮长长地舒了一口气。

"如果玛丽拉知道了这事，以后她每次上床睡觉都会心有余悸。这个小家伙能及时悔悟过来，真是令人高兴。戴安娜在她的窗户那儿向我招手呢。真开心，我感觉现在真的需要一些事情来分散我的注意力了。学校里有个安东尼·派伊，家里还有个戴维·基斯。今天，我脆弱的神经已经不堪重负了，哪怕再添上一根稻草，都会压垮我这头骆驼。"

第九章

颜色的问题

"那个烦人的老太婆瑞秋·林德今天又来了，缠着我要我给教会捐款，说是准备给祭衣室买一条新的地毯。"哈里森先生怒不可遏地说，"我最讨厌这个女人。她总能把长篇大论的说教、文章、评论或是请求浓缩成短短六个字，然后像拍砖头一样拍你脸上。"

此时正是十一月的一个黄昏，安妮坐在门廊边上，享受着阵阵温和宜人的西风。暮色四合，清风拂过新犁的农田，钻入花园深处，在扭曲的冷杉丛中，奏起古韵悠扬的旋律。她从惬意的晚风中回过神来，将目光投向哈里森先生。

"问题在于，你和林德太太都没有换位思考。"她解释道，"这正是人们互相看不惯的症结所在。刚开始我也不喜欢林德太太，但一旦我理解了她的处境，心里的疙瘩便解开了。"

"也许有的人的确可以慢慢地喜欢上林德太太。这就好比有人劝我说，只要我试着一直吃香蕉，我就会渐渐爱上香蕉了。但是，我可不会因此就去吃香蕉的。"哈里森先生咆哮道，"说到理解她，我唯一能理解的就是，她是一个爱管闲事的家伙。这也正是我对她说的话。"

"噢，这一定非常伤她的心。"安妮责备道，"你怎么可以说出这样的话？我以前也对林德太太说过一些过分的话，但那只是在我极度愤怒、情绪失控的时候，我绝不会故意拿这些话来怼她。"

"我说的本来就是事实，而且我对任何人说话向来都开门见山。"

"但是你不能以偏概全啊。"安妮反驳道，"你总是只陈述那些负面的事实。比方说，你已经和我说了一万遍我的头发是红色的，但是你从未提及我有个漂亮的鼻子。"

"我不用说你也知道。"哈里森先生窃笑道。

"我同样也知道我有一头红发，而且颜色比以前更深了，所以你也不必重申这件事了。"

"好吧，好吧，既然你这么敏感，我会尽量不去提起它。你别把这件事放在心上，安妮。我说话总是习惯了单刀直入，人们不应介意。"

"然而大家没法不介意。而且我认为你的这个习惯非常不好。试想一下，如果有个家伙成天拿针扎人，然后说：'对不起，你别介意，我只是习惯了这样做。'你会认为他一定是疯了，不是吗？林德太太也许确实喜欢嚼舌根，但是你有没有告诉她，她也有一颗善良的心，时常帮助生活困难的街坊邻居呢？我还记得，当时蒂莫西·科顿从她的奶屋里偷了一罐黄油，她什么也没说，事后她告诉科顿太太这是蒂莫西从她那儿买去的。后来科顿太太还把这罐黄油扔回给她，说居然有股臭萝卜味。林德太太一个劲地赔不是，说她也没想到这个黄油会变质。"

"她的确有点好品德。"哈里森先生勉为其难地承认道，"但是这些品德大多数人都有，我自己也有一些，想必你亦无可否认。但是无论如何，我是不会为那个地毯捐款的。我发现这儿的居民老是在筹钱。你们粉刷礼堂的工程进展得如何了？"

"非常棒。上个星期五的晚上我们促进会刚开了个会，发现我们有十分充裕的资金可用于粉刷礼堂和翻新屋顶。大部分街坊都慷慨解囊了，哈里森先生。"

安妮是个心地善良的姑娘，但有时囿于形势所逼，她也可以"杀人"不用刀。

"你们准备给礼堂涂上什么颜色？"

"我们打算漆上亮丽的绿色，屋顶理所当然是殷红色。罗杰·派伊先生今天就去镇上买油漆。"

"谁负责刷漆？"

"卡默迪的约书亚·派伊。他快要搞定屋顶的翻新工作了。我们不得不把这份工作交给他来完成，因为派伊家族的四个家庭都表示，除非约书亚拿到这个活，否则他们一分钱都不捐。尽管有些朋友认为我们不该把工程交给派伊家，但是他们合计捐出十二块钱，这是个大数目，我们可舍不得这样的土豪。林德太太说，这个家族正在把触角伸向各个领域。"

"最关键的问题是，这个约书亚能否把他的活干好。如果他能办成事，谁在乎他叫派伊还是派大星。"

"他是个家喻户晓的优秀工匠，尽管人们都说他是个沉默寡言的怪人。"

"那他可真够另类的。"哈里森先生冷冷地说，"至少这儿的人会这样形容他。我从来不是一个健谈的人，直到我来了艾凡里，我才不得不武装起言语来自卫。否则林德太太一定会说我是个哑巴，然后发动街坊邻里为我筹钱学手语。你不会这么快就走吧，安妮？"

"我必须得走了。待会我还要帮朵拉缝补衣服，而且戴维兴许又给玛丽拉添了什么麻烦。他今天早上起床后的第一件事就是问我：'安妮，我想知道黑夜去哪儿了？'我告诉他，黑夜到了世界的另一头。但是吃过早餐后他认真地对我说，事实不是我说的那样，其实黑夜是掉到了井里。玛丽拉说她今天接连四次在水井那儿逮到他，发现他把自己吊在井筒里，号称要下去寻找黑夜。"

"他真是个十足的小坏蛋。"哈里森先生断然说道,"昨天他跑过来,从金杰的尾巴上拔了六根羽毛,我从畜棚回来后才发现。这只可怜的鸟儿都抑郁了。可想而知,那些'熊孩子'在你家里有多淘气,他们肯定给你们招来了不少麻烦。"

"所有值得拥有的东西或多或少都是个麻烦。"安妮说。她在心中默默决定,不论戴维接下来要闯什么祸,她都可以原谅他一次。因为他拔了金杰的毛,算是帮她出了一口恶气。

当晚,罗杰·派伊先生把油漆带回了家,约书亚·派伊这个不善言辞的男人第二天就开始了粉刷工作。礼堂坐落于所谓的"下路",在深秋时节,这条路总是泥泞不堪,去往卡默迪的人们往往会选择路程更长但是更好走的"上路"。而且这座礼堂被冷杉紧紧包围,若不走近看,很难发现它的存在。因此,约书亚的工作没有被任何人打搅。这样一种清净独立的氛围,是他这种不喜欢与人打交道的匠人梦寐以求的。星期五的下午,他就搞定了所有的工作,回到了卡默迪的家。他离开后不久,瑞秋·林德太太正好驾车回艾凡里。她怀着强烈的好奇心,克服了烂泥路带来的重重阻碍,驶近礼堂参观它的新"皮肤"。当她绕过拐角的云杉,礼堂的内墙便映入眼帘。

但是林德太太明显感觉不对劲。她扔下缰绳,举起双手,高呼:"仁慈的上帝啊!"她定睛一瞧,仍旧无法相信自己的双眼。接着,她突然歇斯底里地笑了起来。

"这一定是哪里弄错了,一定是的。我就知道派伊家的人不靠谱。"

林德太太驾车回了家,一路上逢人便说礼堂的事,这条爆炸新闻因此不胫而走。这天,吉尔伯特·布莱思待在家里读书。太阳落山的时候,他听到父亲雇佣的童工说起这件事,便火急火燎地奔向绿山墙。在路上他遇到了的弗雷德·怀特。他俩找到了戴安娜·巴里、简·安德鲁斯以及安妮·雪莉,在绿山墙的院门口开起了临时会议。他们站在高大的光秃秃的柳树下,感到心灰意冷。

"这件事是千真万确的吗,安妮?"吉尔伯特大声问道。

"是真的。"安妮答道,此刻她看起来就像传说中的悲剧女神,"是林德太太从卡默迪回来的时候告诉我的。噢,这真是太糟糕了!这样的话,咱们的改良计划还有什么用?"

"什么事搞砸了?"奥利弗·斯隆问道。他从镇上带了一个礼盒给玛丽拉,才刚到绿山墙。

"你没听说吗?"简怒气冲冲地说,"好吧,事情就是,约书亚·派伊把礼堂刷成了蓝色,而不是绿色。就是那种深深的亮蓝,用来涂手推车的那种蓝色。林德太太说,那是她见过或者可以想象到的,用在建筑物上最丑陋的颜色,尤其是再搭配一个红色屋顶。这消息犹如晴天霹雳。咱们熬了这么久,却换来这样一个令人崩溃的结果。"

"这个乌龙到底是怎么造成的?"戴安娜哀号道。最终这个不可饶恕的罪责扣在了派伊家的头上。促进会当时决议使用莫顿·哈里斯的油漆。他的油漆罐根据颜色的不同被标上了不同序号,并集中记录在一张色卡上,顾客在选购时只需要从色卡上挑选自己所需的颜色系,然后根据其对应的序号下单即可。他们原本想要的绿漆的序号是 147 号。刚开始,罗杰·派伊先生让他的儿子约翰·安德鲁给促进会捎信,说他要去镇上给他们买油漆回来。随后,促进会又让约翰·安德鲁回去禀告他父亲,他们要 147 号油漆。约翰·安德鲁坚称他如实传达了口信,但是罗杰·派伊先生断言约翰·安德鲁告诉他的是 157 号油漆。最终事情就发展到了今天这个地步。

那天晚上,每一位促进会成员的家中都弥漫着怅然若失的情绪。苦闷无助的感觉在绿山墙尤为强烈,竟然让戴维都安静下来。安妮啜泣着,似乎什么都无法抚平她内心的伤痛。

"我要大哭一场,虽然我已经十七岁了,玛丽拉。"她抽泣道。"这事真是太令人心痛了,我们一定会被无数人耻笑。"

生命就像梦境一样,许多事情的结果往往与预料中的大相径庭。艾凡里的居民并未对此冷嘲热讽,反而义愤填膺。他们的赞助本来是用于粉刷礼堂的,但最终他们感觉被耍了。大家一致将矛头指向派伊家。罗杰·派伊和约翰·安德鲁显然难辞其咎。至于约书亚·派伊,他真是个天生的白痴,他打开油漆罐的时候就能看到颜色,然而他却没有产生半点怀疑,因此他受到了公众的口诛笔伐。但他立刻激烈地回应称,对于颜色这个问题,艾凡里人的审美可不在他的管辖范围内,他自己的个人偏好更是与此无关。他还说,他是被雇来粉刷礼堂的,而不是来对它评头论足的,因此他执意取得他的合法报酬。

促进会在咨询了地方法官皮特·斯隆先生之后,非常不情愿地给他支付了工钱。

"你们必须支付他的薪水。"皮特告诉他们,"你们不能把黑锅甩给他,因为他声称并未收到要他检查油漆颜色的指示。他说你们只是把油漆罐交给他让他自由发挥。但这件事确实很丢人,那个礼堂难看死了。"

倒霉的促进会本以为艾凡里社区从此会对他们抱有成见,但是没承想,公众对他们的态度由原来的同情转向了支持。大家觉得这个热忱而有干劲的小团队是如此卖力,以前真是亏待了他们。林德太太鼓励他们坚持下去,让派伊家的人好好瞧瞧,这个世界上有大把人能把事情办得有条不紊。梅杰·斯宾塞先生捎话给他们说,他会把他农场门口那条路上的树桩全部清理掉,然后自费铺上整齐的草皮。锡兰·斯隆太太有一天专程来到学校,神秘地把安妮叫到门廊并和她说,如果明年春天促进会想要在十字路口搭建天竺葵花坛的话,他们不需要担心她家的奶牛,因为她会把那头'牛魔王'锁起来,

不让它到处祸害。私底下,哈里森先生听了这些事也咯咯笑个不停。当然了,他总是喜欢笑话别人。最后,他一脸同情地说:

"别担心,安妮。大多数油漆刷完以后都会逐年褪色、变丑,但是那种蓝色漆刚刷完就已经是最丑的样子了,所以日后只能越来越好看。如今屋顶已经成功翻新了,而且粉刷得毫发不爽。把这些搞定之后,乡亲们就能坐进去享用一座不会漏雨的礼堂了。不管怎么说,你们已经做成了这么大一件事。"

"然而艾凡里的蓝色礼堂注定要成为一个笑柄,传遍十里八乡了。"安妮心酸地说。

不得不承认,事实正是如此。

第十章

惹是生非

十一月的一个午后,安妮离开学校,沿着白桦小径走回家。她重新感受到了生活的妙不可言。这是多么美好的一天,她在自己的小王国里万事如意。圣克莱尔不再因为自己的名字和其他男生纠缠不休。普里利·罗杰森由于牙疼,脸颊浮肿,所以不敢再去撩拨周围的男生。芭芭拉·肖引发了唯一的意外,她不小心泼了一大勺水在地上……而安东尼·派伊根本就没来上学。

"这个十一月真是让人心花怒放!"安妮说道,她依然没有改掉从小养成的自言自语的习惯,"这一年就像一个曾经风华绝代的佳人,而十一月注定是个令她黯然神伤的月份。此时,她惊觉美人迟暮,无可奈何,只能雨泣云愁。尽管如此,她仍能端庄娴雅地与岁月告别——就像一位仪态万方的夫人,尽管岁月的画笔在她身上勾勒出皓首苍颜,但是她自信不减,风韵犹存。我们享受着这样天朗气清的白天和惠风和畅的黄昏。这两个星期亦是平静如水,就连戴维都收敛了许多。我真心觉着他已经有了长足的进步。今天的树林是如此静谧,唯有清风在树冠上愉快地低吟!风声飒飒,恰似天涯海角的层层细浪。这片森林真是令人心醉!你们这些玉树琼枝啊!我爱你们,我的朋友。"

安妮停下脚步,展开双臂拥抱一棵纤瘦的白桦,在它乳白色的树干上留下香吻。戴安娜此时正好在转角出现,她看到安妮的样子立刻哈哈大笑起来。

"安妮,你就是个假扮成年人的小女孩。每到独处的时候,你就原形毕露了。"

"是啊,要改掉小女生的习惯可不是一朝一夕的事情。"安妮开心地说。"你懂的,我做了十四年孩子,随后只经历了不到三年的成年生活。我非常享受待在树林里做一个孩子的感觉。这段从学校回家的路程几乎是我唯一可以用来做梦的时间,睡前的半个小时不算。现在我每天都忙于教学研修和帮助玛丽拉照顾那对双胞胎兄妹,已经再也腾不出一点时间来浮想联翩了。你绝对猜不到,每天晚上我在东山墙上床以后,经历了多少奇幻的冒险。我总是幻想自己成为某个聪明绝顶、功成名就、出类拔萃的人物,比如一个歌舞团的女主唱,或者一名红十字会的女护士,或是女王陛下。昨晚我就是个女王,想象自己是个女王真是太美妙了。你不仅可以轻而易举地享受所有做女王的快感,也可以随时退位让贤,毫无后顾之忧。这种特权在现实生活中真是可望而不可即的呢。但到了树林里就迥然不同了,我会想象自己是一个仙女,幽居于古松中;或是一个小巧玲珑的棕色树精,偷偷地藏在皱巴巴的叶子后面。那棵我亲吻的白桦就是我的姊妹。唯一的区别在于,她是一棵树,而我是一个女孩。但是,这无关紧要。话说你要上哪儿去,戴安娜?"

"我去迪克森家,我答应他们去帮埃尔伯塔裁剪新裙了。傍晚的时候你能过来一趟吗,我想和你一块回家。"

"也许吧,既然弗雷德·怀特去了镇上还没回来。"安妮说道,还装出一副不谙世事的样子。

听了这话,戴安娜面红耳赤,赶紧把脸别到一边,继续往前走。但她似乎并没有生气。

这天晚上,安妮非常想去迪克森家,但她最终还是没去。回到绿山墙时,她发现家里出了状况,她那些奇思妙想瞬间一扫而空。她在院子里碰到了惊慌失措的玛丽拉。

"安妮,朵拉不见了!"

"朵拉！不见了!"安妮说着,转过头去看戴维,此时他正在院门。摇来晃去地玩耍,眼里闪烁着快活的光芒,"戴维,你知道她在哪儿吗?"

"不知道呢。"戴维脱口而出,"午饭后我就没再见到她了,我发誓。"

"一点钟的时候我出门去了。"玛丽拉说,"托马斯·林德生了急病,瑞秋派人给我捎信,让我马上过去一趟。当我离开的时候,朵拉还在厨房玩着她的洋娃娃,戴维则正在畜棚后面玩泥巴。半小时前我才回到了家,然后就找不着朵拉了。戴维说,自我出门后,他就再也没见过她。"

"我真的没见过她。"戴维严肃地声明。

"她一定是在附近的某个地方。"安妮说道,"她一个人不会走远的,你知道她胆子有多小。也许她在哪间屋子里睡着了也不一定。"

玛丽拉摇了摇头。

"我已经搜遍了整个房子。不过她也许会待在其他农舍里边。"

她们随后展开了地毯式的搜索,宅邸、院子以及农舍里里外外的每一个角落都被这俩心神不宁的女人翻了个底朝天。安妮还跑到了樱桃园和恐怖林里,大声呼唤朵拉的名字,像一只无头苍蝇一样四处搜寻。玛丽拉也拿着蜡烛查找了地下室。戴维轮流陪同她俩在各处寻找,作为一个小军师给她俩出了不少主意,告诉她们朵拉有可能藏匿的地方。最后她们又回到院子里碰头。

"真是太离奇了。"玛丽拉咕哝道。

"她能上哪儿去呢?"安妮沮丧地说。

"也许她掉进井里了。"戴维兴高采烈地说。

安妮和玛丽拉惴惴不安地交换了一下眼神。这个想法在她们刚才搜索农庄时就已经埋藏在心底,但她们迟迟不敢说出口。

"她……也许真的在那儿。"玛丽拉嘀咕道。

安妮突然感觉浑身发软,双眼发黑,仿佛要晕过去。但是她仍硬撑着跑到井边,凝神往里看。水桶正静静地待在里边的架子上。井底水平如镜,映着零星的微光。艾凡里最深的水井就在卡斯伯特家,如果朵拉……但是安妮已经不敢想下去。她感到毛骨悚然,然后转身离开了。

"快去找哈里森先生。"玛丽拉搋着她的手说道。

"哈里森先生和约翰·亨利都出去了,他们今天去了镇上。我还是去找巴里先生吧。"

安妮带着巴里先生回来了,他的手里还拿着一匝绳索,其中一头连着一个长得像飞爪的钉耙。当巴里先生用钉耙在井底摸索时,玛丽拉和安妮不寒而栗地站在一旁,而戴维则一边一条腿地跨在两扇院门上,看着眼前的这些大人,脸上洋溢着一种幸灾乐祸的喜悦之情。

最终巴里先生如释重负地摇了摇头。

"她不在下面。那就奇了怪了,她到底跑到哪儿去了。嘿,小伙子,你真的不知道你妹妹在哪里吗?"

"我已经告诉你们一万遍了,我不知道。"戴维生气地说,"没准哪个乞丐把她掳走了呢。"

"胡说八道。"玛丽拉严厉地呵斥道,她才刚刚从水井带给她的恐惧中缓过神来,"安妮,你说她会不会是晃到哈里森先生家里玩了?自从你带她去了一次之后,她一直在兴致勃勃地谈论哈里森先生的那只鹦鹉。"

"我无法想象朵拉会独自一人跑这么远,但是保险起见我还是过去瞅一眼吧。"安妮说。

没人注意到戴维脸色大变。他不声不响地跳下院门,仿佛踩上了风火轮,撒腿就往畜棚跑。

安妮匆忙穿过田野,来到哈里森先生的宅子。说真的,她的心里并不抱太大的希望。房子大门紧锁,连百叶窗也拉了下来,整个院子就没有活物的迹象。她站在游廊上,开始大声地呼唤朵拉。

金杰就在她背后的厨房里,瞬间也叫声尖厉、凶恶地咒骂起来。但是,在它喷薄的怒火中,安妮听到了一阵悲戚的哭喊声从院子里的一个小屋中传来,那儿是哈里森先生存放农具的地方。安妮大步流星地冲到门前,解开锁扣,只见屋里有一个涕泗横流的小家伙正可怜地坐在一个倒置的钉桶上。

"噢,朵拉,朵拉,你可把我们急死了! 你怎么跑到这儿来啦?"

"戴维和我来看金杰,"朵拉抽泣道,"但是我们最后什么也看不到,戴维只能通过踹门让它破口大骂。后来戴维就把我带到这儿,他跑了出去然后锁上了门。我出不去,只能一直哭。我好害怕,而且我好饿、好冷,我以为你们永远也不会来救我了。"

"戴维?"安妮已经顾不上说更多了。她怀着沉重的心情带着朵拉回家。本来发现朵拉安然无恙是值得庆贺的,但是,戴维的恶行造成的痛楚,已经把这份欣喜淹没了。他把朵拉锁起来的行径原本轻易就能得到原谅,但是他偏偏要撒谎——多么冷血的谎言。这是多么残酷的事实,安妮无法对其视而不见。她真想坐下来打开泪闸,让心底深深的失望尽情宣泄。她越来越爱戴维,直到这一刻,她才明白这份爱有多么深沉。同样是这一刻,她才知道戴维蓄意的欺骗,给她带来多么难以承受的伤害。

玛丽拉一言不发地听完安妮的陈述,这对戴维来说可不是什么好兆头。巴里先生哈哈大笑,建议她们别管三七二十一,先把戴维逮住痛扁一顿再说。当他回家之后,安妮抚慰并温暖泪流满面、簌簌发抖的朵拉,给她做了晚餐并照料她睡下。然后她回到了厨房。此时玛丽拉也愁容满面地回来了,领着,确切地说是拽着,身后那个一脸不情愿的害人精戴维。她刚刚才在马厩最阴暗的角落里找到了他。

她把戴维撇在地板中央的毯子上,然后坐到了东窗边。安妮则四肢无力地坐在西窗边。戴维这个罪魁祸首就站在她俩中间。他背对着玛丽拉,温顺、克制、又害怕。尽管他面对安妮脸上挂着一丝悔恨之意,但是他的眼神中仍闪烁着某种友谊,似乎他已经知道自己做了错事,并准备好了接受惩罚,但仍寄希望于安妮一笑泯恩仇。

遗憾的是,安妮灰色的瞳仁并未流露出半点笑意。如果戴维只是恶作剧,也许早已获得大赦。但是这其中还掺杂了别的东西,一些丑陋卑鄙的东西。

"你怎么可以做出这样的事,戴维?"安妮悲痛地问道。

戴维不自然地扭动着身子。

"我只是想开个玩笑。这儿的一切都像一潭死水,我觉得如果我能给你们一个大大的惊吓,一定可以带来不少乐子。事实证明确实如此。"

尽管戴维陷在一种恐惧和自责的情绪之中,但当他回忆起当时的情景,依然龇牙大笑起来。"但是你为此对我们撒谎,戴维。"安妮说着,内心的悲痛之情愈加强烈。

戴维露出一脸迷惑不解的表情。

"什么是撒谎?你的意思是扯淡吗?"

"我的意思是你捏造事实。"

"我当然要这么做啦。"戴维直言不讳地说,"如果我不这么做,你们就不会感到害怕呀,我必须得那样和你们说。"

安妮体会到了前所未有的惊骇和吃力。戴维不耐烦的态度成为压垮骆驼的最后一根稻草。安妮脸上有两行热泪夺眶而出。

"噢,戴维,你怎么可以这样?"她说,声音止不住地颤抖,"你难道不知道你犯了多么严重的错误吗?"

戴维吓坏了。安妮哭了,他竟然把安妮弄哭了！一股真正的懊悔之情如滔天巨浪,瞬间将他温热的小心脏吞没。他冲向安妮,快速地爬上她的双腿,环抱住她的脖子,号啕大哭起来。

"我不知道扯淡是错的。"他抽泣着说,"你觉得我是明知故犯吗？斯普罗特家的孩子们每天都在信誓旦旦地扯淡。我猜保罗·欧文从不扯淡。来这儿以后我已经非常努力了,但还是没法像他一样优秀。我觉得你一定不会再爱我了。但是你本可以早点告诉我扯淡是错误的行为。我非常抱歉让你伤心流泪,安妮,我再也不会扯淡了。"

戴维把脸埋在安妮的肩膀上哭天抢地。安妮听了这番话,突然感到一阵宽慰,于是她把戴维搂紧,透过他浓密蓬乱的鬈发看向玛丽拉:"他并不知道撒谎是错误的行为,玛丽拉。因此,我认为这次我们应该原谅他,只要他保证以后不再说假话。"

"我再也不会了,现在我知道这是不对的。"戴维一边抽泣一边郑重地说,"如果你再听到我扯淡的话,你就……"戴维一时语塞,搜肠刮肚却找不到一个合适的赎罪方式,"你就狠狠地责备惩罚我吧,安妮。"

"别再说'扯淡'了,戴维,说撒谎。"安妮以老师的口吻命令道。

"什么?"戴维质疑道,他坐了下来,扬起布满泪痕的好奇的小脸。"为什么扯淡这个词没有撒谎来得好？我想知道。那个词听起来多牛呀。"

"那是个俚语,小孩子不该说俚语。"

"生活真是有太多禁忌了,"戴维长叹道,"我从没想过会有这么多。非常抱歉我扯……撒谎了，主要是因为那个词好顺口。既然那是不对的，我以后就再也不说了。这次你们打算怎么惩罚我呢？我想知道。"听了戴维的问题后，安妮焦急地看着玛丽拉。

"我不想对这孩子过分苛刻。"玛丽拉说道，"可以说，以前没人告诉他说谎是不对的。斯普罗特家的孩子们也做了不良的示范。可怜的玛丽又太虚弱了，没法好好地教导他。而且我觉得我们不能奢求一个六岁大的孩子仅仅凭借本能就足以分辨善恶。我想我们应该假定他之前什么道理也不懂，一切从头开始教。但是他必须接受惩罚，因为他故意把朵拉锁了起来。除了把他扔回卧室并且不许他吃晚餐之外，我已经想不出更好的法子了。然而这个方法已经用滥了，你能出点别的主意吗，安妮？凭你天马行空的想象力，我觉得你肯定会有好点子。"

"但是惩戒令人生厌，我只乐意幻想美好的事物。"安妮抱着戴维说道，"这个世界已经有太多让人不开心的东西了，没必要为它们添砖加瓦。"

最终戴维还是一如既往地被送回卧室，一直待到了第二天中午。他显然对这件事有了更深入的思考。当安妮回到自己的房间后，不一会儿她就听到戴维轻声呼唤她的名字。安妮进了他的屋子后，发现他正坐在床上，手肘倚在膝盖上，双手托腮。

"安妮，"他严肃地说，"是不是不论谁扯……撒谎都是不对的？我想知道。"

"是的，就是如此。"

"如果大人这么做，也是在犯错误，对吗？"

"没错。"

"那么，"戴维斩钉截铁地说，"玛丽拉就是坏人，因为她说了谎话。并且她比我还坏，因为我并不知道撒谎是不对的，然而她却早就知道。"

"戴维·基斯,玛丽拉这一辈子从没做过信口雌黄的事。"安妮愤慨地说。

"她当然做过。上个星期二她告诉我,如果我不每晚祷告,就会大难临头。但是我已经有一个星期没有做晚祷了,就想看看会发生什么事,结果什么也没发生。"戴维忿忿不平地说。

安妮极力克制着想笑的冲动,因为她知道一旦破坏了这种严肃的气氛,后果将会很严重。然后她开始一本正经地挽救玛丽拉的声誉。

"嗯,戴维·基斯,"她郑重地说,"确实有不好的事情发生了。"

戴维一脸狐疑。

"我猜你是想说被关进卧室而且没有晚饭吃这档子事儿。"他不屑一顾地说,"这没什么大不了的。嗯,这确实让我感觉很不爽,但是自从我来到这儿以后,我已经多次受到这样的惩罚了,所以我都习以为常了。况且这样做之后,你们并没有省下多少粮食,因为第二天我都会吃掉等同于平常两倍分量的早餐。"

"这和你被惩罚无关,我想说的是撒谎本身。你要知道,戴维,"安妮把身体靠上床的尾板,对着这个小坏蛋伸出食指并摇了摇,"对于一个孩子来说,撒谎已经是最糟糕的事情了,简直没有比这更糟的了。所以,玛丽拉说了实话。"

"但是我感觉做点坏事还是挺刺激的。"戴维委屈地说。

"玛丽拉是无辜的,你不该因此责怪她。并非所有的坏事儿都那么令人兴奋,事实上它们常常愚蠢又烦人。"

"但是看着玛丽拉和你同时朝井下望去真是太有趣啦。"戴维抱着自己的膝盖说道。

安妮绷着脸下了楼。直到她的身体舒服地倒在客厅的长沙发上，她终于开怀大笑起来。由于憋得太久，她笑得脸颊酸疼。

"什么事这么好笑，和我分享一下。"玛丽拉略显凝重地说，"今天我没看到什么好笑的事情。"

"你听了这事也会乐开花的。"安妮向她保证。玛丽拉果然也笑了，这恰恰说明，自从她领养安妮以来，她的教育手段变得越来越高明。但是她马上又哀叹起来：

"我想，我本不该和他说那些，尽管我也见过一个牧师曾对一个孩子说过类似的话。但他确实激怒了我。那天晚上你在卡默迪听音乐会，我把他送上床的时候，他说他不觉得祈祷有什么用，他想等长大了能为上帝做贡献之后再做祷告。安妮，我不知道我们以后该如何与他相处，我实在吃不准他的套路。我真的感到非常气馁。"

"噢，别这么说，玛丽拉。还记得我刚来的时候有多么不听话吗？"

"安妮，你从没有不听话过，从来没有。我现在才明白，什么是真正的无法无天。虽然你总是闯祸，这点我不得不承认，但是你的初衷都是好的。戴维那是坏到了心眼里。"

"噢，不，我并不认为他是本质上的坏。"安妮辩解道，"他只是喜欢恶作剧罢了。而且这儿对他来说实在是太平静了，你懂的。他没有其他玩伴，但是他又必须干点什么来打发时间。朵拉太循规蹈矩了，所以她并不适合作为男生的玩伴。我真心觉得，最好把他俩送进学校，玛丽拉。"

"不，"玛丽拉毅然决然地说，"我父亲总说，孩子在七岁之前不应被囚禁在学校的高墙里，而且艾伦先生也说过同样的话。这对兄妹可以在家里上些课，但是上学这件事必须等他俩年满七周岁再说。"

"好的，咱们就尽力在家里培养戴维吧。"安妮愉悦地说，"虽然他有这么多缺点，但是他越来越像一个可爱的小伙子了。他真的好讨人喜欢。玛丽拉，虽然这话很难说出口，但是说实话，我喜欢戴维胜过朵拉,尽管朵拉很乖。"

"说来奇怪,但我也有同感。"玛丽拉坦白地说,"然而这不公平,朵拉本身没有错。我找不到比她更听话的孩子了,你甚至察觉不到她待在这栋房子里。"

"朵拉就是太乖了。"安妮说,"她都不需要有人告诉她该怎么做,照样能保证安分守己。她一出世就已然成年,所以她其实并不需要咱们。而且我认为,"安妮一针见血地总结道,"我们总是最喜欢那个最需要我们的人。戴维就是个活生生的例子。"

"他当然需要。"玛丽拉附和道,"瑞秋·林德会说,他最需要的就是有人让他屁股开花。"

第十一章

亦真亦幻

　　“教书真是一个非常有趣的工作。”安妮在给皇后学院挚友的信中写道，“简说她觉得当老师单调乏味，但我并不敢苟同。学校里几乎每天都会发生有趣的事情，孩子们也很会开玩笑。简说她会惩罚那些说俏皮话的学生，这也许正是她感到教学无趣的缘故。今天下午小吉米·安德鲁斯始终写不出‘斑点’这个词，最后他说：‘好吧，虽然我写不出来，但是我知道它的含义。’

　　“什么含义？”我问道。

　　“就是圣克莱尔·唐奈尔的脸呗，小姐。”

　　“圣克莱尔确实长了满脸的雀斑，但我竭力阻止其他孩子对此说三道四。因为我曾经也和他一样，所以如今感同身受。但是我不认为圣克莱尔会对此耿耿于怀，因为今天圣克莱尔在放学回家的路上揍了他，并非为了雀斑的事，而是因为吉米挑衅地叫他‘圣克莱尔’。不过这件事是道听途说，我是不会在意的。”

　　昨天我还教了洛蒂·怀特做加法。我说：“如果你的一只手上有三个糖果，另一只手上有两个糖果，那么你总共拥有多少糖果呢？”“我有满嘴的糖果。”洛蒂说。到了生物课上，我让他们给我一个不该杀死癞蛤蟆的理由，本吉·斯隆忧心忡忡地说：“因为如果杀了它们，第二天就会下雨。"①

"听到这话你真的很难忍住不笑,斯黛拉。但是我宁可憋出内伤也不能让自己失态。直到放学回家,我才得以放肆地大笑。玛丽拉说,我从东山墙传出的莫名其妙的狂笑令她坐立难安。她说当年她见过一个格拉夫顿的疯子,发病时的表现就是我这样的。

"你知道吗,托马斯·贝克特曾被冠以卑鄙小人的恶名"这是罗斯·贝尔说的。还有啊,克罗德·怀特说,所谓的'冰川'是一个会装窗框的男人!

"我感觉教育工作中最困难,同时也最为妙趣横生的事情莫过于让孩子们吐露心声。上星期一个风雨交加的日子里,我在午间把孩子们召集到一块,像他们的同龄人一样和他们聊天。我让他们告诉我他们最想要的东西。有些回答千篇一律:布娃娃、小马驹或是溜冰鞋。另一些则非常有新意。海斯特·博尔特希望'每天都能穿上她最漂亮的裙子,并且能够在客厅里吃东西'。汉娜·贝尔想要'做个好孩子,但是不需要忍受繁文缛节'。十岁的玛乔丽·怀特则想要成为一名寡妇。我问她为什么,她面色凝重地说,如果你不结婚,最后别人会说你是个老姑娘。但是你一旦结婚,又要忍受丈夫的颐指气使。如果你是个寡妇的话,那就两全其美了。最令人哭笑不得的是萨丽·贝尔的回答。她说她想要'一辆蜜月'。我问她知不知道蜜月是什么。她说她觉着那应该是某种时髦自行车的牌子。因为她身在蒙特利尔的表哥刚结婚的时候就是在蜜月上度过的,并且一直以来他总能搞到最潮的自行车!"

"有一天我又让他们告诉我他们做过的最调皮捣蛋的事。虽然高年级的学生大都守口如瓶,但是三班那些低年级的孩子纷纷畅所

---

① 西方有种迷信思想认为杀死蟾蜍会导致下雨。

欲言。伊莱扎·贝尔曾经'点燃了她姊姊纺好的纱线'。当被问及她是否有意为之，她说：'不全是故意的。'她本来只是想点个线头看看它的火焰，谁知道整捆纱线嗖地熊熊燃烧起来。爱默生·吉利斯的劣迹是拿着本应捐给教会的一毛钱去买了糖果。安妮塔·贝尔闯过最大的祸是'吃了一些长在墓地里的蓝莓'。威利·怀特曾经'穿着自己最好看的裤子在羊圈的顶棚上玩滑降'。'但是最后我遭到了报应，因为那个夏天我不得不穿着打了补丁的裤子去上主日学校。不过这样也好，当你因为做了一件错事遭到报应，你就不会再良心不安。'威利认真地说。"

"我真心希望你可以看看他们的作文，真的太值得一看了，我会陆续发一些抄本给你。上个星期我就告诉四班的孩子们，我想要他们给我写信，写一些令他们高兴的事。我还建议他们给我介绍一些他们曾经去过的地方，抑或是他们目睹的一些有趣的人和事。我要求他们用真正的信笺来写，最后装入一个信封里寄给我。这封信需要他们独立完成，不许依靠任何大人或朋友的帮助。上个星期五的早晨，我的办公桌上出现了一大沓信件。那天傍晚，我重新体会到教书育人是一件痛并快乐着的事情。这些文字真的非常治愈。下面就是内德·克雷的信，里边所有的内容原封未动。"

雪梨老师小姐

绿山墙

爱德华王子岛，加拿大

鸟儿

亲爱的老师,我想给您写一篇关于鸟儿的文章。鸟儿是非常有用的动物。我家的猫会抓鸟,它的名字是威廉,但是爸爸叫它汤姆。它全身布满花纹。去年冬天,它还冻坏了一只耳朵。要不是这样,他会是只漂亮的猫咪。我的叔叔收养了一只流浪猫。有一天它来到他家,就不愿走了。叔叔说,它一定是失忆了。他让它睡在他的摇椅上,婶婶说他照顾这只猫咪比照顾自己的孩子还要周到。这样做确实不对。我们应该好好照顾猫咪,给它们喂鲜奶,但是我们也不应溺爱它们以至于忽略了自己的孩子。这就是我到目前为止的全部感想。

来自爱德华·布雷克·克雷

"圣克莱尔·唐奈尔的信则是一如既往地言简意赅,圣克莱尔行文从不拖泥带水。我想他来信的主旨或附言并非不怀好意,只是他尚不通晓世故人情。"

亲爱的雪莉小姐

您让我们说说我们见过的奇闻逸事,最先进入我脑海的就是艾凡里的礼堂。它有两扇门,一扇内门一扇外门。它还有六扇窗和一条烟囱。它有两个出口、两个侧边。它被刷成了蓝色,这正是它显得诡异的地方。它坐落于卡默迪下路,是艾凡里排行老三的建筑,另外两个是教堂和铁匠铺。人们在礼堂举行辩论会、演说以及音乐会。

您忠实的

雅各布·唐奈尔

附言:那个礼堂的蓝漆真是太亮了。

"安妮塔·贝尔的信相当长,这让我大吃一惊,因为写作不是她的专长。她的作文一般都像圣克莱尔的一样简明扼要。安妮塔就像一只乖巧的小猫咪，总是循规蹈矩，起到了很好的表率作用。但是另一方面，她并未展现出半点创造性。这是她书信的内容。"

最敬爱的老师

我虽然只与你相识几个月，但却深感一见如故，仿佛我的生命早已得到你的祝福和净化。这一年的时光我永生难忘，因为正是在这一年，你降临在我的生命里。除此之外，正是在今年我们才从纽布里奇搬到了艾凡里。我对你的爱让我的生命变得更加丰满，让我与卑劣的自己分道扬镳。这都是你的功劳啊，我可亲可敬的老师。

我永远也不会忘记，最近一次看见你时，你穿着灰色的裙子，头戴鲜花，甜美温柔。即使岁月染白你我的鬓角，吹皱彼此的容颜，你依旧是我心中最美的风景。在我心里，你永远都是肤如凝脂的绝代佳人，我最亲爱的老师。不论是早晨、中午或者是夕阳西下的黄昏，我时刻都在思念着你。我从没见你对我们生气，尽管安东尼·派伊说你总是摆着一副苦瓜脸。就算你曾对他发脾气，我也不觉得诧异，因为他活该挨骂。然而不论你穿哪款裙子，都比之前更加迷人。

我最亲爱的老师，晚安。太阳落山了，你的眼睛就像星星一样明亮美丽。此刻我多么想念您优雅的身姿和纤纤素手，愿您一切都好。

对你一往情深的学生

安妮塔·贝尔

"这封非比寻常的书信使我在心中打满问号。我知道安妮塔没有这样的文笔。第二天，在课间休息的时候，我把她带到小溪边谈心，让她把那封信的隐情告诉我。安妮塔哭了，并且供认不讳。她说她以前从未写过一封信，所以她完全不知道该如何下笔。但是她在她妈妈的梳妆台的顶层抽屉里找到了一札书信,那是一些她妈妈的旧情人寄来的情书。"

"'那不是我爸爸写的,'安妮塔抽泣着说,'而是一个当时正在攻读牧师学位的人写的。他很会写情书,但是妈妈最后没有选择他,她说他写的那些东西常常不知所云。但是不管怎么说,那些情书是甜蜜蜜的。所以我把里边的内容抄下来,东拼西凑,终于写成了这封信。我还把里面的'姑娘'一词改成了'老师',然后插入了一些我想说的话,并做了适当修改。我把信中出现的'心情'都替换成了'裙子'。我不知道'心情'是什么东西,但是我猜想那应该是某种服饰。我没想到您会看出其中的猫腻。我不知道您是如何做到的,但您真的有一双火眼金睛,老师。"

"我告诉安妮塔,抄袭别人的书信是不对的行为。不过恐怕安妮塔并非真心悔过,只是懊恼自己的丑事被揭穿而已。"

"'我是真的爱您,老师。'她哭着说,'尽管信中的文字是那位牧师原创的,但那确实是我的肺腑之言。我真的全心全意地爱着您。'"

"在这种情况下,我真的不忍心再去苛责这个孩子。"

"下面是芭芭拉·肖的信。在她的信纸上原本还印着斑斑墨迹。

敬爱的老师

您说过,我们可以写到亲戚朋友家串门的体验。我有且仅有一次这样的经历,那就是去年冬天我去看望我的婶婶。我的婶婶玛丽是一个很特别的女人,同时,她也是一个厉害的家庭主妇。还记得我待在她家的第一个晚上,当时我们正在喝茶,我一不留神把茶壶打碎了。玛丽婶婶说,这个茶壶她从结婚时用到现在,还从没被人弄坏过。当我们站起身时,我踩到了她的裙子,结果撕破了她裙子的褶边。第二天早上起床后,我在使用水壶时又让它磕到了洗脸盆,把它俩都磕裂了。在吃早饭的时候，我又打翻了一杯茶，弄湿了桌布。当我帮玛丽婶婶洗餐具时，小手一抖又摔碎了一个陶瓷碟子。那天傍晚我从楼上跌落，扭伤了脚踝，因此我不得不在床上躺了一个星期。我听到玛丽婶婶和约瑟夫叔叔说，真是谢天谢地，否则我一定会把家里所有东西都弄个稀巴烂。当我的伤势终于有所好转，我也该回家了。我好讨厌外出串门。上学可有意思多了，特别是在我来到艾凡里学校以后。

此致

敬礼

芭芭拉·肖

轮到威利·怀特登场了。

尊敬的小姐

　　我想告诉您关于我婶婶的英雄事迹。她住在安大略省。有一天她去畜棚，在院子里遇到了一条狗。这条狗在那儿无所事事地瞎晃，于是她抄起一根棍子把它一通狂扁，并将它赶进了畜棚。不一会儿，有一个男人跑过来寻找一只圈养的狮子，它刚从马戏团里偷偷溜了出来。最终大家发现，那条狗实际上是一头狮子。我那英勇的婶婶只用一根木棍就把它撵进了畜棚。她竟然没被狮子生吞活剥，这真是个奇迹，她真是太勇猛了。爱默生·吉利斯说如果她心里认定那是一条狗，那不是勇敢，因为这和它确实是一条狗的情况没有区别。爱默生显然是在嫉妒我有个勇敢的婶婶，而他自己只有叔叔而已。

　　"我把好戏留到了最后。我一直认定保罗是个天才，因此你总是取笑我。但是我敢打赌，他的信一定会让你刮目相看。保罗和他的奶奶住在海边,他平常没有玩伴,或者说没有真正意义上的玩伴。你还记得教我们管理学的教授吗?他曾告诉我们要对学生们一视同仁,不要有偏爱,然而我就是对保罗·欧文情有独钟。我并不觉得这会给别人带来伤害,因为每个人都喜欢他。即便是林德太太,也不得不承认她完全没想到自己能这么喜欢一个'美国佬'。学校里的其他男生也都喜欢他。虽然他有丰富的诗意和想象力,但是他一点也不显得娘娘腔。他是个男子汉,并且在任何竞争中都不落下风。最近他和圣克莱尔·唐奈尔打了一架,起因是,圣克莱尔说,在国旗界,英国米字旗比美国星条旗更受欢迎。保罗听了这句挑衅的话,立刻和他扭打在一起。最终他俩达成了一个协议,从今往后互相尊重彼此国家的尊严。圣克莱尔说,他出招最狠,但是保罗出招最快。"

下面是保罗的信。

我亲爱的老师

您说我们可以给您介绍一些我们认识的有趣之人。我想我认识的最有趣的家伙莫过于我的穴居人伙伴,这次我就要和您聊聊他们的故事。我从未将此事告诉任何人,除了我的奶奶和爸爸。但是我想和您分享这个故事,因为您是一个通情达理的人。许多人无法接受这件事,所以我没必要和他们说。

我的穴居人伙伴生活在海边。冬天来临前,我常会在每天的傍晚时分去拜访他们。现如今我必须等到春天才能再和他们叙旧了。但是他们会一直待在那儿,因为那里是他们世世代代的家园。这真是令人肃然起敬。诺拉是我结交的第一个朋友,所以我也最喜欢她。生活在安德鲁斯海湾的她,一头青丝垂泻,双目乌黑而炯亮。她知道美人鱼和水妖的一切。有机会您一定要听听她的传奇故事。还有那对双胞胎水手兄弟,他们没有固定的寓所,永远在海上漂泊,时而也会来岸边找我畅叙大海的辽阔。他们是一对热情好客、见多识广的水手。你以为他们只是通晓地球，实际上他们早已胸怀宇宙。您知道那个水手弟弟的冒险经历吗？他曾经驶入月轨。月轨就是满月时，月亮从海平面升起后，它的倒影在海面上行经的路线。你懂的，老师。是的，水手弟弟就沿着月轨乘风破浪，最后竟抵达了月亮。只见月亮上有一扇金拱门，他打开这扇门，把船开了进去，随后他度过了一段奇幻的旅程。囿于篇幅限制，我不得不在此打住。

海边还有一位住在山洞中的女子，我叫她金小姐。还记得那天我偶然发现一个大洞穴，往里走了一会儿，我便看到了金小姐。她金色的秀发长及足履，飘飘仙裙更是光彩夺目，全身上下仿佛缀满了会眨眼的金子。她还有一架纯金的竖琴，每天都用它弹奏余音绕梁的歌曲。当你漫步于海边，只要你仔细聆听，一定能听到她的袅袅琴音。但是大多数人都以为那只是海风拂过砂岩的低鸣。我没有把金小姐的事告诉诺拉，唯恐伤了她的心。我和水手兄弟聊得太久都会让她感到难过。

我总是在层积岩那里和水手兄弟见面。水手弟弟性格温和，但是他哥哥的脾气有时候却异常暴躁。我对水手哥哥不太放心，我怀疑只要他心生邪念，就会误入歧途，成为海盗。他是个谜一样的男子。有一次他出言不逊，我告诉他下不为例，否则不必再来见我了。因为我已经向奶奶保证，我不会和任何嘴上不干净的人来往。讲真，他立刻大惊失色，并且答应我，如果我原谅他的话，他就带我去"暮光之境"。所以第二天傍晚，我坐在层积岩上等他。随后我看到水手哥哥驾着一艘充满魔力的海蚌船来接我。这艘船看起来真像海蚌，内里仿佛是由珍珠和彩虹打造的珠光宝气。它的船帆看起来更是如同月光泻地。我们就这样一路直奔日落的尽头。请您放飞想象，老师，我们已经进入了传说中的"暮光之境"。您猜猜我们眼前有着怎样的景致？那是一片百花齐放的沃土。我们驶入它那无边的花园，天上的云朵皆化作锦簇的花团。我们停靠在一个满目金光的巨型港湾。随后我踏上了一片种满毛茛花的广袤草甸。这些花儿生机勃勃，大如蔷薇。我们在那里待了将近一年，可是水手哥哥却说时间只过去了几分钟而已。您看，时间的沙漏在"暮光之境"可比在人间流逝得快多了。

爱您的学生　保罗·欧文。

附言：当然，本故事纯属虚构，老师。

保罗·欧文

第十二章

晦气的日子

从前天晚上开始，安妮的牙齿疼得没完没了，这让她辗转反侧、夜不能寐。第二天早晨起床时，屋外浓云翳日，天寒地冻，安妮顿时感到生活索然无味、了无生趣。

她没好气地来到学校，脸颊依然又肿又痛。因为炭火还没烧旺，所以教室里寒气逼人、烟雾弥漫。瑟瑟发抖的孩子们不得不围在炉边抱团取暖。安妮用一种前所未有的严苛语气命令他们回到自己的位子上。安东尼·派伊还是以他招牌的目中无人的姿态大摇大摆地走回座位。安妮看到他和同桌窃窃私语，然后嬉皮笑脸地瞥了她一眼。

安妮百思不得其解，今天孩子们用石笔写字的声音怎么如此尖锐刺耳。当芭芭拉·肖手拿写着算术题的小黑板走上讲台时，不小心被煤斗绊倒了，这在教室里造成了灾难性的后果。煤块滚得遍地都是，她的小黑板也摔碎了。她重新站起来时，脸上沾满了煤粉，惹得男生们哄堂大笑。[1]

---

[1] 在书中人物所处的地域和年代，每个学生都有两个主要的学习工具——一块小黑板和一支石笔。小黑板一般由板岩制成。板岩由于构造特殊，可以沿截面剥离出坚硬的薄板。这些薄板有很大的抗张强度，可供学生们在上面写字。而石笔又称滑石笔，书中的学生们就是用这种由较柔软的滑石制成的无尘粉笔在小黑板上书写。

当时安妮正在听二班的孩子朗诵,惊闻骚动立刻转过身来。

"真的,芭芭拉,"她冷冰冰地说,"如果你走路还是这么磕磕绊绊的,就给我好好待在座位上哪儿也别去。女孩子到了这个年纪还冒冒失失的,实在太丢人了。"

可怜的芭芭拉跟跟跄跄地走回她的座位,泪水裹挟着煤灰染花了她的脸,使她看起来像妖魔鬼怪一样。她可亲可敬的老师第一次用这样的语气和她说话,这令芭芭拉感到伤心欲绝。安妮的良心诚然受到了刹那的谴责,但这种自我批评最终却化为精神上更深层的焦躁。对于二班的孩子来说,那堂阅读课的情景至今仍历历在目。而接下来那堂数学课更是令人心有余悸。那节数学课上,正当安妮催促着孩子们做题时,圣克莱尔气喘吁吁地跑进了教室。

"你迟到了半小时,圣克莱尔。"安妮冷冷地提醒道,"发生了什么事?"

"噢,小姐,中午家里有客人来,所以我去帮妈妈做了布丁。而且克拉利斯·阿米拉生病了,我得照顾她。"圣克莱尔毕恭毕敬地答道,不料却招来同学们的捧腹大笑。

"回到你的位子上,然后拿出算数课本。作为惩罚,我要你把八十四页的六道题全部做完。"安妮说。圣克莱尔看起来对安妮的话相当吃惊,但他还是乖乖地回到了自己的位子上,从包里掏出了他的小黑板。然后他悄无声息地递了一个小包裹给过道对面的乔·斯隆,谁知竟被安妮逮个正着。安妮在心中对此包裹妄下定论,最终受到了冲动的惩罚。

锡兰·斯隆老太太最近喜欢烘焙果仁蛋糕,她还拿出来售卖,借此赚点外快。这种蛋糕尤其受到男生们的欢迎,这让安妮在这几个星期里头疼不已。在上学的路上,男生们就会用零花钱在锡兰太太的家里买好蛋糕,然后带到学校里。一些人会把这些蛋糕留着自己吃；另一些人则拿蛋糕来款待同学。安妮已经警告过他们，如果他们再带蛋糕来学校，她将一律没收。然而圣克莱尔·唐奈尔居然顶风作案，明目张胆地在课堂上移交蛋糕。没错，这个包裹正是由锡兰太太常用的蓝白条纹包装纸打包的。

"乔，"安妮平静地说，"把那个包裹拿过来。"

乔既惊讶又尴尬，最后还是不得不端着包裹走了上去。他是一个胖乎乎的小淘气，只要一紧张就会面红耳赤、舌头打架。这会儿，没有谁比可怜的乔更显得做贼心虚了。

"把它扔进火炉里。"安妮说。

只见乔突然面无血色。

"可……可……可……可是，小……小……小姐。"他刚开口就被安妮打断了。

"少废话，乔，照我说的做。"

"但……但……但是，小……小……小姐，这……这……这是……"乔已经绝望得要窒息了。

"乔，你到底还听不听我的话？"安妮呵斥道。

即使在场的不是乔·斯隆，而是一个比他更加临危不惧、泰然自若的男生，声色俱厉的安妮也一样会让他望而生畏。孩子们眼前的这个老师和他们印象中的安妮判若两人。乔不知所措地望了圣克莱尔一眼，然后走向暖炉，打开那扇方形的大炉门。这时圣克莱尔嗖地站了起来，但就在他话到嘴边的时候，乔已经将那个蓝白相间的包裹扔了进去，于是他赶紧背身躲闪。

随后有那么几秒钟，艾凡里学校心惊胆战的师生们都怀疑是不是地震或是火山喷发了。安妮刚才不假思索地认定，那个包裹里装着锡兰太太制作的果仁蛋糕，而实际上，那个看似人畜无害的盒子里，却藏着各种各样的烟花爆竹。前天，沃伦·斯隆曾委托圣克莱尔的父亲从镇上帮他捎回一批烟花爆竹，打算在这天傍晚的生日会上燃放。此刻，所有爆竹瞬间在炉膛内轰然炸响。随之而来的是无数夺门而出的风车烟花，这些挣脱牢笼的烟花呼呼地旋转着，咝咝地叫着，在教室里风驰电掣。安妮仿佛五雷轰顶，面如死灰地瘫坐在椅子上。女生们尖叫着趴在课桌上。在慌不择路的人群里，乔·斯隆呆若木鸡地站着，好像丢了魂一般。圣克莱尔在过道上笑得前俯后仰，直不起腰来。普里利·罗杰森直接昏了过去，安妮塔·贝尔则歇斯底里地哭喊起来。

虽然整个过程只持续了短短几分钟，但是随着最后一个风车烟花偃旗息鼓，大家感觉时间好像过去了一整年。安妮重新打起精神，把门窗统统打开，好让满屋子的硝烟尽快散去。然后她联合女生们把昏迷不醒的普里利转移到走廊上。大家还没反应过来，芭芭拉·肖就迫不及待地给普里利浇了一头冰水。

他们足足忙活了一个小时，这场风波才平静下来。然而这是一种令人窒息的平静，因为每个学生都能感受到，虽然爆炸已经停止，但老师的愠怒依旧汹涌澎湃。所有人都屏息凝神，大气不敢出，唯独安东尼·派伊还在喃喃自语。内德·克雷在用石笔做算术题时不小心划出了一个尖锐的声响，立刻引来安妮凌厉的目光。那目光瞪得他恨不得挖个地洞钻进去。安妮上地理课时，迅雷不及掩耳地讲完了一个大陆板块的知识，让大家听得云里雾里。语法课上，安妮天花乱坠的语法分析简直要了他们的命。切斯特·斯隆在写"气味"这个词的时候写成了"气昧"，于是被安妮劈头盖脸地训斥了一通，让他感觉自己被钉在了耻辱柱上，永生永世不得解脱。

安妮知道自己出了个天大的洋相，今天那个意外一定会成为街坊邻里茶余饭后的笑柄，但她越是这样想，越是怒火中烧。如果她能保持心平气和，尚能对此一笑了之，然而事到如今她已无路可退，所以只能以毒攻毒，装成一副满不在乎的样子。

吃完午餐后，安妮回到学校。孩子们一如既往地坐在椅子上。每个孩子都在全神贯注地埋头苦读，除了安东尼·派伊。此刻，他正透过书本的边缘窥视安妮，黑亮的眼睛闪烁着猎奇而鄙夷的眼神。安妮猛地拉开抽屉，想伸手拿一支粉笔。孰料突然有一只活蹦乱跳的大老鼠从她手底下蹿了出来，在讲台上匆匆转了一圈后跳到了地上落荒而逃。

安妮吓得尖叫出声，双脚像安了弹簧一样向后蹦起来，仿佛她见到的是一条致命的毒蛇。安东尼·派伊此时已经笑得合不拢嘴了。

随之而来的却是令人毛骨悚然的死一般的寂静。虽然老鼠没了踪影，但是一想到这个恶心的东西随时会在脚边出现，安妮塔·贝尔脆弱的神经几乎又要崩溃。好在她还是让心绪平静下来了，毕竟连她的老师都是一脸煞白、怒目圆睁的样子，若是她再情绪失控，又有谁会来可怜她呢？

"这到底是谁干的好事？"安妮低吼道。她的声音虽然不大，但是让保罗·欧文背脊发麻。乔·斯隆不幸又和她四目相对。安妮目光如炬，仿佛在说，这件事你难辞其咎。好像自己从头到尾都应该负责，于是结结巴巴地替自己申辩起来。

"不……不……不是……我……我……我，老……老……老师，不……不……不是……我……我……我。"

安妮压根没有闲工夫理睬楚楚可怜的乔。她直勾勾地盯着安东尼·派伊，安东尼·派伊也毫不羞愧地与她四目相对。

"安东尼，是不是你干的？"

"没错，就是我干的。"安东尼目无尊长地说。

安妮一把抄起讲台上那条长长的硬木戒尺，这把戒尺掂着可是沉甸甸的。

"你过来，安东尼。"

戒尺这种级别的责罚对于安东尼·派伊来说实在微不足道。安妮即便像当时那样气急败坏，也很难下重手惩处孩子。但今天不知怎么的，那根戒尺仿佛会咬人，打得安东尼生疼，打得他一身飞扬跋扈的戾气都烟消云散了。他双眉紧蹙，顷刻间泪如泉涌。

安妮看到此情此景，立刻感到良心不安，手中的戒尺"哐当"一声掉在地上。她让安东尼回到自己的位子上，自己也在讲台边坐了下来。她对自己的行为感到无地自容、追悔莫及。她内心那座活火山现在终于平息下来，她恨不得马上找个没人的地方大哭一场。她竟真的下手打了自己的学生，那些她曾吹过的牛皮瞬间不攻自破。这回简可要趾高气扬地欢庆胜利了！还不知道哈里森先生要如何变着法子对她冷嘲热讽呢！然而最严重、最让人痛苦的后果是，她将永远无法赢得安东尼·派伊的心了，他再也不会喜欢安妮了。

安妮费了九牛二虎之力才忍住泪水，并一直撑到回家。她刚一到家就把自己锁进了东山墙的卧室里号啕大哭，汩汩的泪水夹带着安妮内心无限的屈辱、自责和失落浸湿了枕头。安妮哭得完全忘记了时间的流逝，屋外的玛丽拉早已慌得像热锅上的蚂蚁，最终她急不可耐地冲进屋里，关切地询问安妮到底出了什么事。

"我做了违背良心的事。"安妮抽抽搭搭地说，"噢，这真是个晦气的日子，玛丽拉。我真为自己感到羞耻。我不仅在孩子们面前大发雷霆，还打了安东尼·派伊。"

"这是个好消息呀，"玛丽拉毫不犹豫地说，"你早该这样对付他了。"

"噢，不，不，玛丽拉。我都不知道以后该怎么面对这些孩子。我把自己的名声彻底毁了。你都不知道那时候我火冒三丈的样子，真是面目可憎，让人不寒而栗。我至今无法忘记保罗·欧文的眼神，看起来是那么惊讶和失望。噢，玛丽拉，长久以来，我一直在保持克制，并努力地经营自己和安东尼的感情，到头来全都付诸东流了。"

玛丽拉伸出她长满茧子的粗糙的手掌，和蔼可亲地摩挲着安妮光滑柔顺的秀发。待安妮的情绪稍稍平复，她才温和地对安妮说：

"你别太较真了，安妮。每个人都会犯错，但聪明人不会把这些错误一直放在心上，毕竟每个人都有运气不好的时候。而说到安东尼·派伊，你何必总是对他不喜欢你这件事耿耿于怀呢？也就只有他不喜欢你而已呀。"

"我接受不了。我要每个人都喜欢我，否则只要有一个人不喜欢我，我都会难过。然而安东尼肯定再也不会喜欢我了。噢，我真是个十足的大笨蛋。我还是把整件事情一五一十地告诉你吧。"

安妮在复述的过程中代入感太强，甚至都没注意到玛丽拉有没有发笑。听完安妮的故事以后，玛丽拉欢快地说：

"嗯，这些事你别介意。今天已经过去了，明天太阳照常升起。而且明天的事明天才知道，你自己也常这样说。下来吃晚餐吧。喝一杯香茶，再吃一些我今天刚做的李子泡芙，没准你整个人又会振作起来了。"

"心病还须心药医，李子泡芙可没有这个药效。"安妮郁郁寡欢地说。但玛丽拉觉得这是个好兆头，毕竟这姑娘都有精力讨价还价了，说明她的心情大有好转。

在其乐融融的餐桌上，双胞胎兄妹可爱的笑脸，玛丽拉美味可口的李子泡芙，都给怅然若失的安妮增添了不少能量。而且玛丽拉做的李子泡芙真的非常抢手，戴维一人就吃了四个。安妮那天晚上着实睡了个好觉。第二天一早起床时，安妮果真发现，不论是自己还是这个世界都焕然一新了。经过一夜的打扮，天地之间已是银装素裹。空中仍有晶莹的雪花悠悠飘扬，在朝阳的映照下熠熠生辉。这场雪仿佛一层厚厚的褯褓，将安妮过往的耻辱和错误温柔地盖住了。

"每一个清晨都是新的开端，每一束阳光都预示着新的希望。"

安妮一边穿衣打扮，一边哼着歌儿。

由于路面积雪，安妮不得不沿着马路走去学校。她万万没想到，自己刚刚拐出绿山墙路，就碰上了同样步履艰难的安东尼·派伊，真可谓冤家路窄。安妮觉得这一定是上天和她开的玩笑，她心中马上又有一股愧疚之情油然而生，仿佛昨天恶作剧的是她而不是安东尼。然而令她咋舌的是，今天安东尼不仅向她脱帽致意——他从来没有这样做过——还轻松地对她说：

"这路不太好走呢，对吧？让我来帮你拿课本吧，老师。"

安妮把课本交给他，并一度怀疑自己是在做梦。一路上安东尼没有再说话。当他俩到了学校，安妮接过她的课本，对安东尼莞尔一笑——这不是安妮为了赢得某人的好感而习惯性地挤出的客套笑容，而是友谊之树开花结果后的真情流露。安东尼也回敬以微笑——不，确切地说是咧嘴坏笑。人们通常认为这种笑容是不太礼貌的，但是安妮却倍感欣慰，因为她虽然没有赢得安东尼的喜爱，但至少赢得了他的尊重。

在下一周的星期六，瑞秋·林德太太过来做客的时候也表达了相同的观点。

"是的，安妮，我觉得你已经降伏了安东尼·派伊这个熊孩子。他说他感觉你这个人还是挺不错的，尽管你是个女生。他还说你给他的那顿揍'真够爷们'。"

"但是，我从不希望依靠体罚来赢得他的心。"安妮有点悲哀地说，觉得理想在某个地方捉弄了她，"那样做不好。我始终坚信待人接物要宅心仁厚。"

"打骂孩子确实不好，但是派伊家的人在任何情况下都是个例外。"瑞秋太太斩钉截铁地说。

哈里森先生听说这件事以后对安妮说："我早就料到你会走到这步。"而简果然也毫不留情地和安妮翻出了旧账。

第十三章

愉快的踏青

这天安妮在去果园的路上碰到了戴安娜。她走到恐怖林的深处，经过一条小溪，淙淙溪水上横跨着一条长满苔藓的独木桥。没想到此时桥对面出现了一个熟悉的身影，原来戴安娜正巧来绿山墙找她。于是她俩一同来到仙女泉边席地而坐。在她们身旁，满头鬈发的嫩蕨舒展着枝叶，好似渐次苏醒的绿色精灵在伸着懒腰、打着呵欠。

"我正想邀请你周六过来和我一块过生日。"安妮说。

"过生日？你的生日在三月份不是已经过完了吗!"

"这可不能怪我，"安妮开怀大笑，"如果我的父母征求过我的意见，我就不会在那个节骨眼过生日了。没错，我一定会选择在春天出生。能和五月花还有紫罗兰一同来到这个世界，真是再美妙不过的事啦。你会觉得自己和它们就是义结金兰的姊妹。虽然这个愿望落空了，但是改在春天庆生也不失为一件令人心满意足的事。这个周六普里西拉也会过来，而且简也在家。咱们四个可以到林子里过一个美妙的生日，赴一场与春天的约会。虽然我们和它素未谋面，但只有到了树林里，我们才能与它相见。我想探访郊野的每个角落，因为我知道，那儿有许多秘密花园等待我们发现。也许以前我们曾和它们擦肩而过，但却没能促膝长谈、深入了解。我们会和清风起舞，和花鸟同歌，和晨曦畅玩，和云天作伴。归来时，我们已把春色写满笑脸,让春意萦绕心间。"

"听起来是个好主意。"戴安娜说道,尽管她心里还在犯嘀咕,"但是外面有些地方应该还很湿吧。"

"噢,咱们可以穿上水靴。"安妮还是对现实做出了让步,"你周六早上早点过来和我一块准备午餐。我想给大家做一些精致可口的点心,就是那些最适合带去春游的小吃,比如果酱蛋挞、拇指蛋糕、撒上粉黄糖霜的曲奇饼,还有毛茛蛋糕。最后咱们还要准备一些三明治,尽管它们看起来朴实无华。"

星期六果然是个适合踏青的好日子,阳光明媚,碧空如洗,骀荡的春风吹绿了草甸和果园。不论是农场还是高地,仿佛都盖上了一张青葱的地毯,上面缀满五彩缤纷的小花。世间万物都沐浴在金色的阳光下,呈现出一派欣欣向荣的景象。

哈里森先生此刻正在他农场后方的田里挥汗如雨地犁地。已步入中年的哈里森先生虽是个安常守故之人,但也深深地感受到了春天的气息。他抬头望见四个年轻的女孩,提着装满了美食的篮子,步履轻盈地穿过他的农场的一角,那里紧挨着一片种满白桦和冷杉的林地。女孩们的欢声笑语宛如黄莺出谷,悠悠地飘进哈里森先生的耳朵。

"在这样的日子出来踏青,真是令人心旷神怡,不是吗?"安妮用她特有的口吻说道,"让我们把它变成一个美妙无穷的日子,姐妹们。以后每每回首,我们都会想起今天的春风得意。我们要寻找大自然的美,别的一概拒之门外。'烦恼烦恼全走开!'简,你是不是在想昨天学校里发生的糟心事。"

"你怎么知道的?"简倒吸一口冷气,惊诧地说。

"噢,你的表情出卖了你。我的脸上就经常挂着那副表情。你别再把那些烦心事放在心上了,接下来你会拥有一个无比美妙的心情,这份好心情会一直持续到下个星期一,甚至更久。噢,姐妹们,姐妹们,快看那片紫罗兰!这幅画面真心值得在记忆的画廊里珍藏。等到了八十岁的时候——如果我能活到这个岁数的话——当我闭上眼睛,它们依然能清晰地浮现在眼前,就像现在我亲眼所见的这般高贵优雅。这是今天我们收到的第一份丰厚的贺礼。"

"如果香吻有模样,必是一朵紫罗兰。"普里西拉说。

安妮开心地笑起来。

"你能把这个想法分享出来真令人高兴,普里西拉,好在你没把它窝在心里。如果大家都能真诚地表达内心的想法,这个世界会变得妙不可言,虽然它已经非常奇妙了。"

"那某些人可要寝食难安了。"简意味深长地回答。

"确实如此。但这也是他们自作自受,谁叫他们脑子里满是糟粕呢。无论如何,今天咱们可以畅所欲言。因为我们所见所闻皆为松风水月,所思所想尽是仙露明珠。我相信各抒己见才是交流的真谛。啊,这条小路我以前没发现过呢,让我们进去瞧一瞧吧。"

这条小径蜿蜒曲折,窄得她们不得不排成一列前行。即便如此,她们的脸还是总被冷杉枝叶擦到。冷杉树下长满了如天鹅绒垫子般柔软光滑的青苔。继续往前走,树木渐渐变得稀疏矮小,地面上也多了各种各样的绿色灌木。

"瞧,那边有好多'象耳'。"戴安娜兴奋地叫道,"它们真好看,我要摘一大把。"

"这种植物如此雅致,好像羽毛一样,却起了这么瘆人的名字。"

"第一个给它命名的人要么毫无想象力,要么想象力太过丰富了。"安妮说,"噢,姐妹们,快看那是什么!"

只见小路的尽头有一小片空旷的草地,中间是一块浅浅的水塘。暮春时节它就会干涸,然后长出一排茂密的蕨叶。然而现在,它就是一个水平如镜、闪着点点波光的小湖，它的形状好似一个圆圆的杯碟，湖水清澈见底。一圈瘦小的白桦环抱着它，树下长着幼嫩的蕨叶。

"真美！"简醉心地说。

"让我们像'森林女神'一样围着它舞蹈吧！"安妮欢快地叫道。她随即放下篮子，张开了臂膀。

可惜这个'树精之舞'没跳成功，因为地面实在太过泥泞松软了，简的水靴都陷了进去。

"看来穿着水靴没法变身'森林女神'。"安妮脱口而出。

"好了，在离开这儿以前，咱们得先给它起个名字。"安妮又说道，服从无可争辩的事实逻辑，"大家分别说出自己中意的名字，然后咱们抓阄决定选哪一个。戴安娜，你先来吧。"

"白桦池。"戴安娜不假思索地提议道。

"水晶湖。"简也说出了自己的答案。

安妮站在她们后面，心急如焚地瞅着普里西拉，希望她别再说诸如此类的名字了。普里西拉果然不负重托，提了一个"星落璃"。安妮的选择是"仙尘镜"。

简像变戏法一样从兜里掏出了一支石笔，然后在白桦树皮上写下了那些名字，这些树皮最后统统装进了安妮的帽子里。普里西拉闭上眼，在里边抽了一片。"水晶湖。"简洋洋得意地读出上面的名字。从此，这片水塘就叫水晶湖了。安妮觉得这个结果真是造化弄人，但她最后什么也没说。

拨开眼前的灌木，姑娘们来到一片绿意盎然的幽境。这里地处塞勒斯·斯隆先生家牧场的纵深地带。穿过这片草地，她们发现一条深入丛林的小路，她们投票后决定进去一探究竟。这条路果然不负众望，给她们带来了一连串的惊喜。她们先是看到一圈盛放的樱桃树，在斯隆先生的牧场边围成一条花团锦簇的拱廊。姑娘们把帽子摘下挂在手臂上,头上插满米黄色蓬松柔软的樱桃花,一个个快乐得手舞足蹈。随后这条路来了个九十度的大转弯,沉入一片浓密荫翳的云杉树林。这片林子茂密得让她们感觉外边已暮色西沉,枝叶间看不见一线天,漏不下一缕光。

"这一定是'邪魅树精'的巢穴。"安妮喃喃地说,"它们都是些居心叵测、无法无天的家伙,但是它们现在没法伤人,因为它们不许在春天里胡作非为。瞧那棵歪斜枯败的冷杉,有一个树精就藏在它背后偷窥咱们。还记得咱们刚刚经过的那丛伞叶肥大、长满斑点的蘑菇吗?当时就有一群树精坐在上面呢。相较之下,那些温和友善的精灵一般都生活在阳光充足的地方。"

"我希望世上真的有精灵,"简感叹道"也许它会帮你实现三个愿望,就算只有一个也好呀。姐妹们,如果有这样的机会,你们会许什么愿望呢?我会希望变得富贵、漂亮而且聪明。"

"我想得到一副好身材。"戴安娜说。

"我想要出人头地。"普里西拉说。

安妮正打算说她的发色,但又立即打消了这个念头。她觉着要是许这个愿望就大材小用了。

"我愿这个世界处处春意盎然,时时春深似海,人人春风满面。"她说。

"但是,"普里西拉说,"这样一来人间不就成天堂了吗?"

"是挺像天堂的。不过我梦想中的人间还是有夏天或秋天的。当然,也会有少量的冬天。我有时喜欢看冬日初升瑞雪融金,也喜欢看数九寒夜银霜满天。"

"这……我就搞不懂了。"简忐忑地说。简是个好姑娘,作为虔诚的基督徒,她对待工作尽职尽责,对待信仰立场坚定。即便如此,她从来没有想过天堂可以有帮助。

"米妮·梅前两天还问我来着,我们在天堂是不是就可以天天穿自己最好看的裙子了?"戴安娜笑道。

"你有没有告诉她可以?"安妮问道。

"天啊,不!我告诉她,到了天堂压根不会考虑穿裙子这种事。"

"噢,我想我们应该……考虑一下。"安妮一脸严肃地说,"到了天堂,我们就会有无限的时间,因此不会再错过那些重要的事情。我相信我们都会穿上华丽的裙子,或许称之为'服饰'会比较贴切。我一定会先穿几个世纪的粉裙。我敢打赌,在很长一段时间里,我都不会觉得腻味。我真是太喜欢粉裙了。可惜在这里,我都没有机会穿粉裙。"

她们沿着这条小路穿过云杉林,下至一片光辉灿烂的空旷地带,看到一座独木桥静静躺在溪流之上。随后,她们走进一片身披骄阳的山毛榉林,树林间氤氲的空气仿佛陈年的金色原浆。抬头看,树叶青翠欲滴,阳光洒满金色的大地。渐行渐远,路边的野樱桃树也愈来愈多。不久,她们便下到一个山谷,其中长满袅娜多姿的冷杉。不料眼前突然出现一个陡坡,她们爬得气喘吁吁的。但当姑娘们到达坡顶,眼前便豁然开朗起来,等待她们的是一个巨大的惊喜。

这片土地位于一些农场之中,而这些农场又和卡默迪上路相连。一片层层叠叠的山毛榉和冷杉林阻挡着她们的去路,但是南边露出了一个豁口。从那里出去之后,转角处竟有一座花园,或者说这里曾经是花园。一排摇摇欲坠的石墙包围着它,上面爬满了苔藓和蒿草。花园的东面种着一行樱桃树,樱桃花昂首怒放,白如雪堆。花园里有几条古道,它们被两列并行的蔷薇从中间隔开。其他地方几乎都覆盖着绿油油的草地,上面长满了水仙花,或黄或白,好似窈窕淑女,在春风中轻盈地舞蹈。

"噢,真是美极了!"三个女孩儿异口同声地惊呼。安妮则已被惊艳得目瞪口呆。

"人间怎么还有这样一片世外桃源?"普里西拉惊叹。

"这一定是海斯特·格雷的花园。"戴安娜说道,"我听妈妈提过它,但是我自己以前也没见过。我还以为这花园早就不存在了。你听过它的故事吗,安妮?"

"没有,但是那个名字很耳熟。"

"噢,你已经在公墓里见过了。她就葬在那个种着白杨的角落。你知道那块褐色的小墓碑吧,上面刻着一扇敞开的大门和一行字:'纪念海斯特·格雷,享年二十二岁。'乔丹·格雷就埋在她的右边,但是他没有墓碑。真是奇怪,玛丽拉居然没有和你说过这件事,安妮。但是不得不承认,这件事发生在三十年前,想必早就被人遗忘了。"

"嗯嗯,既然有故事,那咱们可得好好听一听。"安妮说,"让我们坐在水仙花的中间听戴安娜讲故事吧。来吧,姐妹们,这儿可有千千万万朵呢。它们真的是漫山遍野,好像给整个花园铺上了一层由日月光华编织的地毯。我在距此不到一英里的地方住了六年,却对这片桃源一无所知! 一想到这儿,我便深感不虚此行。戴安娜,开始吧。"

"很久很久以前,"戴安娜亮出经典的开场白,"这座农场曾经属于戴维·格雷老先生。他当时并不住在这儿,而是住在如今塞勒斯·斯隆家的位置。他有一个儿子,乔丹。有一年冬天,乔丹去了波士顿谋生。他在那儿爱上了一个姑娘,名叫海斯特·穆雷。海斯特在一家零售店工作,但是她并不喜欢这份工作。她从小在乡下长大,并且一直希望能回归田园生活。当乔丹向海斯特求婚的时候,她说如果乔丹能带她去一个清静的地方定居,她就嫁给他。她希望在爱巢周围,放眼唯见原野碧树,张耳只闻鸟叫虫鸣。因此他把她带回了艾凡里。林德太太说他娶一个'美国佬'就是在铤而走险。毫无疑问的是,海斯特体弱多病而且不擅长操持家务。但是妈妈说她不仅生得花容月貌而且善解人意,乔丹爱她爱得不能自拔。总而言之,后来格雷老先生就把这座农场给了乔丹,乔丹就在这儿盖了一间小屋,他和海斯特在这儿生活了四年。她不太出门,很少有人来看她,除了我妈妈和林德太太。乔丹给她建了这座花园,这让她喜出望外,于是她大部分时间都待在这儿。她着实不喜欢做家务,却对花花草草情有独钟。可惜后来她生了重病。妈妈说她怀疑海斯特在来这儿以前就已经染上了肺结核。她总是卧床不起,身体越来越羸弱。乔丹没有请护工来服侍她,而是亲自为她端茶倒水、忙前忙后。妈妈说,乔丹真的是个体贴入微的绅士,有着女人般温柔细腻的心肠。每天他都会用一条大披巾把海斯特裹起来,然后抱到花园里,让她舒适地躺在一张长椅上。他们说她常常在每天晨昏时分让乔丹跪在她身边和她一同祈祷,让她在大限来临之时能在这座花园中溘然长逝。有一天,乔丹照常将她抱到长椅上,随后把花园里所有开放的玫瑰摘下放在她的身上。海斯特最后一次笑着看了看他,然后就永远地合上了眼睛。这就是,"戴安娜低声作结,"故事的结局。"

"噢,多么凄美的故事呀。"安妮叹息着拭去眼角的泪水。

"乔丹后来怎么样了?"普里西拉问道。

"海斯特去世之后,他就把农场卖掉回波士顿去了。杰贝兹·斯隆买下了农场,然后把那间小屋迁到了路边。十年后,乔丹也去世了。他的遗体被运了回来,葬在海斯特旁边。"

"我搞不懂她为什么会想要住在这种与世隔绝的旮旯儿。"简说道。

"噢,这我还是很能理解她的。"安妮意味深长地说,"尽管我喜欢大自然,但我不想过那种青灯古佛的生活,我渴望和人交往。不过这并不妨碍我理解海斯特的心情,她只是不想在大都会的纷纷扰扰和熙来攘往的冷漠人情中死去,她想要逃离那个钢筋水泥的牢笼,回到静谧和谐、自然友好的家园。她最终得偿所愿,这是多少人羡慕不来的福气。她在去世之前享受了四年无与伦比的时光,这四年她过得多么舒心快乐。所以我认为,与其说她的遭遇令人扼腕叹息,倒不如说她的运气好得让人羡慕妒忌。她最后能在玫瑰花海中与世长辞,有挚爱在侧含笑送别……这是多么幸福啊!"

"她在那边种下了那些樱桃树。"戴安娜说,"她告诉我妈妈,她绝不会食用树上的樱桃。她只是希望在自己去世之后,她的生命能以树木的形式延续,为这个世界带来一道亮丽的风景。"

"真高兴我们选择了这条路。"安妮说道,她的眼里闪烁着感动的泪光,"今天是我的领养生日,你们懂得。这座花园和它背后的故事是上天赐予我的最丰厚的礼物。你的母亲有没有和你说海斯特·格雷长什么样,戴安娜?"

"没有呢,只听说她是个闭月羞花的美人。"

"那我就放心了,因为我可以自由想象她的模样,而不需顾忌现实。在我心里,她应该是一个小巧玲珑的女生,有着微卷的深色头发,一对棕色大眼睛透露着羞怯,苍白的脸上带着一丝忧郁。"

姑娘们把篮子放在花园里,一整个下午都在周边的树林和原野里游玩,发现了许多风景秀丽的地方。当肚子饿得咕咕叫的时候,她们就在风景最美的地方吃午餐。这是一条叮咚流淌的小溪。在陡峭的岸边,白杨树从高草丛中拔地而起。她们坐在白杨树旁,尽情享用安妮制作的精致可口的点心。拜这清新的空气和妙趣横生的郊游所赐,她们胃口大开,大快朵颐。面对美食,她们已顾不上淑女风度,即便是那朴实无华的三明治,都被她们一扫而空。安妮还带了些杯子和柠檬汁给她的贵宾们,但是她自己却将白杨树皮当作容器,舀取甘洌冰爽的溪水来喝。虽然这种原始的杯子会渗漏,而且水中带着春天特有的泥土味道，但是安妮觉得这种天然的饮料比柠檬汁更适宜这样的场合。

"你们看到那首诗了吗?"她突然伸出手指向远处。

"哪儿?"简和戴安娜顺着手势望去,以为安妮发现了刻着如尼诗的白桦树。①

"就在那儿,溪水下面,那根遍布绿苔的朽木。溪水缓缓漫过,波纹仿佛被梳过一般整齐圆润。一道明媚的阳光直泻而下,穿过朽木映在水底。噢,这是我读过的最美的诗篇。"

"我更倾向于把那儿称为一幅画面。"简说道,"一首诗应该有实实在在的诗行和诗章。"

"噢,我亲爱的,不是这样的。"安妮使劲地摇摇头,连她头上戴的蓬松柔软的野樱桃花冠也颤动起来,"诗行和诗章只是诗的皮囊,就像你裙子上的花边并不能代表你本人一样,简。真正的诗歌是事物内心的灵魂,那道美丽的风景本身就是一首还没写成的诗歌的灵魂。咱们可不是每天都能看到灵魂的,更不用说天天看到诗的灵魂。"

"我好奇的是,一个灵魂,确切地说,一个人的灵魂会是什么样的?"普里西拉浮想联翩地说。

"就像那样,我觉得。"安妮答道,她伸手指向一道从白桦树叶间洒下的光芒,"单就外形而言,我认为灵魂应该是由光构成的。有一些是玫瑰色,在空气中轻微地颤动;有一些则像海面上荡漾的月光;还有一些像是破晓时透明的薄雾。"

"我不记得从哪儿读到的了,据说灵魂的外观像花朵。"普里西拉说道。

---

① 如尼诗是一种用如尼字母写就的韵律诗。如尼字母是由古代北欧人创造的字母系统,常常被刻印在石头或是木头上边。传说中如尼字母具有魔力。

"那么你的灵魂准是一株金灿灿的水仙。"安妮说,"戴安娜的灵魂会是一株火红的玫瑰。简的灵魂则是一株粉色的馨香甜美的苹果花。"

"而你的灵魂是一株洁白无瑕的紫罗兰,包裹着高贵典雅的紫色花蕊。"普里西拉补充道。

简悄悄地和戴安娜说,她一点也听不懂那两人在讲什么,还问戴安娜听没听明白。

姑娘们在一片恬静而辉煌的夕阳中走回家。她们的篮子里盛满了海斯特花园的水仙花,第二天,安妮还拿了一些来到公墓献给海斯特。在她们回家的路上,知更鸟好似吟游歌手在冷杉树上低唱,不甘寂寞的青蛙也在沼泽地里齐鸣。每一个山谷都笼罩在黄玉色和翡翠色的光辉中。

"真棒,咱们度过了美妙的一天。"戴安娜说,仿佛她在出发前未曾料到似的。

"这真是一次愉快的踏青。"普里西拉说。

"我也好喜欢这片森林。"简说道。

安妮则什么也没说,只是愀然凝望着壮丽的落霞,一颗心已如孤鹜般,飞向了海斯特·格雷。

第十四章

柳暗花明又一村

星期五的傍晚，安妮正从邮局走回家，在路上遇到了林德太太。林德太太一如既往地在为政府的大事操心。

"我最近去了蒂莫西·科顿家，请爱丽丝·露易丝过来给我搭把手。"她说，"上个星期她过来了，虽说她手脚太慢，不过聊胜于无。可惜她现在生病了过不来。蒂莫西这家伙就只会在那儿无所事事地干坐着，还不停地咳嗽和抱怨。他的肺病拖了可有十年了，结果还是一副要死不死的样子，没准还能再熬个十年。那种人怎么不早点去见上帝，好让这一切有个了结。他们总是半途而废，就连生病都是这样虎头蛇尾。他们一家人都是这副好逸恶劳的样子，天晓得他们以后会变成什么样。"

林德太太长吁短叹，仿佛在怀疑上天也不一定知晓结局。

"上个星期二玛丽拉又去看了眼睛对吧。眼科大夫怎么说？"她问道。

"他表示情况非常乐观，"安妮开心地说，"他说玛丽拉的眼病有了很大好转，她的眼睛已经不会有失明的风险了。但是他说玛丽拉还是不能看太多书，也不可以做细致的针线活。您的义卖活动准备得怎么样了？"

妇女互助会正在筹备一场慈善晚宴，林德太太是项目发起人和项目负责人。

"相当顺利。说到这儿,艾伦太太说她想在屋里固定一个吧台,就像老式厨房里的那种,可以摆上烤豆子、甜甜圈、馅饼等美食。所以我们一直在到处物色旧钉子、旧支架之类的零件。西蒙·弗莱彻太太愿意把她母亲的针织地毯借给我们,利维·博尔特太太则有一些旧椅子可以提供,还有玛丽·肖说她能把她带玻璃门的橱柜借给我们。我想玛丽拉应当不会介意把她的黄铜烛台借给我们吧?我们还在尽可能地收集旧碟子。艾伦太太尤其想要一个正宗的蓝柳碟,但是至今还没找到。你知道谁有吗?"

"约瑟芬·巴里小姐有一个。回头我给她写封信,问问她能否借给咱们。"安妮说。

"好的,但愿你能借到。这个慈善晚宴预计将在两周后举办。亚伯·安德鲁斯大叔预测到时候会有暴风雨。听了这个消息,我就放心了,届时我们一定会有个好天气。"

传说中的"亚伯大叔"可是个小有名气的人物,因为他在村里的名声实在是不敢恭维。事实上,由于他的天气预报命中率几乎为零,所以他的预测向来被当作笑柄。作为远近闻名的才子,伊利沙·怀特先生就常说,艾凡里的人绝不会通过夏洛特敦的日报来获取天气信息,绝不会,因为人们只要问问亚伯大叔就行了,第二天的天气必定和他的结论背道而驰。完全不必担心,亚伯大叔的判断从没让人"失望"过。

"我们想在选举开始前搞定义卖。"林德太太继续说道,"因为竞选人一定会来乡里游说,并花一大笔钱收买人心。保守党人总是在背后到处行贿。到时候让他们来买咱们的义卖品,也算是给他们一个机会,干干净净地花点钱。"

出于对马修的怀念,安妮也是个坚定的保守党人。① 但是这会儿她什么也没说,因为她明白最好别去触动林德太太敏感的政治神经。到家时,她在邮箱里发现一封来自不列颠哥伦比亚省的信,是寄给玛丽拉的。

"准是这对兄妹的叔叔寄来的。"她走进家时兴奋地说,"噢,玛丽拉,我真好奇他会说些什么。"

"最好的办法就是赶紧拆开看看。"玛丽拉不耐烦地说道。安妮原本以为玛丽拉也会像她一样兴奋不已,但是玛丽拉却宁死也不肯表现内心的波澜。

安妮拆开信封,扫了一眼信纸上略显潦草的内容。

"他说今年春天他还没法接孩子们过去。整个冬天他都卧病在床,因此他的婚期也不得不延后。他询问我们能否照料这对双胞胎到今年秋天,到时候他再想办法把孩子们接回去。我们当然可以答应他,对吗,玛丽拉?"

"在我看来,咱们别无选择。"玛丽拉阴沉地说,但是她的内心却感到了一丝释然,"不过他们现在乖了许多,也有可能是咱们习以为常了。戴维这孩子有了不小的进步。"

"他在待人接物的礼节上确实开始上心了。"安妮谨慎地说,似乎他的品行还不值得更高的评价。

前一天傍晚,安妮从学校回家找玛丽拉去互助会开会。朵拉在厨房的沙发上睡着了,而戴维则待在客厅旁的储藏室里,乐滋滋地吃着玛丽拉酿制的一罐黄梅酱——戴维亲切地把这种广受好评的果酱称为"儿童伴侣果酱"。之前安妮她们就不许戴维碰这东西,没想到

---

① 马修是玛丽拉的哥哥,安妮的叔叔。在安妮系列第一部《绿山墙的安妮》的最后,他死于心脏病。

他竟敢"顶风作案"。安妮立刻冲进去把他从储藏室里赶出来,戴维的脸上挂满了愧疚。

"戴维·基斯,你知不知道你偷吃果酱犯下了多大的错?我早就警告过你别动储藏室里的东西。"

"嗯呢,我知道这是不对的。"戴维不安地说,"但是黄梅酱真的太美味了,安妮。我只不过看了它一眼,立刻对它一见钟情。然后吧,我就寻思尝个味。我把手指插进去搅一搅,"这话引得安妮一阵干呕,"然后舔干净手指头。它真是比我想象中的还要好吃上百倍,于是我马上掏出一只勺子大快朵颐。"

安妮好好教训了他一番,告诉他偷吃黄梅酱犯了大错,这让他的良心备受煎熬。他向安妮发誓再也不会重蹈覆辙,并给她献上了一个黄梅味的香吻以示歉疚。

"不过,一想到天堂里有吃不完的果酱,真是令人欣慰。"戴维自鸣得意地说。

安妮强忍住发笑的冲动。

"也许会有吧,如果我们想要的话。"她说,"但是你怎么会有这种想法?"

"哈,这在《知识问答》里有提到哦。"戴维说。

"噢,你瞎说,《知识问答》里哪会有这玩意,戴维?"

"但是那上边确实有呢。"戴维坚称,"上个星期六玛丽拉刚教过我一个问答。'为什么我们要敬仰上帝?'上面写道:'因为他制作蜜饯(make preserves),救赎黎民百姓。'我知道蜜饯就是果酱的书面语。"

"说来话长,我得先去喝杯水。"安妮一时语塞,急忙说道。她回来后颇费了一番周折才向戴维解释清楚这其中的玄机。"Preserves"在英语中不仅有蜜饯的意思,也有避难所的意思,《知识问答》的本义是说上帝建造了避难所保护众生。

"好吧,我也觉得天堂有果酱这回事美得就像白日做梦。"他最后失望地长叹一声,说道,"况且上帝根本没有时间做果酱。因为赞美诗里说了,人们在天堂里过着无休无止的安息日,所以上帝忙于没完没了的礼拜活动。我不想去天堂了。天堂上到底有没有星期六呢,安妮?"

"有的,包括星期六在内的美妙的节日一应俱全。天堂里,人们的生活一天比一天好,戴维。"安妮坚定地说。她暗自庆幸玛丽拉不在旁边,否则她准会被戴维的话气晕。毫无疑问,玛丽拉一直在用老式的教育理念带孩子,她不欢迎任何关于天堂的奇思妙想。戴维和朵拉每个星期天都会学一首赞美诗、一个知识问答以及两节《圣经》。朵拉会非常听话地背诵,就像一个小小的机器人。而且在兴趣和悟性上,她的表现也和机器人不相上下。戴维则恰恰相反,他思维活跃,总能提出许多让玛丽拉惊诧的问题。

"切斯特·斯隆说,在天堂里我们不用干别的,每天就是穿着白色长袍到处溜达,或是坐下来弹奏竖琴。他说他不想上天堂,除非到了风烛残年不得不去。一提到要穿白色长袍,他就觉得害怕。我也深有同感。为什么男天使就不能穿裤子呢,安妮?切斯特·斯隆总是对这些事很感兴趣,因为他家里的长辈希望把他培养成一名牧师。他必须成为一名牧师,因为他的祖母给他留了一笔钱,供他去读大学。如果他不能成为一名牧师,就拿不到这笔钱。他的祖母一直觉得牧师是一份体面的职业。不过他打心里更想成为一名铁匠。切斯特说他可没有这么多心眼,他一定会在当牧师以前尽情享受生活,因为他知道成为牧师之后生活就没有多少乐趣了。我才不会去当牧师。我想要做一个商贩,就像布莱尔先生那样,守着一大堆糖果和香蕉。不过我更愿意去你说的那个天堂,只要他们能同意我吹口琴而不是弹竖琴。你觉得他们能答应我的请求吗?"

"可以的,只要你愿意,他们都会答应的。"这是安妮觉得相对靠谱的回答。

这天傍晚促进会在哈蒙·安德鲁斯家开会,主持人要求会员悉数到场,因为席间有重要的议题要讨论。促进会如今正在蓬勃发展,他们取得了丰硕的成果,声势也变得十分壮大。早春的时候,梅杰·斯宾塞先生兑现了他的承诺,把他农场前马路边的树桩都拔除了,后来还夷平了道路,铺上了草皮。被他这么一激励,有十几个街坊争先恐后地效仿起来。还有其他的一些邻居也在促进会的敦促下开始了行动。这几条道路曾经布满牛皮癣般丑陋不堪的灌木和残桩,如今旧貌换新颜,变成了一条条覆盖着光滑草皮的绿带,远远望去就像春天的丝绒。有少数农场仍未见动静。此时,它们的处境就显得非常尴尬了,一眼望去就看到他们农场门口的"疮疤"。于是他们纷纷计划明年春天就把这项工程彻底落实。十字路口的三角形地带也已经清理干净并铺上了草坪,安妮规划的天竺葵花坛没有遭到任何牲畜的袭扰,已经布置在路口中央了。

总的来说,促进会成员们觉得他们的事业已经完美地步入正轨。唯一的例外是利维·博尔特先生。尽管促进会曾经派出一个精挑细选的工作组到他家耐心规劝,但是他仍旧不为所动,断然拒绝拆除他牧场北面的老房子。

在这次特殊的会议上,他们要草拟一份请愿书交给校董,谦逊地请求校方在校园周边立起一道围栏。另一项议题是关于在教堂旁边种上一些观赏性树木,他们必须先计算促进会是否还有足够的资金。正像安妮说的,如果他们不打算重新粉刷礼堂,那么就不需要重新募捐。此时,所有成员都聚集在安德鲁斯家的会客厅。简站起身,准备宣布成立一个委员会,这个委员会的任务是研究在教堂边种植观赏植物的成本，并将得出的结果向促进会报告。这个时候格蒂·派伊像一阵狂风一样冲了进来，她梳着庞帕多式的时髦发型，身上的服饰缀满了荷叶边。格蒂向来有迟到的习惯。"她只是想博人眼球罢了。"有些看不惯她的人曾经如是说。不得不承认，格蒂的这次贸然闯入确实引人注目。只见她站到屋子中央，忿忿不平地高举双手，怒火烧得眼珠子直转。她叫道："我刚听说了一个令人震惊的消息。你们知道吗？贾德森·帕克先生准备把他农场外那些靠路边的栅栏都租给专利制药公司，制药公司准备在这些位置竖起它们的广告牌。"

格蒂·派伊第一次产生了她渴望达到的"轰动效应"，她在这群志得意满的促进会成员中间引爆了一枚炸弹。

"这不会是真的。"安妮茫然地说。

"这也是我的第一反应，你知道吗。"格蒂忘乎所以地说，"我说这不可能，贾德森·帕克怎么忍心做出这种事，你知道吗。但是我爸爸今天下午见到他时，特地问了此事，然后他亲口承认这是真的。你们都好好想想！他的农场就在纽布里奇路的旁边，如果在那里挂上药片和创可贴的广告牌，而且挂满一整条路，那得多难看呀，你知道吗。"

促进会的成员们当然心知肚明。即便是最没有想象力的家伙，都能在脑海中拼好那一面长达半英里的广告墙。在这从天而降的危机面前，所有关于教堂绿植或是学校围栏的想法都灰飞烟灭了。整个会场突然炸锅，每个人都激烈地讨论起来，什么议会纪律或是行为准则都被抛到九霄云外。安妮在绝望中甚至完全忘了要做会议纪要。

"噢，大家都冷静一下。"安妮恳求道，实际上她才是人群中情绪最激动的一个，"我们必须想个对策来阻止他。"

"我不知道你有什么好办法。"简激动地说，"每个人都知道贾德森·帕克是个什么样的人。他愿意为了钱出卖自己的灵魂。他可没有一丁点审美观或是公德心。"

前景是如此黯淡无光。艾凡里姓帕克的人屈指可数,贾德森·帕克和他的妹妹是仅有的两个,所以没法动用亲情攻势来啃下这块硬骨头。他的妹妹玛莎·帕克是个上了年纪的女人,她不仅排斥年轻人,更是抨击促进会。贾德森本人是个乐观开朗、能说会道的男人,总是一副温和友善又平静沉稳的样子。这样的人竟没什么朋友,这让大家都觉得十分诧异。也许是因为他太擅长商业交易,所以在这里不受欢迎。他留给人们的印象更多的是精明并且为人处世缺乏原则。

"只要贾德森·帕克有机会'赚一块良心钱',正如他所说的,他绝不会放弃一分钱。"弗雷德·怀特斩钉截铁地说。

"难道就没有人能影响他了吗?"安妮绝望地问道。

"他常去白沙村找露易莎·斯宾塞。"卡莉·斯隆提议道,"也许能让露易莎做说客,劝他不要出租栅栏。"

"她不行的。"吉尔伯特断然说道,"我了解露易莎·斯宾塞,她压根就看不上咱们促进会,她只对钱来电。所以去找她的话,更可能发生的结果是,她助纣为虐,支持贾德森出租栅栏,而非劝他迷途知返。"

"唯一可行的办法就是派出一个游说小组,向他表达抗议了。"茱莉亚·贝尔说,"而且咱们必须派女生过去,因为他对男生可不那么友善。但我是不会去的,所以你们谁也别投我的票。"

"最好还是让安妮一个人去。"奥利弗·斯隆说,"她无疑是和贾德森谈判的理想人选。"

安妮不同意。她愿意去游说,但是必须有同伴在旁边提供"精神支持",因此戴安娜和简被派去做她的助手。随后他们便散会了,会员们就像一群气恼的蜜蜂,边走边嗡嗡地交流着心中的愤懑。安妮被这件事搅得心神不宁,直到快天亮了才勉强入睡。她梦到校董在学校周边竖起一圈广告牌,上面明晃晃地印着"紫色药片见效快"的字样。

　　游说小组第二天下午就去拜访了贾德森·帕克。安妮和眼前的伪君子据理力争，简和戴安娜在一旁坚定地支持她。贾德森还是老样子，巧舌如簧，精明圆滑，曲意逢迎，一个劲地称赞她们就像清新淡雅的向日葵。最后他表示，尽管如花美人盛情难却，但是生意归生意，他还是不能在这个节骨眼让感情冲垮理智的防线。

　　"但是我可以向你们保证，"他说着，一双眼睛炯炯有神，"我会要求广告商使用最迷人鲜艳的色彩，红的、黄的，或者别的什么颜色，总之绝对不能涂蓝色。"

　　败下阵来的游说小组不得不落荒而逃，她们垂头丧气却又心有不甘。

　　"我们已然使尽浑身解数，剩下的只能听天由命了。"简说道，听她的语气就像林德太太附体。

　　"我不知道艾伦先生能否帮得上忙。"戴安娜说。

　　安妮摇了摇头。

　　"没用的，不必麻烦艾伦先生了，况且他襁褓中的孩子现在仍生着重病。贾德森就是个道貌岸然的人，最终他会像敷衍我们一样对付艾伦先生。虽然贾德森现在定期去教堂做礼拜，但这并非出于信仰，而是因为露易莎·斯宾塞的父亲对宗教仪式颇为在意。你要知道，她的父亲就是教会的长老。"

　　"贾德森·帕克是艾凡里唯一想到要出租栅栏的人。"简愤恨地说，"就算是利维·博尔特抑或洛伦佐·怀特这样抠门的家伙，也不至于干这种勾当，因为他们想得到街坊们的尊敬。"

　　这件事传开之后，舆论果然没对贾德森·帕克手下留情。但这于事无补，贾德森只是一笑了之，他不想被舆论牵着鼻子走。一想到纽布里奇路最风光旖旎的一程将被广告牌弄得面目全非，促进会成员们无不心灰意冷,但又不得不努力接受这个残酷的现实。在促进会的新一轮会议上,主席请安妮对游说小组的工作做汇报。她静静地站起来,向会员们宣布,贾德森·帕克让她转告促进会成员,他将不会向专利制药公司出租栅栏。

简和戴安娜面面相觑,完全不敢相信自己的耳朵。促进会有严格的会规,不允许成员因为好奇和冲动,直接在会议上向发言人提出疑问。但是在休会期间,安妮无可避免地被成员们团团围住,大家都想知道为何贾德森·帕克能回心转意。安妮却轻描淡写地表示,这没什么特殊的理由。她说那天傍晚她结束游说走在回家的路上,贾德森·帕克追上了她,说因为促进会向来对专利制药广告深恶痛绝,所以刚才他只是和促进会的朋友们开了个玩笑,并非真要出租栅栏。这些就是安妮的"供词",就是这么简单,以后她也不打算改口。然而简·安德鲁斯在回家的路上还是和奥利弗·斯隆吐露心声,说她相信贾德森·帕克回心转意这件事必有隐情,绝非安妮·雪莉说的那么轻巧。事情果然不出所料。

前一天晚上,安妮去拜访了住在海边的欧文老太太。回家时她抄了一条近道。她先是爬上低平的海滩,然后穿越罗伯特·迪克森家下面的山毛榉树林,最后沿着一条小径跑到大路上。路旁就是美丽的流光湖,没有想象力的村民更乐意称它为巴里池塘。

此时有一辆马车停靠在大路边,两个男人坐在里面,一位是纽布里奇的贾德森·帕克,另一位是杰里·科克伦。说到这个杰里,林德太太一定会不厌其烦地和你强调他背地里做的那些见不得人的勾当。他是一位农具经销商,同时也是一名政要。有人说,他贪婪的大手不会放过每一块政治蛋糕。眼看加拿大的普选就要揭幕,杰里·科克伦已经忙活了好几个星期,为了党内选举在乡里到处游说拉票。谁也没注意到,这个时候安妮突然像变戏法似的从山毛榉茂密的枝叶间钻出来，听到了他们的谈话。"如果你投埃姆斯伯里一票，帕克。瞧，我这儿有一张白条，是你今年春天赊购那套耙子时签的。我猜，如果我把它还给你，你一定不会拒绝吧，嗯？"

"这……既然您诚意满满，"贾德森开怀大笑起来，故意拉长调子说："那我恭敬不如从命。在这节骨眼上，每个人都该守好自己的利益。"

这时他俩不约而同地看到了经过的安妮，对话戛然而止。安妮向他们生硬地鞠躬致意便匆匆走开了，她的下巴甚至有点傲慢地微微上翘。贾德森·帕克很快就驱车追上了她。

"让我载你一程吧，安妮。"他友好地邀请道。

"谢谢你，但不必了。"安妮同样礼貌地回答，但是话语中带着一丝不易察觉的刻薄。纵使是贾德森·帕克这样不甚敏感的人，也感觉内心被扎了个窟窿。他的脸唰地红了，立刻恼羞成怒地勒紧缰绳，但是转瞬间他又恢复了谨慎。他焦急地看着安妮，但是安妮目不转睛地朝前走着，对他的反应毫不在意。她到底有没有听到科克伦和自己狼狈为奸的交易？该死的科克伦！现在看来，如果自己不把话说清楚，很可能就要落入危险的境地。还有这个讨厌的红毛老师，竟然神不知、鬼不觉地从山毛榉树林里冒出来，打他们个措手不及。贾德森·帕克开始在心里打起小算盘，越想越慌，越想越觉得不对劲。这和大部分人在这种情况下的反应类似，他们会不约而同地考虑最坏的结果。他觉得纸包不住火，如果安妮听到了他们的交谈，必定会走漏风声，到时候他的丑事就将尽人皆知。虽然现在贾德森·帕克看起来脸皮挺厚，但若是把收受贿赂这档子事传了出去，那面子可就丢大了。更为严重的是，如若此事传到了艾萨克·斯宾塞的耳朵里，他和露易莎·简的好事也就化为泡影了。要知道，露易莎可是一大笔遗产的继承人，这块到嘴的肥肉贾德森怎么舍得白白扔掉？他知道斯宾塞先生一向对他颇有微词,他担不起任何风险。

"咳咳……安妮,其实我一直想找你聊聊前两天的那个事。我已经决定不向制药公司出租栅栏了。我理应无条件支持你们这样有理想、有抱负的社团。"

安妮冷若冰霜的脸蛋这才露出了些微暖意。

"谢谢你。"她说。

"还有……就是……刚才杰里和我的谈话内容你就不必和别人说了。"

"我主观上并没有任何意愿把它宣扬出去。"安妮冷冷地说。世界真是奇妙。本来她将在艾凡里的每一道栅栏上都看到难看的广告牌,但在她和这个打算出售自己投票权的男人做了"魔鬼的交易"之后,这个问题便迎刃而解了。

"那就好……那就好。"贾德森点头赞许道,他觉得他俩达成了一份完美的协议,"我没想到你是如此通情达理。当然,我只是忽悠一下杰里罢了,他就是个自以为是的家伙。我才没打算给埃姆斯伯里投票呢。像往常一样,我要把票投给格兰特,等普选结果揭晓你就知道了。刚才我就是引诱杰里一下,看看他会不会上钩。那栅栏的事就这么定了,你可以回去跟促进会的朋友们交差了。"

"我听说,这个世界需要各式各样的人来成全其丰富性。但我觉得有些人真的是多余的。"那天晚上安妮坐在东山墙的屋子里,对着镜子里的自己说道,"无论如何,我不会再和任何人提起这件龌龊的事情,这样我的良心也会好受些。虽然这件事办成了,但是我真不知道这是谁的功劳。虽然我什么也没做,但是没想到善意的工作方法通过像贾德森·帕克和杰里·科克伦这样杰出的政治人物认可。"

第十五章

放 暑 假 啦

夕阳西下,余晖给静谧的校园镀上一层金黄。操场上,晚风在云杉树间畅叙幽情,云杉的倩影静静地躺在树林的身边,这会儿仿佛伸着懒腰,在暮色中越拉越长。安妮锁上学校的大门,把钥匙揣进兜里,发出一声舒心的长叹。这一学年终于圆满落幕,她的教学工作得到了方方面面的肯定,因此她成功续约了下一学年。唯一不太满意的人是哈蒙·安德鲁斯先生,他觉得安妮还是应该多给学生们点颜色瞧瞧,别让皮鞭发霉了。她用辛勤汗水换来的两个月长假正笑意盈盈地向她招手。她提着一篮鲜花脚步轻快地走下山,感到这个世界变得无比宁静、和谐。自从五月花开放以来,安妮每个星期都要去墓园凭吊马修。在艾凡里,除了玛丽拉,几乎每个人都已经淡忘了那个恬静、羞涩、默默无闻的马修·卡斯伯特。但是他的音容笑貌却在安妮的心中万古长青。正是这个悲悯慈祥的老头给她带来她梦寐以求的第一份亲情,让她在饥寒交迫的童年看到了人间的一缕曙光。

在山脚下,一个男孩正坐在栅栏上,云杉的树影斜斜地投在他的身上。他有着一双迷人的大眼睛和一张清秀俊美却又阴晴不定的脸庞。这时,他突然兴奋地跳下来,跑到安妮身边,残留着泪痕的脸颊挂起了灿烂的笑容。

"老师,我想我该在这儿等你,因为我知道你准会去墓园。"他握

着安妮的手说道,"我也要去那里。我代表奶奶采摘了这束天竺葵去
祭奠爷爷。老师你看,我还准备了一束白玫瑰,准备放在爷爷的墓旁
送给我妈妈。因为我没法去到她的墓前,所以只好暂时放在这儿。
你觉得她会明白我的心意吗?"

"会的。我向你保证,她在天上看得一清二楚,保罗。"

"老师你瞧,一晃眼,我妈妈已经故去三年了。这三年对我来说
就像三个世纪一样煎熬。不思量,自难忘。我的心还像她刚刚离开
时一样难受。有时候,我感觉自己快撑不下去了,因为我的心真的好
痛好痛。"

保罗的嘴唇和声音都止不住地颤抖。他低头注视手里的玫瑰,
生怕老师瞧见他眼里噙满的泪水。

"尽管如此,"安妮温柔地说,"你却不愿这伤口愈治,只因疼痛的
停止,便是遗忘的开始。"

"是的,你说得没错。我不想忘记她。你所说的正是我的心里
话。你真是慧眼如炬,老师。从没有人把我看得如此透彻,即便亲如
奶奶也做不到。虽然她待我不薄,但她也没有这般理解我。爸爸非
常了解我的心意,但是我不敢和他过多地谈及妈妈,因为这会令他肝
肠寸断。每当他双手捂脸,我就明白我不能再说了。可怜的爸爸,没
有我的陪伴,他一定分外孤独。虽然现在他请了一个管家,但是他认
为管家不适合带孩子,而且他要忙于生意,所以时常不着家。除了妈
妈以外,最合适带我的人就是奶奶了。等我长大了,终有一天我要和
爸爸团聚,永不分离。"

保罗和安妮聊了很多家里的事,这让安妮感觉自己和保罗一家
已经相识多年。她认为,保罗不论是脾气还是性格,都和他的母亲非
常相似。而保罗的爸爸斯蒂芬·欧文,一定是个深沉内敛的男人,他
把自己的一腔柔情小心翼翼地埋在了心底。

"爸爸是个深藏不露的人。"保罗曾如是说，"在妈妈去世之后，我才真正开始了解他。但你真正了解他之后，才会发现他有多么了不起。在这个世界上我最爱的人就是他，然后是欧文奶奶，接着就是你了，老师。本来你是排在第二位的，但是我有责任更爱我的奶奶，因为她为我付出了太多。你懂的，老师。不过我希望她能在我睡着后再把油灯拿走。每天晚上，她用被子裹紧我之后，就带着油灯出去了，因为她说我不能当个懦夫。我并不是怕黑，我只是享受那道光。我妈妈以前总是坐在我的床边，握着我的手，直到我沉沉入睡。我喜欢她那样疼我。妈妈都是这样慈祥，你懂的。"

不，安妮不懂，尽管她可以极力想象。她总是悲伤地想到她的"妈妈"，想到她打心眼里喜欢安妮这个"漂亮可人"的孩子，想到她很久很久以前便与世长辞，然后与她英年早逝的丈夫合葬在一个人迹罕至的坟墓里。安妮根本记不起她母亲的模样了，从这点来说，她非常羡慕保罗。

"我的生日就在下周。"保罗说。这时他们爬上一个长长的红色山丘，沐浴在六月温暖的阳光中。"爸爸写信告诉我他给我寄了一份意想不到的大礼。我猜包裹已经到了，应该是某种新奇的玩意，目前被奶奶锁在了书柜的抽屉里。我问她为什么不给我看，她总是一脸神秘地说，小孩子不要好奇心这么重。过生日是多么令人兴奋的事儿呀，不是吗？我即将十一岁了。你看我是不是一点也不像十一岁的样子？奶奶说，我到了这个年纪还是这么矮小，都是因为燕麦粥吃得不够。我已经尽力了，但是奶奶总是给我舀满满一大盘。这可不是吹牛，奶奶待我真的很无私。老师，我还记得那天从主日学校放学回家的路上，咱们聊了祷告的事。你说咱们应当为自己正在经历的苦难祷告，而我每晚都会祈祷上帝赐福于我，让我每天清早咽下每一口燕麦粥。我现在还做不到，可能是因为我的福泽尚浅，也可能是因为燕麦粥实在太多了。奶奶说爸爸就是吃燕麦粥长大的,所以你看他生得膀大腰圆。但是有时候,"保罗最后长叹一声,意味深长地说,"燕麦粥真是要了我的命。"

安妮不由得莞尔一笑,好在没被保罗发现。整个艾凡里的居民都知道,欧文老太太一直在以最朴素的教育理念和最传统的饮食搭配来抚养这个宝贝孙子。

"我真心祝愿你能捱过燕麦粥,亲爱的。"她打趣地说,"你的穴居人朋友现在怎么样了? 那个水手哥哥现在还我行我素吗?"

"他当然不敢了,"保罗掷地有声地说,"他知道如果他再胡闹我就不和他玩了。要我说,他可是有一肚子花花肠子呢。"

"那诺拉有没有发现金小姐的秘密呀?"

"没呢,不过我猜她起了疑心。上次去山洞的时候,我看到她的眼神里有些异样,差点就以为自己露馅了。不过就算她知道了也无所谓,我毕竟是为了她好才不告诉她的,这样她的感情就不会受到伤害了。若是她执意自寻烦恼,我也没有办法。"

"如果我在夜里和你一同去海边,你觉得我能看到你的穴居人小伙伴吗?"

保罗面露难色地摇摇头。

"不行的,你看不到他们。我是唯一可以看到他们的人。但是你一定能看到属于你的小伙伴,因为你也是拥有这种魔力的人。我们都是。你懂的,老师。"他补充道,边说边亲切地握紧安妮的手,"这种感觉是不是很棒,老师?"

"那当然。"安妮欣然赞同,她那双灰色的眼睛凝视着保罗蓝宝石般的瞳仁。玫瑰在山谷和溪流旁欢乐地盛开,永不凋零,云朵永远不会使晴朗的天空变暗,甜美的钟声从不走调,志趣相投的人比比皆是。"太阳以东,月亮之西"。这片仙境乃是世代相传的无价之宝,任何地方都无法买到。这一定是仙女降临时馈赠的礼物,岁月永远不会被侵蚀,更无法被时光带走。当你拥有它时,纵使身居茅屋陋室,也不居住在没有仙境的宫殿里。

艾凡里墓园还是一成不变杂草丛生的模样。不过值得一提的是,促进会已经盯上了这里。普里西拉·格兰特在上次会议之前,宣读了一份关于改造墓园的评估报告。在不久的将来,促进会就要把那乱七八糟的布满苔痕的板栅,替换成干净整齐的线篱,然后把路面上的荒草铲光,把东倒西歪的墓碑统统扶正。

安妮在马修的坟头放上她带来的花朵,然后她走到一丛白杨树下去看望海斯特·格雷。在那次郊游之后,她来凭吊马修的时候,都会顺道过来给海斯特献花。在前一天的傍晚,她去了那座藏在林子里的废弃花园,从那儿带来了一些海斯特的白玫瑰。

"我想你会更喜欢这花儿,亲爱的。"她喃喃地说。

安妮就这样一直静静地坐着,直到她看到草地上出现了一道影子,她抬头发现了艾伦太太。于是她俩一块走路回家。

艾伦太太不再是那个五年前被牧师带来艾凡里的年轻新娘了。她瘦削的脸庞变得黯淡无光,嘴角和眼角也生出了细细的鱼尾纹。她脸上的沧桑源于她早夭的长子,那孩子就葬在这片墓园里。此外,她的幼子最近也罹患重病,幸好已经转危为安。尽管遭遇一系列打击,艾伦太太脸上时而闪现的酒窝仍是那么甜美动人,她的双眸还是那样真挚清澈、波光潋滟。她的脸庞虽然褪去了些许少女的靓丽,但却增添了几分温柔与坚毅。

"我猜你一定是在满心期待着暑假的到来,对吗,安妮?"当她俩离开墓园时,艾伦太太问道。

安妮点点头。

"是的。假日就像一颗甜甜的水果糖,我喜欢把它卷在舌底细细品味。我觉得这个夏天一定会非常美妙。其中一个重要原因是,摩根太太七月份就要来爱德华王子岛了,普里西拉会带她过来和我们见面。这件事就算只是想想都够让人心花怒放的了。"

"我祝愿你能度过一个快乐的假期,安妮。在这过去的一个学年里你付出了这么多心血,而且你干得相当出色。"

"噢,没有啦。我现在还有很多不足。我在去年秋天刚开始教书的时候,立下了很多目标,至今尚未完成。我还远远没有达到理想中的样子。"

"没有人能完全达到。"艾伦太太叹息道,"但是,安妮,洛尔说过:'屡战屡败不足惜,胸无大志方为过。'我们必须树立理想,然后努力实现它们,即使最后没能完全达到目标。一个人如果没有理想,那和'咸鱼'有什么区别。当你为自己插上理想的翅膀,你的生命就会变得庄严而伟大。永远不要放弃你的理想,安妮。"

"我会努力的。不过我也会放下那些不切实际的幻想。"安妮微微笑着说道,"你懂的,当我初次迈上讲坛,我曾经怀揣着一些最单纯美好的想法。到头来每一个想法都或多或少地给我难堪。"

"特别是你说绝不体罚学生。"艾伦太太故意拿安妮开涮。

安妮的脸唰地红了。

"我抽打安东尼这件事真是不可原谅。"

"别胡说八道,亲爱的,那是他罪有应得。而且连他自己也这么说。从那以后你和他之间再无矛盾,而且他还觉得你与众不同呢。虽然安东尼心里那种'女孩子一无是处'的思想根深蒂固,但是你的仁慈最终赢得了他的爱。"

"也许他确实咎由自取,但那不是问题的本质。如果当时我冷静地思考了这个问题,最终确定打他是一个公正的惩罚方式,那么我就不会像现在这样寝食难安。因为事情的真相是,艾伦太太,当时我怒火中烧,然后就冲动地打了他。我甚至没有想过这样处置是否公平合理。即便他本不该受罚,当时我也控制不了自己。这正是最让我感到可耻的地方。"

"嗯,我们总会犯错,亲爱的,所以别太自责了。我们犯错之后,确实应当悔过自新并从中吸取教训,但是千万别负重前行。那是吉尔伯特·布莱思正赶着马车回家度假呢,你和他的学习计划进展得如何了?"

"非常顺利。我们计划今晚就读完《维吉尔诗集》,只剩二十行左右了。其他的课程就要等到九月份再继续了。"

"你有没有考虑过去大学念书?"

"噢,这我还不能确定。"安妮的思绪随着她的目光飞向了远方乳白色的地平线,"玛丽拉的眼睛可比原来好多了。刚开始我们还寻思,只要病情不恶化就是上帝保佑了。还有那对双胞胎兄妹,我不相信他们的叔叔是真心想把他俩接回去。也许大学生活就在下一个转角等着我,只是我还没走到那一步。我试着不去想太多,因为希望越大,失望越大。"

"嗯,我很乐意看你走进大学校园,安妮。但是如果你最终没有得偿所愿,也别灰心丧气。毕竟,不论我们身在何方,都要过好自己的生活。大学也仅仅是让我们未来活得更轻松些罢了。我们的生命旅程走的是康庄大道还是羊肠小道,取决于我们为自己的生命付出的努力,而非从中取得了什么回报。人生是丰富多彩的,在这儿,在那儿,在任何地方都是如此,只要我们学会敞开心扉,接纳它的琳琅满目。"

"我明白你的意思。"安妮沉思地说。"我也知道生活中有太多值得感恩的东西……好多好多……我的工作、保罗·欧文、那对兄妹,还有我的朋友们。你知道吗,艾伦太太,我非常感激友情,正是它让我的生活变得更加美好。"

"真诚的友情着实对人大有裨益。"艾伦太太说,"我们应当为友情树立一个崇高的标准,不允许任何虚情假意践踏这个神圣的原则。我特别担心,一些看起来亲密的关系打着友情的旗号到处招摇撞骗,实际上这种关系的内部空洞无物,不存在任何友情。"

"是的,就像格蒂·派伊和茱莉亚·贝尔的关系,她们是如此亲密无间,上哪儿都恨不得手牵手。但是格蒂总是在茱莉亚背后搬弄是非。大家一致认为她嫉妒茱莉亚,因为每当茱莉亚被批评的时候她就高兴得不得了。我觉得这种行为是对友情的亵渎。我们应当只关注朋友身上的优点,并且掏心掏肺地对待他们,你说对吗?这样一来友情就会成为世界上最美好的东西。"

"友情诚然是非常美丽的,"艾伦太太笑言,"但是终有一天……"

她望着安妮,话到嘴边还是留了半句。只见安妮眨巴着无瑕的星眸,精致的脸蛋神采奕奕。她脸上涂抹着童真的色彩,却少了几分女人的成熟。她的内心住着友情的精灵,埋藏着未来的美梦。艾伦太太实在不忍心抹杀安妮一脸的单纯快乐,她决定还是把自己的那句话留到有朝一日再说。

第十六章

美 梦 将 成

安妮此时正坐在绿山墙闪亮的皮沙发上读一封信。"安妮,"戴维爬上沙发,可怜巴巴地乞求道,"安妮,你知道吗,我饿得快不行了。"

安妮心不在焉地说:"我马上给你做黄油面包。"眼前的书信中显然藏着一些激动人心的消息,因为她粉扑扑的面颊此刻就像屋外繁盛的玫瑰,她的眼睛变得好似夜空中闪耀的星辰。

"但我不喜欢黄油面包,"戴维厌恶地说,"我想吃李子蛋糕。"

"哦,"安妮笑着放下信,抱了抱戴维,"戴维好孩子,忍一忍就过去啦。你懂的,玛丽拉定下了规矩,你饭后什么都不许吃,只能吃黄油面包。"

"哦,那就给我做一片面包吧……请你。"

戴维终于学会了说"请"字,但他一般都是之后才加上去的。他两眼放光地看着安妮正给他做的那一大片面包:"安妮,你总会在上面涂厚厚的黄油,而玛丽拉却只是抹上薄薄的一层。面包上必须有足够的黄油,我才能一口吞掉它。"

从这片面包被消灭的速度来看,戴维确实没撒谎。随后他跳下沙发,在地毯上打了两个滚,坐起来,然后毅然决然地宣布:

"安妮,我已经决定了,以后我不上天堂。"

"为什么呢?"安妮严肃地问。

"因为天堂在西蒙·弗莱彻的阁楼上,但我不喜欢西蒙·弗莱彻。"

"天堂在……西蒙·弗莱彻的阁楼上?!"戴维的回答令人惊讶,以至于安妮笑都笑不出来,"戴维·基思,你脑子里怎么会有这么古怪的想法?"

"米尔蒂·博尔特说那里就是天堂。就在上个星期,他在主日学校说的。那天课程的内容是关于以利亚和以利沙的。罗杰森小姐问我们,以利亚上天堂的时候,给以利沙留下了什么东西。米尔蒂·博尔特回答:'他的旧衣服。'说完我们大家都笑了。罗杰森小姐非常生气,仿佛受到了冒犯。我想如果米尔蒂能三思而后行,他一定不会说出那句话。但米尔蒂并非故意挑事,他只是恰巧想不起那个衣服的名字了。后来我站起来问罗杰森小姐天堂在哪里,罗杰森小姐说天堂就是上帝的居所,她还说我不该问这种常识性的问题。这时米尔蒂轻轻地推推我,低声说道:'其实天堂在西蒙叔叔的阁楼上,我待会儿在回家的路上和你细说。'当我们回家时,他便把他所知道的事情都告诉了我。米尔蒂是个能言善辩的人,即便他对某件事一无所知,他也能编个故事把话圆过去。他的母亲是西蒙太太的妹妹,他们一起去参加了他的表姐简·艾伦的葬礼。牧师说他表姐已经上了天堂,尽管米尔蒂说她明明就躺在他们面前的棺材里。他猜想后来人们一定是把棺材抬到了西蒙家的阁楼上。因为当葬礼结束后,米尔蒂和他妈妈上楼去拿帽子的时候,他问他妈妈简·艾伦去了哪儿。他妈妈指着天花板说:'那上边。'米尔蒂知道天花板上除了阁楼什么也没有,他就这样阴差阳错地发现了天堂所在的位置。从那以后,每次去西蒙叔叔家他都会冷汗直流。"

安妮把戴维抱到大腿上,使尽浑身解数向他解释,想要消除他的这个误解。她比玛丽拉更适合做这项工作,因为她想起了自己的童年,所以她能理解戴维。某些对于成年人来说显而易见的概念,到了一个七岁孩童的脑袋里,就会变成稀奇古怪的想法。功夫不负有心人,她最终成功地说服了戴维,让他明白天堂并不在西蒙·弗莱彻家的阁楼上。此时玛丽拉恰好回到屋里,在此之前她一直和朵拉在花园里采摘豌豆。朵拉是一个勤劳的小家伙,这些活让她如鱼得水,彻底解放了她那双肉嘟嘟的小手。她喂鸡,拾柴,擦盘子,跑腿送信。她打扮得干净整洁,为人诚实可靠,与人相处又善于察言观色。就算没人叮咛督导,她也从不忘记肩上的职责。相比之下,戴维就总是一副大大咧咧、不长记性的样子。但他天生就有讨人喜欢的本事,所以即便他到处闯祸,安妮和玛丽拉还是更宠他。

这会儿朵拉正独自剥着豌豆,为今天的成果感到骄傲。而戴维则在一旁,用豆荚作船身,用火柴作桅杆,用纸作帆,打造他的专属"舰队"。趁着这功夫,安妮开始向玛丽拉传达那封信中令人振奋的消息。

"噢,玛丽拉,你知道吗? 我收到普里西拉的一封信,她说摩根夫人已经来到岛上了。如果星期四天气好的话,她们会驾车来艾凡里,大概十二点就能到这儿。她们会和我们待一整个下午,然后晚上去白沙村的酒店,摩根夫人的一些美国朋友住在那儿。噢,玛丽拉,这真是太美妙了。我简直不敢相信这是真的,感觉就像是在做梦一样。"

"我敢说摩根夫人和普通人没什么两样。"玛丽拉冷冷地说,尽管她确实感受到了一丝兴奋。摩根夫人是一位名人,她可不是三天两头都能过来的。"她们会留下来吃饭吗?"

"是的,噢,玛丽拉,到了那天可以由我掌勺吗? 我想为《玫瑰花蕾花园》的作者做点事,哪怕只是一顿晚餐。你不会介意吧?"

"谢天谢地,我可不喜欢在炎炎夏日的厨房里蒸桑拿,有人能来接下这个烫手的山芋那真是求之不得。欢迎你,安妮大厨。"

"哦,谢谢你。"安妮说道,仿佛玛丽拉刚刚帮了她一个大忙,"我今晚就把菜单拟好。"

"你最好别整太多虚头巴脑的玩意。"玛丽拉提醒道,"菜单"这种"高大上"的词汇把她吓蒙了,"到时候你可别弄巧成拙。"

"哦,如果你觉得我会做那些有违传统的事情,那么请你务必放心,我是绝不会做的。"安妮承诺道,"那样的话就太做作了。虽然我知道我没有一个十七岁的女孩或是一个老师应有的理智和稳重,但我还不至于去做那些傻事。尽管如此,我还是想把一切做得尽可能地精致妥帖。戴维好孩子,别把豆荚扔在后面的楼梯上,别人踩上去会滑倒的。我打算在饭前先上一例汤。你懂的,奶油洋葱汤是我的拿手好菜。然后来两只烤鸡。就选那两只白公鸡吧。我真的很喜欢它们,自打它们从那只灰母鸡的蛋里破壳而出,我就把它们当成宠物来养了,那时候它们还只是两个可爱的小黄球。但我知道它们必然要在某个时刻牺牲自我,而且肯定没有比这更重要的时刻了。但是,噢,玛丽拉,就算不是为了摩根夫人,我也下不去手,我得请约翰·亨利·卡特过来代劳。"

"让我来。"戴维自告奋勇地说。"我可以拿豌豆、大豆、奶油土豆和生菜沙拉做素菜。"安妮接着说,"甜点的话就上奶油柠檬派、咖啡、奶酪和拇指蛋糕。明天我把柠檬派和拇指蛋糕做好,然后就可以穿上我的白色纱裙。今晚我必须告诉戴安娜,因为她也要准备她的裙子。摩根夫人书中的女主角几乎总是穿着白色的纱裙,我和戴安娜早就想好了,如果要见她,我们一定要穿上这种裙子。我想以这种秘而不宣的方式向她致敬,你觉得这个主意如何?戴维,亲爱的,你可不能把豆荚塞进地板的缝隙里。我还会请艾伦夫妇和史黛西小姐一道过来吃饭,因为他们都很想见一见摩根夫人。没想到她大驾光临的时候,史黛西小姐恰巧也在艾凡里,这真是太幸运了。亲爱的戴维,别在水桶里玩豆荚船了好吗,你把它们拿到屋外的水槽里玩吧。噢,我真的希望星期四会有个好天气,应该会的,因为昨晚亚伯大叔在哈里森先生的家里说过,这星期大部分时间都会下雨。"

"这是个好兆头。"玛丽拉附和道。

那天晚上,安妮跑到果园坡,把这个消息告诉了戴安娜。戴安娜对此消息也感到非常兴奋。她们来到巴里花园的大柳树下,坐在吊床上商议这件事。

"噢,安妮,我能帮你做菜吗?"戴安娜哀求道,"我知道你做的生菜沙拉可好吃了。"

"没问题。"安妮大方地说,"而且我也需要你帮我装饰客厅。我的意思是,帮我把客厅打造成一座花园。我们要在餐桌上摆上野玫瑰。噢,我真希望一切顺利。摩根夫人笔下的女主角可从来不会手忙脚乱的,她们总能保持沉着冷静,并把家务事处理得井井有条。她们似乎天生就是当家的料。你还记得《埃奇伍德的日子》里的格特鲁德吗? 她年仅八岁就开始替父亲料理家务了。而我在八岁的时候,除了带孩子,别的几乎一窍不通。摩根太太写了那么多关于女孩子的故事,可见她非常了解女生,我真心希望咱们能给她留下一个好印象。不知道见面的时候,她会打扮成什么样子,会说些什么,我又该如何作答。各种乱七八糟的情形已经在我的脑海里预演了无数遍。我真的很在意我的鼻子,你现在就能看到,那上面生出了七粒雀斑。你还记得促进会的那次野餐吧,就是因为我偷懒没戴帽子,脸被毒辣的阳光一晒,它们就无情地冒了出来。不过我也该知足了,真庆幸它们没有像以前那样爬满我脸上的每个角落,但我又真心希望它们从没出现过。摩根夫人笔下的女主角都有十分完美的肌肤,我都不记得有谁长过雀斑。"

"你的雀斑并不明显呀。"戴安娜安慰道,"今晚你在脸上抹点柠檬汁,没准那些雀斑就消了。"

第二天,安妮做好了派和拇指蛋糕,穿上了白纱裙。她还打扫了每一间屋子,尽管这毫无必要,因为绿山墙一如既往地干净整齐,这可是得到玛丽拉"认证"的。但是安妮觉得,夏洛特·摩根的到来将让这座房子身价倍增,所以,屋里存在任何一粒微尘,都是对它的亵渎。她甚至清理了楼梯下的那个"包罗万象"的杂物间,尽管摩根夫人根本不可能去检查那个地方。

"但我想要保证这个屋子里的一切都是整齐干净的,即便她不会看到某些角落。"安妮对玛丽拉说,你知道吗,在她的《金钥匙》一书中,两位女主角爱丽丝和路易莎的座右铭就是朗费罗的这首诗:

那古典艺术时代的大师,

至臻至善,别具匠心。

一分一秒,呕心沥血;一丝一毫,精益求精。

因为没人比他们更清楚,头顶三尺有神明。

"所以她们总会把地下室的楼道拖干净,并且从不忘记扫去床下的灰尘。当摩根太太进咱家的时候,如果这个杂物间里是一片狼藉的话,我一定会问心有愧。自从去年四月读了《金钥匙》以后,戴安娜和我也正式将这首诗确立为我们的座右铭。"

那天晚上,约翰·亨利·卡特和戴维联手宰杀了那两只白公鸡,安妮负责给它们拔毛。安妮本来很讨厌这项工作,但又由于这两只肥鸡的神圣使命而感到无上光荣。

"我不喜欢拔鸡毛。"她对玛丽拉说,"幸运的是,我不必沉浸于这个活中。虽然我的双手在拔毛,但是我的心早已飞到了邈远的银河中。"

"怪不得今天你把这么多鸡毛撒到了地板上。"玛丽拉答道。

后来安妮把戴维抱上床,并要他发誓第二天绝不捣乱。

"如果明天我一直守规矩,后天我是不是就可以肆无忌惮了?"戴维问道。

"这可不行。"安妮慎重地说,"但我可以带你和朵拉去划船。我们先沿着海边顺流而下,等靠岸之后我们就爬上沙丘去野餐。"

"一言为定。"戴维说,"我会很乖的,你就放心好了。我本想带上豌豆粒去哈里森先生家,让金杰尝尝我那把新弹弓的威力。不过晚个一两天也没关系。那就定在星期天好了。对于野餐来说,这些都是小意思。"

第十七章

命 运 多 舛

安妮这一觉睡得很不安稳,夜里醒了三次,每次她都会跑到到窗前祈祷亚伯大叔的预言不会应验。终于,晨曦在天穹洒下珍珠般的银辉,美妙的一天到来了。

早饭后不久,戴安娜就来了。她一只胳膊上提着一篮子花,另一只胳膊上搭着一条纱裙。在所有午餐准备工作完成之后,她才能穿上这条裙子,否则就会把它弄脏了。此时她身上穿着的是她平时下午才会穿的粉色印花裙,外边系着一条草绿色的围裙,上面极尽繁复地装饰着精美的花边。今天她整个人是如此干净漂亮、容光焕发。

"你看起来真可爱。"安妮赞许地说。

戴安娜却叹了口气。

"但我又把每件衣服都改大了。现在我比七月份的时候重了四磅。安妮,这变胖的日子什么时候才是个尽头呀?摩根夫人的女主角可都是又高又瘦的呢。"

"来吧,让我们忘掉烦恼,想想那些美好的事。"安妮高兴地说,"艾伦夫人说过,每当我们心里出现了负能量,就要找一些正能量的东西来抵消它。也许你有点胖,但是你有最可爱的酒窝;尽管我的鼻子上有雀斑,但至少鼻子的形状是好看的。话说你觉得柠檬汁对雀斑有效果吗?"

"是的，我觉得柠檬汁靠谱。"戴安娜肯定地说。随后，安妮兴高采烈地把她领到花园。此时，花园的地上满是斑驳的树影和摇曳的金色阳光。

"我们待会儿先装饰一下客厅。我相信我们有充裕的时间，因为普里西拉说他们大概十二点左右到，最迟不超过十二点半，所以我们预计在一点钟才吃饭。"

不论在加拿大还是在美国，也许这一刻你再也找不到比她俩更喜悦、更兴奋的女孩了。她们手中的园林剪咔嚓作响，一朵朵美丽的玫瑰、芍药和蓝铃花应声落下。每剪一下都仿佛在欢快地向世人宣告："摩根太太今天就要来啦。"然而令安妮费解的是，哈里森先生竟然还能在路对面的田野里若无其事地割草。

绿山墙的客厅朴素而庄严，不论是家具还是蕾丝窗帘，看起来都很干净。除了客人在不经意的时候把下面的纽扣粘在一起，白色沙发套总是铺放得非常整齐。即便是安妮也无法改变现状，因为玛丽拉不允许客厅的陈设有任何改动。如果安妮和戴安娜手里的鲜花能得到一个表现的机会，这屋子必将焕然一新。果不其然，当她俩大功告成之时，整个屋子已经漂亮得认不出来了。

一张擦得锃亮的桌子上，有一大捧雪球花在蓝色的花盆里盛放。闪亮的黑色壁炉架上堆满了玫瑰和蕨叶。每层架子上都放着一束扎好的蓝铃花。她们在两个花瓶里插满了殷红鲜艳的芍药，分别摆放在炉子两侧。这两瓶芍药立刻把那两个黑暗的角落给点亮了。炉栅插上了金黄的花，如同火焰般熊熊燃烧。温暖的阳光透过窗户上的金银花藤投射进来，和姹紫嫣红的花朵相得益彰。微风阵阵，金银花叶的倩影便在地板上、墙壁上欢快地舞蹈。毫无疑问，这一切让曾经令人沮丧的小客厅，华丽变身为安妮心神向往的后花园。连玛丽拉也刮目相看，为这些花饰献上了由衷的赞美。要知道，谁来批评，谁来赞美。

"好了,现在咱们要开始布置餐桌了。"安妮说道,听起来就像一位即将举行祭祀的女祭司,"我们在餐桌正中放一大瓶野玫瑰,同时在每个人的餐盘前面放一朵玫瑰。还有一束专属于摩根夫人的玫瑰花蕾,放在她的餐位上,这代表她那本《玫瑰花蕾花园》,你懂的。"

餐桌就摆在客厅里,桌面上放着玛丽拉最精美的亚麻桌布和最奢华的瓷器、酒杯以及银质餐具。经过姑娘们精心地刷洗、擦拭,桌面上的每个器物都洁净得闪闪发亮。

然后两个女孩开心地来到厨房。厨房里正弥漫着一股令人垂涎欲滴的香味,鸡肉在烤炉里咝咝作响。安妮负责准备土豆,戴安娜则负责准备豌豆和黄豆。做完以后,戴安娜跑到了储藏室里拌生菜沙拉。安妮转头制作烤鸡蘸的面包酱,切了一些碎洋葱准备加入她的高汤,最后还搅打了用于制作柠檬派的鲜奶油。安妮的脸颊越来越红润,跳动的炉火似乎也在为她内心的兴奋升温。

戴维这会儿在干什么呢?他是在兑现循规蹈矩的承诺吗?事实确实如此。不过他坚持要留在厨房里,出于好奇,他想看看安妮她们都在做些什么好吃的。此刻他只是静静地坐在一个角落里,兴致勃勃地解开一张渔网上的绳结。这张渔网是他上次去海边玩的时候带回来的。既然他没有在捣乱,当然没有人反对这件事。

十一点半,生菜沙拉已经做好了,金黄的馅饼也都填入了鲜奶油。厨房里的东西不是在咝咝作响,就是在咕噜咕噜冒着气泡。

"我们现在最好先去换衣服。"安妮说,"她们可能十二点前就到了。我们必须在下午一点准时吃午饭,因为奶油洋葱汤一做好就要立刻上桌,否则错过时机就不好喝了。"

她们在东山墙换衣服的过程堪称庄严肃穆的仪式。安妮焦急地凝视着镜子里的鼻子,她看到那上面的雀斑已经淡了许多,心里非常高兴。这或许要归功于昨晚在鼻子上抹的柠檬汁，又或许只是她脸上异乎寻常的红晕抢了雀斑的风头。待梳妆完毕，她俩看起来与任何一位"摩根夫人的女主角"一样，甜美、整洁又充满少女气息。

"我希望到时候我能偶尔说点什么，而不是像个哑巴一样干坐着。"戴安娜焦虑地说，"摩根夫人的女主角与人面对面交流时无不侃侃而谈，但恐怕到时候我会笨到舌头打结。我一定会忍不住说出'俺瞅着'这种方言。自从史黛西小姐在这里教书以来，我就不常说这句口头禅了。但是在我脑子发热的时候，它一定会脱口而出。安妮，如果我在摩根夫人面前说出'俺瞅着'的话，我恨不得羞愧而死，这简直和舌头打结一样糟糕。"

"尽管我对很多事情都不放心，"安妮说，"但是我并不太担心我会说不出话来。"

她这是实话实说。

安妮用一条大围裙裹住了她那身华丽的纱裙，然后下楼去调制她的高汤。玛丽拉也打扮妥当，并给双胞胎兄妹换好了衣服，她看上去比以往任何时候都要兴高采烈。十二点半，艾伦夫妇和史黛西小姐也到了。一切都很顺利，安妮却开始感到莫名地紧张。普里西拉和摩根夫人这时候本该到了。她频频跑到门口朝着小路尽头焦急地张望。

"是不是她们压根没来？"她可怜巴巴地说。

"别这么说，这话太伤人了。"戴安娜说道。虽然她嘴上这么说，但其实心里也开始犯嘀咕了。

"安妮，"玛丽拉从客厅里走出来说道，"史黛西小姐想看看巴里小姐的蓝柳碟。"

安妮赶紧到客厅去拿壁橱里的碟子。当初她对林德太太许下了承诺，所以她写信给夏洛特敦的巴里小姐，向她借来了这个碟子。巴里小姐是安妮的老朋友,她二话不说便把碟子送了过来。与此同时,她还附上了一封信,叮嘱安妮小心点,毕竟她为了这张碟子花了二十块钱。蓝柳碟在互助会的义卖活动上已经圆满完成了它的任务,随后安妮把它放回了绿山墙的壁橱里。安妮对别人不放心,她打算到时候亲自把碟子带回城里还给巴里小姐。

她小心翼翼地把碟子拿到前门,此时客人们正在那儿享受着从小溪吹来的凉风。碟子被争相传阅,人们纷纷对其赞不绝口。当安妮准备把它放回壁橱时,厨房的储藏室传来了可怕的叮铃咣当的撞击声。玛丽拉、戴安娜立刻赶了过去。安妮在过去之前,把这张珍贵的碟子随手搁在了楼梯的第二级台阶上。

当她们抵达储藏室时,一幅触目惊心的景象映入眼帘:一个满脸愧疚的小男孩从桌子上爬了下来,他原本干净的印花衬衫上沾满了黄色馅料,桌子上那两个做好的奶油柠檬派已经变成了惨不忍睹的一摊。

在这之前,戴维已经把他渔网上的所有疙瘩解开,并将绳子卷成了一个球。后来他走进储藏室,想把它放到桌子上方的架子上。他已经在那里放了一大堆类似的线球。其实戴维收集这些东西并没有特别的用途,仅仅是为了满足小小的占有欲罢了。戴维为了把线球放上去,不得不爬到桌子上,斜着身子去够那个架子。此前他曾试着这么做过,但吃了大苦头,于是玛丽拉不许他再爬上桌子。而今天这次尝试的结果无疑是灾难性的。戴维滑了一跤,四仰八叉地摔在柠檬派上。他那件洁净的衬衫变得面目全非,香甜可口的柠檬派也彻底毁了。无论如何,这可不是什么好兆头。拜倒霉蛋戴维所赐,畜棚里的肥猪成了最大的赢家,因为它们可以尽情享用那些柠檬派。

"戴维·基思,"玛丽拉摇着他的肩膀说,"我不是早就命令过你不可以再爬上那张桌子了吗?不是吗?"

"我忘了。"戴维嘟囔道，"你不许我做的事情太多了，我根本记不住。"

"好吧，你给我上楼，回自己屋里好好反省，午饭结束才能下来。也许到那时候你就能想起我对你提出的要求了。不，安妮，你不要为他求情。我不是因为你的柠檬派被毁了而惩罚他，那只是个意外。我惩罚他完全是因为他不服从管教。快上去，戴维，我不说第二遍。"

"难道我不能吃午饭吗？"戴维大声嚷道。

"客人们吃过午餐后你才可以下来吃，我会把你的那份放在厨房里。"

"哦，好吧。"戴维说，他心里似乎得到了一点安慰，"我知道安妮会给我留些好菜的，对吧，安妮？因为你知道我不是有意糟蹋那些柠檬派的。安妮，既然它们都已经变得稀巴烂了，我就不能带一些上楼吗？"

"没门，没有柠檬派可以给你，戴维少爷。"玛丽拉说着便把他推往走廊。

"这回我们该拿什么做点心？"安妮问道。她无可奈何地望着储藏室里的一片狼藉。

"拿一罐草莓酱出来吧。"玛丽拉安慰她说，"碗里还有很多打好的奶油可以搭配它。"

一点钟到了，但是普里西拉和摩根夫人依旧没来。安妮的内心备受煎熬。每样菜品都已经烹饪得恰到好处，高汤也已经达到十分的火候，再煲下去就要糊了。

"我敢说他们不会来了。"玛丽拉生气地说。

安妮和戴安娜只能在彼此的眼中寻求慰藉。

一点半，玛丽拉又从客厅里出来了。

"姑娘们，咱们必须吃午饭了。每个人都饿坏了，再等下去也无济于事。普里西拉和摩根夫人不会来了,这是明摆着的事实,再等下去只是浪费时间。"

安妮和戴安娜开始准备上菜了,尽管所有激情都已经一扫而光。

"我一口都吃不下。"戴安娜难过地说。

"我也一样,但我希望这件事不会对史黛西小姐和艾伦夫妇造成太大影响。"安妮无精打采地说。

当戴安娜将豌豆装盘时,她尝了尝,脸上浮现出一副古怪的表情。

"安妮,你是不是在豌豆里放糖了?"

"是的。"安妮一边说,一边专心致志地捣着土豆泥,"我加了一勺糖进去。我们向来都是这么吃的。你不喜欢吗?"

"但我把它们放上炉子的时候,也加了一勺。"戴安娜说道。

安妮放下捣泥器,尝了尝豌豆,整张脸都皱了起来。

"太难吃了! 我做梦也没想到你竟然放了糖,因为我知道你妈妈从来不放糖。当时我正好想到了这茬,所以我就加了一勺。可是以前我总会忘了放糖,这次真是造化弄人,"

"这就是厨子太多惹的祸。"玛丽拉说道,她听到了姑娘们的对话,脸上挂着歉疚的表情,"安妮,我没想到你会记得加糖,因为我敢肯定你以前从来没有这样的好记性,所以后来我也放了一勺。"

饭厅里的宾客听到厨房传来一阵笑声,但他们并不知道究竟是什么那么好笑。不论如何,那天餐桌上的确没有豌豆的影子。

"嗯。"安妮说,她平静了下来,发出一声叹息,"好在我们还有沙拉,所幸黄豆也没有遭遇任何意外。来,咱们一块把菜端进去吧。"

餐桌上的气氛有点尴尬。艾伦夫妇和史黛西小姐显然在竭尽全力挽救局面,向来心平气和的玛丽拉也没有受到太大影响。然而安妮和戴安娜却是从早上那片兴奋的天堂跌入了失望的深渊,她们既无话可说,又茶饭不思。因为有嘉宾在场,安妮不得不勉强打起精神,在谈话中尽一份地主之谊。但至少就目前来说,她内心那团生气勃勃的火焰已经被浇灭了。尽管她非常喜欢艾伦夫妇和史黛西小姐,但她还是忍不住想到,如果他们此时都已经回家了该多好,这样她就可以把所有的疲倦和失望统统化作夺眶而出的泪水,掩埋在东山墙的枕头里了。

俗话说得好:"屋漏偏逢连夜雨,船迟又遇打头风。"安妮的霉运远远尚未结束。正当艾伦先生起身道谢、即将回家之时,楼梯那边传来了一阵诡异又不祥的声音——先是某种硬物和每一级台阶的咚咚撞击声,最后是一声响亮的碎裂声。所有人都冲到了走廊,安妮随即发出一声错愕的尖叫。

在楼梯的底部,巴里小姐的碟子碎片中躺着着一只粉红色的大海螺。而在楼梯的顶部,双目圆睁的戴维跪坐着,惊慌失措地盯着下面的灾难现场。

"戴维,"玛丽拉声色俱厉地说,"你是故意把海螺扔下去的吗?"

"不,我从来没有这样做过。"戴维呜咽着说,"我只是安安静静地跪坐在这里,透过楼梯的栏杆看着你们,谁知我的脚竟然碰到了那个破东西,然后它就滚下去了。而且我饿得要命,真希望你们能把我打一顿,而不是把我一个人扔在楼上,真的太无聊了。"

"别怪戴维。"安妮说,她伸出颤抖的手指,把碎片一一捡起来,"这是我的错,是我把碟子搁在那儿的,最后却把它忘得一干二净。我因为粗心大意受到了应有的惩罚。噢,真不知该如何向巴里小姐交代。"

"应该不碍事,毕竟这个碟子是买来的,并不是什么传家宝。"戴安娜这样安慰她。

之后客人们便离开了,他们深信这是最明智的选择。安妮和戴安娜开始刷洗碗碟,彼此也不怎么吱声。戴安娜感到头疼,完事之后就独自回家了。安妮的脑壳也仿佛要炸裂一般,于是她回到东山墙歇息,直到傍晚时分玛丽拉从邮局回来。玛丽拉带回了普里西拉昨天寄来的信。原来摩根太太的脚踝扭伤了,她伤得很重,现在连房间都迈不出去。

"噢,安妮,亲爱的,"普里西拉写道,"我很抱歉,但恐怕我们没法去绿山墙了。等姨妈的脚踝痊愈,她就得回多伦多了,她那边还有别的安排。"

安妮坐在后门的红砂岩台阶上,看着暮色从斑驳的天空中倾泻而下。她叹了口气,把信放在一边,开口说道:"唉,我一直满心期待摩根太太来咱家,这真是癞蛤蟆想吃天鹅肉。但是转念一想,我说出这种悲观的话,不就和伊莱扎·安德鲁斯小姐一样了吗?我真为自己感到羞愧。毕竟,我经历过许多比这更美好的事情,它们都真真切切地在我生命里发生了,所以这个期望并非遥不可及。我相信今天的事情也有积极的一面。等我和戴安娜都白发苍苍的时候,我们回忆起这件事来应该会开怀一笑。但我没法指望自己现在就把这件事放下,因为这种失落感真的太折磨人了。"

"你这一生一定还会遇到更多更糟糕的事情。"玛丽拉说道,她打心眼里觉得自己是在安慰安妮,"在我看来,安妮,你还不够成熟。当你极度渴望某样东西却无法得到它的时候,你就会陷入无法自拔的绝望之中。"

"我确实就像你说的那样。"安妮懊悔不已地答道,"当我以为有美好的事情将要发生的时候,我往往就会飘飘然。直到'砰'的一声摔在地上,我才如梦初醒。但是说真的,玛丽拉,飘飘然的快乐是无与伦比的。那种感觉就像在空中翱翔。就算要为此承受最后的陨落,我也在所不惜。"

"嗯,也许你说得没错。"玛丽拉承认道,"但我宁愿平静如水地走路,也不愿意起起落落地折腾。不过每个人都有自己的生活方式。我曾经以为世上只有一条正确的道路,但自从我收养了你和那对兄妹以后,我就不太确定了。你打算怎么处置巴里小姐的碟子?"

"我想我还是按照成本价给她二十块钱吧。我真庆幸它不是一件弥足珍贵的传家宝,否则我花再多钱也于事无补。"

"没准你会找到一个相同款式的碟子,这样你就可以买下来送给她。"

"可遇不可求啊。这样古老的碟子在市面上可谓是凤毛麟角。即便是林德太太这样的万事通,在筹备慈善晚宴的时候都找不到一个。我当然希望我能找到,这样巴里小姐就能马上拿到,和原来那个一样的古老且又货真价实的碟子了。玛丽拉,快看哈里森先生枫树林上方的那颗大星星,它笼罩在一片银装素裹的静谧之中,仿佛在做着虔诚的祷告。无论如何,一个人尚能看到这样美丽的星空,小小的失望和意外又算得了什么呢,不是吗?"

"戴维去哪儿了?"玛丽拉问道,漠不关心地瞥了一眼头上的星星。

"他睡了。我答应明天带他和朵拉去海边郊游。当然,最初我们定下的协议是今天他必须听话。他确实一直在尽力约束自己,所以我不想让他失望。"

"你居然想去海里划船。我劝你最好小心点,别让他俩或者你自己掉进水里淹死了。"玛丽拉咕哝道,"我在这儿待了六十年,还从没到海里去过。"

"俗话说,亡羊补牢,为时未晚。"安妮打趣地说,"不如明天你和我们一块去吧,这样我们就可以锁上绿山墙的大门,一整天都在海边嬉戏游玩,把烦人的世界抛诸脑后了。"

"不用了,谢谢。"玛丽拉生气地说,"让我在海边划船?那我可真要上头版头条了。我现在似乎就能听到瑞秋在我耳边品头论足。你瞧,哈里森先生驾车出去了。最近坊间都在传哈里森先生和伊莎贝拉·安德鲁斯开始交往了,你觉得这说法可信吗?"

"我才不信呢,我敢打赌那是空穴来风。有天晚上他去找哈蒙·安德鲁斯先生谈生意,林德太太恰好看见他,然后就说他在拍拖,因为他戴着白领子。我不相信哈里森先生会结婚,他似乎对婚姻有成见。"

"不过对于那些单身老男人,你可说不准。如果他脖子上确实佩戴着白领子,我会同意瑞秋的看法,因为我敢肯定他以前从来没有戴过。"

"我认为他之所以这么做,是因为他想和哈蒙·安德鲁斯做一笔生意。"安妮说道,"我听他说,这是一个人唯一需要注意穿着的时候。因为如果他看起来财大气粗,对方就不太敢忽悠他。我真的为哈里森先生感到难过。我觉得他过得并不好,他没有亲人陪伴,除了一只学舌的鹦鹉。这种滋味一定很孤独,你不觉得吗?而且我发现哈里森先生不愿接受别人的同情。不过我觉得应该也没人愿意。"

"吉尔伯特沿着小路过来了。"玛丽拉说道,"如果待会儿他约你去海边划船,别忘了穿上外套和雨靴。今晚露水大得很呢。"

第十八章

保守路历险记

"安妮。"戴维坐在床上,双手托腮问道,"安妮,睡觉是个什么地方?人们每天夜里都要去睡觉。我当然知道我的梦境在那儿发生,但我想知道它到底在哪儿。我为什么莫名其妙就到了那儿?为何最后一觉醒来,我又不知不觉地回到了床上,身上依然穿着自己的睡衣?你说它究竟在哪里呢?"

安妮跪坐在西山墙的窗前,望着远方的晚霞。那天空就像一朵巨大的怒放的花,包裹着如火焰般金黄炽烈的花蕊。她转过头来,若有所思地答道:

"'在月山之巅,在影谷之底。'"

如果对面是保罗·欧文,想必他早已明白这句诗的意思了,就算暂时不明白,他也能在心中形成一套自己的理解。但对于现实的戴维,他只感到困惑而厌恶。正如无可奈何的安妮常说的那样,他没有一丁点想象力。

"安妮,你这是在胡说八道。"

"当然啦,亲爱的孩子。真正的笨蛋才会一天到晚只把大实话挂嘴边呢。"

"嗯,可是我在认认真真地问你问题,你应该也认认真真地回答我才对呀。"戴维委屈地说。

"噢,你年纪还小,不会明白的。"安妮说道。但她说完就后悔了,因为她突然想起自己小的时候,大人们就多次用这个借口搪塞她。于是她曾郑重发誓,绝不会对任何孩子说这种话。可她却食言了。有时候理想与现实的鸿沟真是难以逾越。

"唉,我也想快快长大呀。"戴维说,"但这件事急不来。都怪玛丽拉太抠门了,舍不得给我吃她的果酱,否则我早就长高了。"

"玛丽拉哪里抠门了,戴维?"安妮严肃地说,"你怎么可以说这种忘恩负义的话?"

"还有一个词的意思差不多,不过听起来好很多,但我不记得了。"戴维皱着眉头说,"前几天我听到玛丽拉在用那个词形容自己。"

"你是不是想说'节俭'? 这和'抠门'完全是两回事。节俭是一种优秀的品质。如果玛丽拉抠门的话,她绝不会在你妈妈去世的时候收养你和朵拉。难道你愿意和威金斯太太住在一块吗?"

"当然不愿意!"戴维斩钉截铁地说,"我也不想和理查德叔叔住在一块。我超喜欢住在这儿,尽管玛丽拉在果酱的问题上显得比较……那个词叫什么来着? 噢……节俭。但是因为有你在,所以我什么也不怕,安妮。来吧,安妮,给我讲个睡前故事吧。我不想听童话故事,我觉得那些是女孩子的专利。我想听一些刺激的,有很多狠角色在里面干些杀人放火之类的有趣的事情。"

所幸这时候玛丽拉在她的房间里大声招呼安妮过去,她才得以脱身。

"安妮,戴安娜正火急火燎地给你发信号,你最好赶紧弄清楚发生了什么事。"

安妮跑回东山墙。透过暮色,她看见戴安娜的窗户那边有灯光闪烁,每闪五下为一组。按照她们从小约定的规则,这种信号的意思是:"马上过来,我有重要的事情宣布。"于是安妮赶紧在头上裹紧她的白披巾，飞快地穿过恐怖林，再从贝尔先生的牧场一角斜插过去，来到果园坡。

"我有个好消息要告诉你，安妮。"戴安娜说，"我和妈妈刚从卡莫迪回来。我们经过布莱尔先生的店铺时，遇到了玛丽·森特纳，她正好从斯宾塞山谷过来。她说保守路上的科普家的老姑娘们有一个柳碟，很像义卖晚宴上的那一个。她还说科普姐妹很可能会把那张碟子卖掉，因为玛莎·科普向来喜欢把家里能卖的东西都卖出去。即便她们不卖，在斯宾塞山谷的韦斯利·凯森家里也有一个柳碟。她知道他们肯定会卖，只是她不确定那个碟子是不是和约瑟芬姨妈的那个一样。"

"明天我就去斯宾塞山谷。"安妮坚定地说，"你必须和我一起去。这个消息真是让我如释重负，因为后天我就不得不到镇上见你的约瑟芬姨妈了，我真不知道该如何两手空空地面对她。我还记得上次我踩了客房的床，最后只得硬着头皮向她道歉。这次的情况无疑更为糟糕。"

回忆起往昔，两个女孩都不约而同地大笑起来。关于这件事，如果我的读者中还有人不知道又想知道的话，不妨去阅读安妮系列的第一部——《绿山墙的安妮》。

第二天下午，姑娘们踏上了寻找柳碟的冒险之旅。她们要跋涉十英里才能到达斯宾塞山谷。天气闷热无风，不太适合出行，尤其是六个星期没下过雨了，所以马路上总是烟尘滚滚。

"哦，我真希望赶快下场雨。"安妮叹了口气，"放眼望去，世间万物都被晒蔫了。干涸的农田是多么可怜，树木似乎都在伸出双手祈求甘霖的滋润。每当走进家里的后花园，我都会感到心痛。可是我一想到农民的庄稼地正在遭受的一切，又觉得我的花园实在不值一提。哈里森先生告诉我，他的草场快被烤焦了，现在他可怜的牛几乎找不到一口吃的。每次看到牛眼里的无助,他都感到愧疚万分,内心备受煎熬。"

经过一段令人精疲力尽的旅途之后,女孩们终于到达斯宾塞山谷。随后她们拐下保守路。这是一条绿意盎然、车马零落的公路,在路面上,车辙之间的芒草说明这里确实人迹罕至。路边排列着茂密粗壮的云杉,相互簇拥着,延伸至看不见的尽头。云杉丛中时不时地露出围着栅栏的农场一角。有时路边又会突然出现一片伐尽树木后留下的广阔土地,放眼望去,斯宾塞广阔的牧场到处是五彩缤纷的火龙草和秋麒麟。

"这条路为什么取名为保守路呢?"安妮问道。

"艾伦先生说,有的地方根本没有树,却非要叫某某林。"戴安娜说,"这条路亦是如此。住在这里的居民,除了科普姐妹之外,就只有路尽头的老马丁·博维尔了,他可是个自由党人。这条路是保守党执政时修建的,只是为了炫耀政绩罢了。"

戴安娜的父亲是个自由党人,而安妮一家都是保守党人,因此戴安娜和安妮从不讨论政治。

姑娘们终于抵达了科普家的老庄园。这是一个整洁得要命的地方,连绿山墙也相形见绌。庄园的宅邸是一座非常老式的房子,坐落在斜坡上,所以房子的一侧就砌了一层石基,以保持房子的水平。庄园里的建筑都统一地刷上了白漆,阳光下仿佛要晃瞎她们的眼睛。后花园被白色的栅栏包围,花园里处处修剪得整整齐齐,打扫得干干净净,你甚至看不到一根杂草。

戴安娜沮丧地说:"卷帘都已经拉下来了,这会儿应该没人在家。"

事实确实如此。两个女孩大眼瞪小眼,一下子不知如何是好。

"这可怎么办呢?"安妮说,"如果我能确定碟子的款式是一致的,我不介意在这儿等到她们回来。但如若款式不对,再去韦斯利·凯森家可就太迟了。"

戴安娜看到了地下室正上方的一扇方形小窗户。

"我断定那就是餐具室的窗户，"她说，"因为这房子的构造和纽布里奇的查尔斯叔叔家一样，所以那就是他们餐具室的窗户。那扇窗的卷帘并没有拉下来，所以只要我们爬上那所小房子的屋顶，就可以看到餐具室的内部，没准还可以看到那个柳碟呢。你觉得这个主意怎么样？有没有什么不妥？"

"没问题，我觉得没什么不妥。"安妮经过一番深思熟虑后说，"毕竟咱们不是吃饱了没事干过来偷窥找乐子。"

这个重要的道德问题得到解决后，安妮准备登上前面提到的"小房子"了。那是一个由板条搭成的建筑，有个尖尖的屋顶，过去曾是个鸭舍。科普姐妹早已不再养鸭了，"因为它们太邋遢"。除了偶尔有母鸡到里边下蛋，这所小房子已经空置好几年了。尽管它也得到了精心的粉刷，但还是给人一种摇摇欲坠的感觉。安妮把一个圆木桶搭在一个箱子上，胆战心惊地爬了上去。

"恐怕它不能承受我的体重。"她小心翼翼地踩在屋顶上说。

"你可以尽量靠在窗台上。"戴安娜建议道。安妮立刻照她说的做。令她兴奋的是，她透过玻璃窗看到窗前的架子上有一个柳碟，而且正是她苦苦寻觅的那种。就在这时，灾难不期而至。安妮一激动就离开窗台跳了起来，完全忘记了她脚下的板材有多么脆弱，落下来时便把屋顶板踏穿了。整个人有大半截都陷了下去，仅凭腋窝卡在上面，完全"无法自拔"。戴安娜立刻冲进小屋，抱住她这个可怜的朋友的腰，试图把她拽下来。

"哎哟，别拽。"可怜的安妮尖叫道，"有些长长的碎片扎着我。你看看能不能在我脚下垫些东西，也许我可以自己挣脱出来。"

戴安娜急忙把前面用到的圆木桶拖了进去，安妮发现圆木桶仅能给她提供一个稳固的立足点,却还没高到足以帮助她彻底摆脱困境。

"我现在爬上去把你拉出来可以吗?"戴安娜提议道。

安妮绝望地摇了摇头。

"不行啊,碎片扎得我太疼了。但是,如果你能找到一把斧头,或许就可以把这个洞开大点,那样我就能下来了。噢,亲爱的,我真心觉得我命犯煞星。"

戴安娜翻遍了每个角落,还是没找着一把斧子。

"我得去找人帮忙了。"她回到被困住的朋友身边说。

"不,不要,你不可以这么做。"安妮激动地说,"如果你这样做的话,我的糗事会立刻传遍四方。我可丢不起这个脸。咱们还是等科普姐妹回家解救我吧,这样就可以让她们保守这个秘密。她们一定知道斧头放在哪里,然后就可以把我弄出去了。我只要完全保持静止,并不会感到不适,我指的是身体上的不适。我真想知道科普姐妹这所房子值多少钱,我得赔偿我造成的损失,多少钱我都愿意出,只求她们能够理解我偷看餐具室的苦衷。唯一值得安慰的是,那个碟子正是我想要的。如果科普小姐肯把它卖给我,那我吃这些苦也值了。"

"可是如果科普姐妹到晚上,甚至是明天才回来怎么办?"戴安娜提醒她。

"要我说,如果太阳落山了她们还不回来,你就得寻求其他人的帮助了。"安妮难为情地说,"但是,不到万不得已的时候,你千万不要去。哦,亲爱的,这真是个极其尴尬的处境。如果我能像摩根夫人的女主角一样就好了,她们的生活总是充满了浪漫情调。但非常遗憾,我的遭遇却总是无比地荒唐可笑。你想象一下,当科普姐妹驾车驶入她们的院子时,看到一个女孩的头和肩膀从她们鸭舍的屋顶上伸出来,她们会怎么想。你听,那是马车声吗? 不,戴安娜,我想那是雷声。"

毫无疑问,那是雷声。戴安娜在房子四周匆匆查看一番,回来告诉安妮,西北方向的天空有一团乌云正迅速朝她们袭来。

"暴雨就要来啦。"她忐忑不安地叫道,"噢,安妮,我们该怎么办?"

"我们必须为此做好准备。"安妮平静地说,与安妮已经经历的磨难相比,暴雨似乎是微不足道的了,"你最好先把马车赶进那个敞棚里。幸运的是,我的遮阳伞在马车里。等会儿,把我的帽子也拿过去放好。出门前玛丽拉就说我是个大笨蛋,居然戴上最好看的帽子来保守路。她是对的,她总能参透一切。"

戴安娜解开马车的缰绳,把车赶进了棚子里。她刚刚进去,豆大的雨点就哗哗地落了下来。她坐在棚子里边,望着外面的倾盆大雨。雨势又大又急,以至于戴安娜几乎看不见安妮了。安妮只能在雨中勇敢地把遮阳伞举过头顶。虽然雷鸣不多,但骤雨却狂欢了将近一个小时。安妮偶尔会把遮阳伞向后倾斜,朝挚友挥动手致意。但对于那样一段遥远的距离,隔空喊话肯定是无法实现的了。最后雨终于停了,太阳露出了笑脸,戴安娜赶紧蹚过院子里坑坑洼洼的小水塘去找安妮。

"你浑身湿透了吗?"她焦急地问。

"噢,不会啊。"安妮兴高采烈地回答,"我的头发和肩膀都没湿,雨水从板条缝隙渗了下来,所以只是我的裙子有一点点湿。戴安娜,你不必为我难过,因为我一点也不怕。我一直在想,这真是一场及时雨,我的花园一定会为此发出由衷的赞美。你想象一下甘霖普降之时,无数的花朵是多么欢欣鼓舞。我想到了紫苑、甜豌豆花,想到了丁香丛中活蹦乱跳的金丝雀,还想到了花园的守护神。她们愉快地交流着,倾吐着对春风化雨的喜悦和感恩。我回家以后,一定要把它们的对话写下来。我真希望现在就有纸笔可以使用,因为等我到家的时候肯定忘光了。"

戴安娜正好带着一支铅笔,她还在马车的储物箱里发现了一张包装纸。这可帮了安妮的大忙。安妮把她那顶湿透了的遮阳伞折好,重新戴上帽子,把包装纸铺在戴安娜递过来的一块瓦片上。尽管条件如此艰苦,但她依然在包装纸上写下了一首花园诗。安妮一气呵成,文采斐然。她把作品读出来,让戴安娜听得如痴如醉。

"噢,安妮,你写得太美了,真是太美了。一定要把它投给《加国丽人》杂志社。"

安妮摇了摇头。

"噢,不,它根本不合适。你看,这里面没有故事情节,只是一连串的想象。我喜欢写这样的东西,但这些东西是没法拿去出版的,因为编辑们只收小说。上次普里西拉就是这么跟我说的。噢,萨拉·科普小姐回来了。拜托了,戴安娜,赶紧去和她解释一下。"

萨拉·科普小姐是个小个子,穿着破旧的黑色衣服,戴着一顶帽子。这顶帽子的设计显然更侧重于实用性,而非观赏性。当她看到院子里神奇的一幕时,那大惊失色的模样和姑娘们估计的毫无二致。但戴安娜的解释让她动了恻隐之心。她急忙打开后门,拿出斧子,两三下就把安妮周围的板条劈开了。脱离桎梏的安妮感觉身体又僵又累,她俯身从木桶上下来,进到"牢房"里面,不禁感谢上苍让自己重获自由。

"科普小姐,"她认真地说,"我向你保证,我窥探你的餐具室,只是为了看看你们是不是真的有一个柳碟。别的我什么也没看到,我就是奔着碟子去的。"

"上帝保佑,这真的没关系。"萨拉小姐和蔼地说,"你不必担心,你没有给我造成什么损失。谢天谢地,我们的餐具室一直都保持得干净整洁，经得起任何人的检阅。那个鸭舍终于被弄坏了，真是令人开心，只有这样玛莎才可能同意把它拆掉。她以前从来没有打过这个主意，因为她觉得这个鸭舍总有一天可以派上用场，害得我每年春天都要把它重刷一遍。和玛莎讲道理根本就是对牛弹琴。不过她今天进城去了，早上我亲自驾车送她去了车站。话说你想买我的碟子，对吧。你打算出多少钱？"

"二十块。"安妮说道。她从没打算和科普小姐讨价还价，否则她就不会直接给出自己的心理价位。

"嗯，容我考虑一二。"萨拉小姐审慎地说，"幸运的是，那碟子是我的，否则，玛莎不在场的时候我是万万不敢卖的。不过，我敢说事后她肯定又要唠叨了。我和你们说，玛莎就是这个家的话事人。我早就厌倦了生活在另一个女人的鼻子底下。你们先进屋，请进吧，你们现在一定又累又饿。我会尽己所能为你们泡一壶好茶，但是我不得不先提醒你们，点心只有面包、黄油和一些黄瓜。玛莎进城之前把所有的蛋糕、奶酪和果酱都锁起来了。她总是这么做，因为她觉得我招待客人的时候过于大手大脚了。"

姑娘们已经饥肠辘辘了，什么都吃得下，她们把萨拉小姐美味的面包、黄油以及黄瓜一扫而空。吃完午茶后，萨拉小姐说："要我卖掉这个碟子还真有点纠结呢，但它确实值二十五块。这可是个老古董了。"

戴安娜轻轻地踢了安妮的脚，意思是："千万别同意。如果你保持强硬的态度，最后一定能以二十块成交。"但是安妮却爽快地答应了，因为她不愿再为那个碟子冒任何风险。这可把萨拉小姐吓了一跳，她似乎在后悔没有直接要价到三十块。

"成交，那么从现在开始这个碟子就归你所有了。我正在努力攒钱，因为，"莎拉小姐突然郑重其事地抬起头来，瘦削的脸上泛起一层薄薄的红晕。"我准备嫁给路德·华莱士了。他二十年前就想娶我进门。我非常喜欢他,但他那时候很穷,所以爸爸就把他打发走了。我当时真不该忍气吞声,但我真的很怯懦,我好怕爸爸。而且我没想到这世上男人竟然这么少。"

姑娘们最终得以安全地离开。戴安娜负责驾车,安妮则把她朝思暮想的碟子搁在大腿上,并小心翼翼地抓牢。雨后的保守路草色如新,一波又一波地回荡着少女们银铃般的笑声,让原本凄清寂寥的感觉消失得无影无踪。

"明天我到城里见你的约瑟芬姨妈时,要把这一波三折的故事讲给她听,准能让她笑掉大牙。现在一切都已结束了,我们经受住了挫折的考验,如愿以偿地拿到了碟子。那场雨也把灰蒙蒙的道路洗得干干净净。啊,这真是皆大欢喜呀。"

"这还没到家呢,"戴安娜非常悲观地说,"咱们还不知道,到家之前会不会出什么意外。不过你真是个敢于冒险的女孩,安妮。"

"有些人生来爱冒险。"安妮平静地说,"这真是要看天分的。"

第十九章

小　幸　运

有一次，安妮对玛丽拉说："其实，我认为人生中最甜蜜美好的不是那些光鲜亮丽、异彩纷呈，抑或激动人心的事情，而是那些不起眼的小幸运。它们像是一串断了线的珍珠，一次一粒，温柔地落入你的手心。"

绿山墙的生活充满了这样的小幸运。毕竟安妮和其他人一样，她那些令人瞠目结舌的际遇并不是同时发生的，而是像夜空中的星辰一样散落在一年里。其间伴随着漫长的无忧无虑的日子，这些日子里充满了欢声笑语和砥砺成长，充满了对工作的辛勤付出和对梦想的执着追求。这样的小幸运在八月底的一天悄然降临了。这天上午，安妮和戴安娜带着兴高采烈的双胞胎兄妹，沿着海岸顺流而下，他们时而在浪涛中摇橹击水，时而来到沙滩上采撷芳草。海风在浪花的指尖轻轻拂过，仿佛在一遍又一遍地朗诵，它年轻时读过的古情诗。

到了下午，安妮走去欧文家的老宅看望保罗。她发现保罗正躺在碧草如茵的河岸上，旁边是茂密的冷杉林。这片树林把老屋的北面遮盖得严严实实的。保罗此刻正全神贯注地看着一本童话书。一瞥见安妮，他就蹦了起来，脸上挂满了愉悦的表情。

"噢，老师，真高兴你能来看我，"他恳切地说，"因为奶奶出门了。

你可以留下来和我一起喝午茶吗？独自喝午茶实在是太寂寞了,你懂的,老师。我曾认真考虑过让杨·玛丽·乔坐下来和我一块喝茶,但我猜奶奶是不会同意的,她说我们必须和法国人划清界限。此外,我很难和杨·玛丽·乔交流。她只会笑着说:'哎呀,你真是我见过的最乖的孩子啦。'然而这并不是我崇尚的交流。"

"我当然愿意留下来喝午茶。"安妮愉快地说,"我正巴不得你能来邀请我。上次在这里喝过午茶之后,我就对你奶奶做的香甜可口的黄油酥饼念念不忘。"

保罗的神情却很严肃。

"如果这一切由我做主,老师,那你想吃多少黄油酥饼都没问题。"他站在安妮面前,双手插在口袋里,漂亮的小脸上突然阴云笼罩,"但这件事取决于玛丽·乔。我听到奶奶在离开前告诉她,不要给我吃黄油酥饼,因为它太油腻了,小孩子吃了没法消化。如果我保证不吃的话,也许玛丽·乔会同意拿一些给你吃。但愿如此吧。"

"是啊,但愿如此。"安妮同意道,这话非常符合她乐观开朗的性格,"不过如果玛丽·乔铁石心肠,不给我吃黄油酥饼,我也不会介意的,所以你大可不必为此担心。"

"如果她不给你吃,你真的不会介意吗?"保罗焦急地问道。

"当然不会,亲爱的。"

"那我就不用担心了。"保罗松了一口气说,"其实我觉得玛丽·乔还是愿意讲道理的。她本身不是那种一意孤行的人。但她从经验中认识到,不服从奶奶的命令是行不通的。奶奶也是个很优秀的女人,但她要求身边的人必须服从她的命令。今天早上她对我非常满意,因为我终于把我那一大盘燕麦粥全吃光了。虽然这是一个艰巨的任务,但我总算是完成了。奶奶说她要把我锻造成一个男子汉。但是,老师,我想问你一个非常重要的问题。你会如实回答的,对吗?"

"我尽力而为。"安妮答应他。

"你觉得我的脑子是不是有问题?"保罗问道,仿佛他存在的意义完全取决于安妮的答案。

"天哪,没有的事,保罗。"安妮惊奇地叫道,"你的脑袋没有任何问题。到底是什么让你产生这个困惑的?"

"是玛丽·乔。但她并不知道我听见了她说的话。昨天傍晚皮特·斯隆太太的女佣维罗妮卡来看玛丽·乔,我在穿过门厅的时候听到了她们在厨房里的谈话。我听到玛丽·乔说:'那个保罗真是个古里古怪的小孩,他总说些不着边际的话。我觉得他脑子一定有问题。'昨晚我心里揣着这件事,一直无法入眠。我想知道玛丽·乔的观点是不是对的,但是我又不敢问奶奶这个问题,我觉得还是问你比较好。谢天谢地,你觉得我的脑子是正常的。"

"你的脑子当然是正常的。玛丽·乔是一个愚昧无知的姑娘,你千万别把她的话放在心上。"安妮气愤地说。她决定回头给欧文太太一个合理的暗示,建议她让玛丽·乔管好自己的嘴巴。

"噢,这真是让我如释重负。"保罗说,"我现在真的非常高兴,老师,谢谢你。脑子有问题可不是什么好事,对吧,老师? 我想玛丽·乔之所以会这么认为,是因为有时候我会把我对事物的一些想象告诉她。"

"这真是一个相当危险的举动。"出于自己的亲身经历,安妮提醒道。

"好吧,待会儿我就把我和玛丽·乔交流过的想法都告诉你,你可以听听这些想法有没有什么不对劲的地方。"保罗说,"不过我会等到天黑再说,因为那是我最想讲故事的时间。没有其他人在身边的时候,我只能讲给玛丽·乔听。但在这之后,我绝不会重蹈覆辙,因为这只会让她觉得我的脑袋有问题。尽管我很想倾诉,但我会努力克制的。"

"如果实在忍得难受，你可以来绿山墙，把你的故事说给我听。"安妮郑重其事地建议道。正是安妮这种认真的态度令她深得孩子们的爱戴，因为孩子们真的非常渴望得到大人们的尊重。

"好的，我会过去的。但我最好等戴维不在家的时候再过去，因为他似乎不喜欢我，总是朝我做鬼脸。尽管我不太介意，毕竟他还只是个小孩子，而我却大他许多，但是有人朝你做鬼脸还是令人不太愉快，而且戴维做的鬼脸真的很吓人。有时我担心他再也不会对我露出善意的笑颜了。甚至当我在教堂做着神圣的祷告时，他也会冲我做鬼脸。庆幸的是朵拉喜欢我，我也喜欢她。不过后来她竟然告诉米妮·梅·巴里，说她打算在长大后嫁给我，从此我就没有原来那么喜欢她了。我长大后可能会娶一个心爱的女子为妻，但现在考虑这个问题还为时尚早，你不觉得吗，老师？"

"确实太早了。"老师深表赞同。

"说到结婚，我想起了另一件事，最近一直困扰着我。"保罗继续说道，"上周有一天，林德太太过来和奶奶喝午茶。奶奶让我给她看我母亲的照片，也就是父亲送我的那份生日礼物。我不想把它拿给林德太太看。林德太太是个善良的女人，但我和她还没亲近到可以给她看我母亲的照片。你懂的，老师。但最后我还是听了奶奶的话。林德太太说妈妈长得很漂亮，但就是看起来有点做作，而且她一定比父亲年轻得多。然后她又说：'过段时间你爸爸很可能会再婚。你想要一个后妈吗，保罗少爷？'天啊，这个问题几乎让我窒息，老师。但我不想让林德太太看出任何端倪，我只是直勾勾地盯着她的脸，就像这样。然后我说：'林德太太，父亲曾经给我选了一个非常优秀的生母，所以我充分相信他的眼光，他一定能再次挑中一个和妈妈一样出色的女人。'我可以相信他的，老师。但是，我仍旧希望，如果真的要给我一个后妈,他能事先征求我的意见。玛丽·乔来招呼我们喝午茶了,待会儿我去和她协商一下黄油酥饼的事。"

"协商"有了可喜的成果,玛丽·乔最终给安妮切了一截黄油酥饼,还加了一盘蜜饯。安妮和保罗坐在昏暗的老客厅里,凉风从窗外的海湾吹进来,轻拂着他俩的脸庞。安妮亲自斟茶,她和保罗一块吃了一顿非常愉快的午茶。在此期间,他俩天马行空地挥洒想象力,滔滔不绝地谈论着"荒诞不经"的故事。玛丽·乔感到非常震惊,第二天晚上她告诉维罗妮卡,那个学校的女老师和保罗一样是个"怪咖"。喝完茶,保罗带安妮到他的房间去,给她看他母亲的照片,也就是欧文太太曾经藏在书柜里的那份神秘的生日礼物。此刻,海面上落日熔金,红彤彤的余晖照进保罗那低矮的房间。海风微拂,霞光溢彩,婆娑的树影在房间里翩翩起舞。柔和迷人的光影之间,一幅挂在床脚墙上的肖像映入眼帘。那张宛如少女般甜美的脸上,长着一双温润慈爱的母亲的眼睛。

"那就是我的母亲,"保罗自豪的口吻中透露着绵绵爱意,"我让奶奶把它挂在那里,这样清晨醒来我就能看到它。我现在睡觉的时候都不用开灯了,因为我知道母亲就在我身边。父亲知道我想要什么样的生日礼物,尽管他从未开口问过我。父亲与孩子是多么心有灵犀!"

"你的妈妈真是个美人,保罗,你看起来有点像她。但是她的眼睛和头发的颜色比你的要深。"

"我眼睛的颜色和父亲的一样。"保罗边说边在房间里跑来跑去,把所有的垫子都收集起来堆在靠窗的座位上,"但是父亲的头发是灰白色的。他头发很浓密,但确实都是灰白色的。俗话说,男人四十一枝花。父亲快五十岁了,那是相当成熟的'一枝花'了,不是吗?但他只是看起来老了,内心却和我们一样年轻。老师,现在请你坐在这儿,我坐在你的脚边。我可以把头靠在你的膝盖上吗?过去我就是这样坐在母亲身边。噢,这真是太棒了。"

"现在我想听听你那些被玛丽·乔鄙弃的故事。"安妮轻抚着保罗蓬松柔软的卷发说道。她并不需要哄他就可以听他讲故事,至少,对于志趣相投的朋友是如此。

"这些故事是有天晚上我在冷杉林里想到的。"他陷入了一波回忆,"当然,我不认为这些是客观存在的事实,但我会忍不住去想这些故事。你懂的,老师。然后我就想把这些故事告诉人们,可惜除了玛丽·乔,没人在我身边。玛丽·乔当时在储藏室里做面包,于是我就在她旁边的长椅上坐下,然后对她说:'玛丽·乔,你知道我在想什么吗?我觉得夜空里的那颗星星是一座灯塔,上面住着许多精灵。'接着玛丽·乔说:'喂,你这个怪小孩,给我听着,这世上根本没有什么精灵。'我心里很生气。我当然知道世上没有精灵,但这并不妨碍我想象他们的存在。你懂的,老师。但我还是很耐心地又试了一次。我说:'好吧,玛丽·乔,那你知道现在我在想什么吗?我觉得太阳下山以后,会有一个天使在人间游弋。那是一个身材高大、洁白无瑕的天使,背上长着一对收起的银翅。他唱着舒缓动听的歌曲,花鸟都幸福地在他的歌声中入眠。只有那些有慧根的孩子才能听到他的歌声。'然后玛丽·乔举起沾满面粉的双手说:'我的天,你真是个离奇古怪的小鬼。你的话把我吓出一身冷汗。'她看起来真的很害怕。我只好走到外面,悄悄地向花园吐露剩下的故事。花园里有一棵小白桦树死了,奶奶说这是盐雾惹的祸。但我认为要怪就怪这棵树的树精。她是一只大大咧咧的树精,居然在环游世界的时候迷了路。那棵小树是那么孤单,最终在无尽的等待中肝肠寸断。"

"当这个马虎又可怜的树精厌倦了外面的世界,回到这棵树上,她将追悔莫及。"安妮说。

"是的,既然她做了错事,就必须承担后果,这和人类没什么区别。"保罗严肃地说,"老师,你知道新月在我眼中是什么吗?我觉得那是一艘载满美梦的金色小船。"

"当它一不留神,和云朵碰到,满载的美梦就会撒下来,落入人们的梦乡。"

"没错,老师。噢,你真的知道。我还觉得天使们为了让天幕后面的星星闪耀人间,就在天幕上剪了一些小洞,而紫罗兰就是天幕落入凡间的碎片。我还觉得毛茛是用陈年的阳光做成的,香豌豆花上天堂时将会变成蝴蝶。老师,现在你觉得这些想法有什么特别奇怪的地方吗?"

"不,亲爱的小家伙,它们一点也不奇怪。它们是属于一个孩子的奇幻而瑰丽的想象。对于那些本身不具备任何想象力的人,就算给他们一个世纪,他们也还是无法理解个中趣味。请你继续发挥你天马行空的想象,保罗。我相信有朝一日,你会成为一个诗人。"

安妮回到家,发现了一个和保罗风格迥异的男孩,正等她抱他上床睡觉。看样子戴维是在独自生闷气。安妮刚给他脱完衣服,他就跳到床上,把脸埋进枕头里。

"戴维,你是不是忘了晚祷呀?"安妮责备道。

"不,我才没有忘记呢。"戴维不服气地说,"但我不会再做祷告了。我不想做乖孩子了,因为不管我有多好,你都会偏爱保罗·欧文,所以我还不如做个坏孩子,逍遥自在。"

"我没有偏爱保罗·欧文。"安妮严肃地说,"我同样喜欢你,只是方式不同而已。"

"可是我想要你用一样的方式喜欢我。"戴维噘着嘴说。

"你不能以同样的方式喜欢两个人。你肯定不是以同样的方式喜欢我和朵拉的,对吧?"

戴维坐起来认真地想了想。

"嗯……是的……"他终于承认道,"我喜欢朵拉,因为她是我的妹妹。但我喜欢你,因为你就是你。"

"所以呀,我喜欢保罗,因为他是保罗。而我喜欢戴维,因为你是戴维。"安妮欢快地说。

"唉,我真后悔没做晚祷,"戴维说道,他已经被安妮的逻辑说服了,"但是现在出去做祷告实在太麻烦了。要不明早我做两遍晨祷好了,安妮,可以吗?"

"不行",安妮的态度非常坚决。所以戴维只好爬出被窝跪在她膝下。完成了晚祷之后,他身体向后倚靠,屁股坐在他那小而光裸的棕色脚后跟上,抬头望着安妮。

"安妮,我觉得自己变乖了。"

"是的,的确如此,戴维,"安妮说道,她总是毫不犹豫地说点称赞的话。

"我知道自己变乖了。"戴维自信地说,"我要告诉你我是怎么知道的。今天玛丽拉递过来两片抹了果酱的面包,一片给我,一片给朵拉。其中一片比另一片大很多,玛丽拉并没有指明哪一块是我的。但我主动把大的一块给了朵拉。我真是太乖了,不是吗?"

"非常棒,像个男子汉了,戴维。"

"当然啦。"戴维非常享受这个赞誉,"朵拉不是很饿,她只吃了一半,然后把剩下的给了我。但我事先并不知道她会那样做,所以我很棒,安妮。"

在暮色中,安妮漫步到仙女泉,看到吉尔伯特·布莱思从幽暗的恐怖林深处走来。她突然意识到吉尔伯特不再是那个印象中的学生了。他看上去很有阳刚之气——高大挺拔的身姿,丰神俊朗的脸庞,清澈如水的眼睛和宽阔的肩膀。在安妮眼中,吉尔伯特是个非常帅气的小伙子,尽管他的模样和她梦中的白马王子一点也不沾边。她和戴安娜很久以前就交流过各自理想伴侣的类型,而且她俩的品位如出一辙。她们的梦中情人一定要身材高大、相貌出众,眼睛忧郁神秘,声线魅惑、有磁性。然而从外表上看,吉尔伯特完全没有什么忧郁或神秘的气质。不过,作为普通朋友来说,这自然是无关紧要的!

吉尔伯特惬意地在仙女泉边的蕨叶上躺下,如痴如醉地望着安妮。如果你要吉尔伯特描述他心目中的白雪公主,那么安妮身上的每一条特征都对得上号。即便是那七颗让安妮急得上火的小雀斑,吉尔伯特都觉得可爱非常。其实吉尔伯特内心依然是一个小男生,但这个男生也和其他人一样有着自己的梦想。在吉尔伯特设计的蓝图中,总是伫立着一个亭亭玉立的女子,她有着清澈透亮的灰色瞳仁和精美如花的脸蛋。他也暗暗下定决心,必须让自己拥有一个锦绣前程,好配得上心目中的女神。白沙村的年轻人向来热衷于谈情说爱。即使在平静的艾凡里,他也会遇到各种各样的诱惑。最关键的是,吉尔伯特无论去到哪里都很受欢迎。但他还是不忘初心,想方设法让自己能够配得上安妮的友情,也许还要不辜负某个遥远日子里的她的期待。他总是谨言慎行,仿佛安妮那对澄澈的眼眸无时无刻不在打量他、考验他。安妮对他有一种潜移默化的影响;确切地说,每一个志存高远、冰清玉洁的女孩都会对她的朋友形成这种积极的影响。只要她持之以恒地追寻自己的理想,这种影响将是经久不衰的;一旦她半途而废,她将立刻失去这种美丽的光芒。在吉尔伯特看来,安妮最大的魅力在于,她从不做艾凡里的女人们会做的那些丑陋卑鄙的行为,比如拈酸吃醋、虚与委蛇、勾心斗角,等等。安妮和这一切划清了界限。这不是她刻意为之,也并非惺惺作态,而是缘于她"生性冲动"的秉性和"目的与志向十分明确"的本心。

不过,吉尔伯特并不打算立刻表明心迹。因为他有充分的理由相信,安妮一定会冷酷无情地把所有蠢蠢欲动的感情都扼杀在萌芽状态。安妮甚至有可能会取笑他,这可比表白被拒还要糟糕十倍。

"你看起来就像是站在那棵白桦树下的精灵。"他开玩笑地说道。

"我爱白桦树。"安妮说着把脸颊贴在光滑细腻的树干上。她可爱的姿势看起来很自然。

吉尔伯特说:"告诉你个好消息。梅杰·斯宾塞先生已经决定在他农场前面的道路上种一排白桦树,作为给促进会的嘉奖。今天他刚和我探讨此事。梅杰·斯宾塞先生真是艾凡里最进步、最有公益精神的人。威廉·贝尔先生则准备在他家前面的马路边和通往他宅邸的小道上都筑起云杉树篱。促进会的事业真是越来越兴旺了,安妮。而且促进会已经成功度过了创业期,咱们的工作成果已经得到了广大群众的认可,连相对保守的老一辈村民都开始对它产生兴趣,白沙村也在商讨组建一个类似的组织。有一天,一群美国人从下榻的酒店跑到了咱们的海滩旅游,连伊利沙·怀特也被吸引过来了。那群游客高度赞扬了我们种满绿植的道路,夸它们比岛上其他地方的道路都要漂亮。相信有一天,别的村民也会效仿斯宾塞先生,在他们的道路沿线种上观赏性的植物和树篱。艾凡里终将成为全省最美丽宜居的社区。"

"互助会正在着手接管墓地,"安妮说,"我真心希望她们能成功。毕竟她们要先发动一次捐款,然而在礼堂的'油漆门'发生之后,确实不宜让促进会来开展这项工作。不过,要不是咱们找互助会商讨过这个议题,她们压根没有能力把这件事操办起来。我们在教堂里种的那些树如今长势很好。校董也已经答应明年就把学校的围栏立起来。只要这件事能成,到时候我就发起一次植树活动,让每个学生都种一棵树。这样一来,我们在靠路边的那一角就能建起一个大花园了。"

"到目前为止,我们的计划几乎都成功了。唯一还没有头绪的就是如何拆除博尔特家的老屋。"吉尔伯特说,"我对此已经完全丧失了信心。列维执意不拆就是为了看我们笑话。博尔特家的人都有这样一股倔脾气,列维·博尔特尤其突出。"

"茱莉亚·贝尔想再派一个游说团队过去,但我认为最好的办法其实是彻底地孤立他。"安妮提了个明智的建议。

"正如林德太太所说的,顺其自然吧。"吉尔伯特笑道,"当然,咱们不要再派遣游说团队了,否则只会让他更加抵触。不过茱莉亚·贝尔认为,只要你亲自带队出马,游说就一定能成功。安妮,明年春天咱们要号召大家兴修草坪了。今年冬天我们要及时播种草籽。我这儿有一份关于培植草坪的资料,我正准备写一篇关于这个项目的可行性分析报告。啊,咱们的假期眼看就要结束,下个星期一学校也要开学了。话说鲁比·吉利斯是不是接管卡莫迪学校了?"

"是的。普里西拉来信说,她要回去自己家乡的学校教书了,所以卡莫迪学校的校董把管理权交给了鲁比。我对普里西拉的卸任深感遗憾,但是木已成舟,我还是为鲁比接管学校感到高兴。以后她每逢星期六才能从学校回家了。不过到时候,我、鲁比、简和戴安娜又能像过去那样聚在一块了。"

当安妮到家时,玛丽拉也刚从林德太太家里回来,正坐在后门廊的台阶上。

玛丽拉说:"瑞秋和我决定明天驾车到城里去。林德先生这周感觉好多了,瑞秋想趁这个机会赶紧去大采购,等他的病又发作就走不开了。"

"明天我得早起,有好多事要忙。"安妮说,"首先,我要给我的羽绒被更换羽毛内胆。这件事我早该做了,但我的拖延症总是改不掉。尽管这是个令人讨厌的活,但是拖延症是种病,得治!否则我就不能给我的学生们当好榜样了,我可不能做一个表里不一的人。然后我要给哈里森先生做一个蛋糕,接着完成促进会关于花园的可行性分析报告。等这些做完,我就要给斯特拉写封信,给我的纱裙洗涤上浆,最后给朵拉做一条新围裙。"

"放心吧,这些事你一半也做不完。"玛丽拉悲观地说,"我从来不敢拟一大堆计划。你要知道,计划可赶不上变化呀。"

第二十章

一 如 既 往

第二天早上,安妮准时起床,神清气爽地迎来了崭新的一天。旭日东升,发出万丈光芒,仿佛金黄的锦旗在银灰色的天空中胜利飘扬。绿山墙完全沉浸在明媚的阳光中,杨柳斑驳的倩影在院墙上摇曳生姿。清风拂过对面哈里森先生家广阔的麦田,垄间泛起滚滚金波。这个世界是如此丰富多彩,安妮花了十分钟在花园里徜徉,饱览天地间美不胜收的秋光。

吃过早餐,玛丽拉准备出门。朵拉会陪她一起去,这是玛丽拉很早以前就答应过的。

"戴维,从现在开始你要努力做个乖孩子,别给安妮添堵。"玛丽拉严厉地告诫戴维,"如果你听话,我就在城里给你买一根彩虹棒棒糖。"

真不幸,玛丽拉为了哄戴维听话,也要通过小恩小惠来收买人心!

"我不会故意捣乱的。可是,如果我不小心做错了事可怎么办?"戴维疑惑地问道。

"你必须竭力阻止意外情况发生。"玛丽拉告诫他,"安妮,如果希勒先生今天过来的话,你向他买一份烤肉和一些牛排。如果他没来,你就得杀一只鸡作为明天的饭菜了。"

安妮点点头。

她说："今天家里只有我和戴维俩人,所以我不想再特地做一顿饭了。那块冷蹄髈可以用来做午餐,晚上你回家的时候我再给你煎些牛排。"

戴维说："今天上午我要去帮哈里森先生采红藻。他请我去帮忙,所以我猜他也会请我吃大餐。哈里森先生是个非常善良的人,而且他还很善于和人打交道。我希望长大后能像他一样。我的意思是为人处世像他,而不是长得像他。因为林德太太说我是个很帅的孩子。安妮,你觉得我会永远这么帅吗?我想知道。"

"我想会的,"安妮严肃地说,"你绝对是个很帅的孩子,戴维。"

玛丽拉看上去一脸的嫌弃。"但是,你必须注意自己的一言一行,让自己成为一个彬彬有礼的绅士,这样别人才不会觉得你虚有其表。"

"前几天米妮·梅·巴里在那儿兀自哭泣,因为有人说她长得丑。后来你告诉她,如果她能成为一个温和礼貌、有爱心的人,人们就不会介意她的长相。"戴维不满地说,"这么看来,在这个世界上,大家无论如何都得做个好人。总而言之,你必须规规矩矩的。"

"你不想做个好人吗?"玛丽拉问道。尽管她在带孩子的过程中学到了很多,但她显然还没领悟到,问孩子这样的问题完全是徒劳的。

"我当然想做个好人,但不必太好。"戴维谨慎地说,"做主日学校的校长就不需要非常优秀。贝尔先生就是这样,他真是个大坏蛋。"

"别胡说八道,他不是那种人。"玛丽拉愤怒地斥责他。

"他就是,这可是他自己说的。"戴维辩解道,"上个星期天他在主日学校祈祷时就是这样说的。他说他是一条卑鄙的蛆虫,一个无耻的罪人,犯下了人间最肮脏的罪行。他到底犯了什么滔天大罪,玛丽拉?他是杀了人吗?或者他盗用了教会募捐箱里的钱?你快告诉我嘛。"

幸运的是,林德太太此时正好驾车到了绿山墙。玛丽拉趁机溜之大吉,就像惊弓之鸟,终于逃离猎人的魔爪。她在心中默默祈求贝尔先生,在公共场合做祷告的时候别再用那么夸张的祷词,毕竟那些喜欢刨根问底的小屁孩可能就站在旁边呢。

玛丽拉走后,安妮独自一人热火朝天地干起了家务。她把地板打扫干净,把床铺好,把鸡喂饱,随后她又把纱裙洗干净并挂在绳子上晾了起来。忙完这些后,安妮准备和那些烦人的羽绒展开一场拉锯战。她登上了阁楼,随便找了一条旧裙子穿上。那是她十四岁时穿过的一条海蓝色的开司米羊绒裙。安妮早已发育长高,所以裙子显得小了。这不禁让人想起安妮第一次来到绿山墙时,也是穿着一条捉襟见肘的棉毛绒布裙。不过,好就好在这是条旧裙子,她可以不用担心这条裙子被羽绒糟蹋了。最后安妮拿来马修用过的一块大大的红白圆点手帕裹住了头发。全副武装完毕,她便来到了厨房,玛丽拉在临行前已经帮她把羽绒被搬到了那里。

一面破碎的镜子挂在厨房的窗户边。安妮不经意地从镜子里瞥见,她鼻子上那七枚雀斑越长越大了。不过也有可能是因为强光透过窗户照进来,使它们的轮廓看起来愈加清晰。

"噢,我昨晚忘了擦乳液。"她猛然想到,"我最好先到储藏室把乳液抹上,对,现在就去。"

为了消除那些雀斑,安妮已经吃了不少苦头。有一次,她弄得鼻子都脱皮了,但雀斑岿然不动。几天前,她在杂志上发现一份祛斑乳的配方,里面的原料她都可以弄到,于是她立即如法炮制。这让玛丽拉非常反感,因为她认为如果上帝要把雀斑搁在你的鼻子上,那么把它们留在那儿就是你义不容辞的责任。

安妮小跑着来到储藏室。因为这儿的窗子和外面的大柳树挨得近,光线很难照进来,所以储藏室就显得特别昏暗。她们就是考虑到昏暗的厨房不容易招苍蝇,所以当初才种下那棵柳树。安妮从架子上一把抓起那个装乳液的瓶子,在一小块专用的海绵球上挤了一大坨乳液,然后一股脑地抹到了鼻子上。完成这项重要的任务之后,她便重新回到工作中。任何一个给羽绒被换过内胆的人都知道,当安妮忙完的时候,整个人已经面目全非了。毫无疑问,她的裙子已经布满羽绒,她的刘海因为没遮严实,所以也粘上了羽绒,看起来就好像戴上了一圈天使的光环。在这个无比"神圣"的时刻,厨房门口突然响起了一阵敲门声。

"那一定是希勒先生。"安妮想,"虽然我现在全身上下一团糟,但还是得先下去开门。他可是个急性子。"

安妮飞奔下去,毫无防备地打开了厨房门。如果上帝能大发慈悲,帮帮这个满身羽绒、楚楚可怜的姑娘,他应该立刻在绿山墙的门廊开个地缝,因为安妮此时已经羞愧难当地想要钻进去了。只见门阶上站着普里西拉·格兰特,皮肤白皙的她梳着整齐得体的金发,身着精美的丝质服装。她身旁还站另外两位女士。一位身材矮胖,头发灰白,穿着花呢套裙。另一位身材高挑,穿着华丽的长袍,她的气质高贵优雅,黑色的长睫毛下扑闪着一双绛紫色的大眼睛。安妮的直觉告诉她,这就是夏洛特·摩根太太。

在这千钧一发的时刻,尽管安妮的脑袋已经乱成了一锅粥,但一个念头却突然冒了出来,她毫不犹豫地抓住了这根救命稻草。她想到摩根夫人所有的女主角都以"临危不惧"著称,不论面对何种困境,她们总能化险为夷,展现出超凡的应变能力。因此安妮觉得自己也应该如她们一般,在遇到意外情况时依然游刃有余。令人高兴的是,她确实做到了,而且堪称完美。连普里西拉后来都不得不承认,安妮·雪莉当时的表现真是让人佩服得五体投地。她没有把心里的愤懑和羞赧写在脸上,而是热情好客地迎接普里西拉一行人。当普里西拉把安妮介绍给她的同伴时,安妮依然镇定自若,仿佛身上穿着的是精致典雅的紫色亚麻连衣裙。不过出乎她意料的是,她以为是摩根夫人的那位女士根本不是摩根夫人,是一位不知名的彭德克斯特夫人,而更令她大吃一惊的是,那个矮胖的灰发女人才是如假包换的摩根夫人。安妮领着客人们穿过客房,进入客厅休息。然后她又马不停蹄地跑到屋外,去帮普丽西拉卸下马鞍。

"我们如此唐突地造访,真是给你添麻烦了,"普里西拉向安妮致歉,"但直到昨晚我们才确定要来。夏洛特姨妈星期一就要回去了。她本来答应了一个朋友今天在城里聚会,但她的朋友感染了猩红热需要隔离,所以昨晚匆匆来电取消行程。我知道你很想见她,于是我就建议改道来绿山墙。我们先去了白沙酒店,把彭德克斯特太太一块请过来。她是姨妈的朋友,平时住在纽约,她的先生可是个百万富翁呢。可惜我们不能久留,因为彭德克斯特太太必须在五点之前回到酒店。"

就在她俩拴马的时候,安妮发现普里西拉偷偷瞟了她好几次,而且眼神里充满了疑惑不解。

"她不该这样盯着我看。"安妮有点愤懑地想,"她应该能想象得到更换羽绒被芯会有什么样的结果吧。"

随后普里西拉就走进客厅了。安妮还没来得及上楼换衣服,此时戴安娜正好到了厨房里。安妮一把抓住好友的胳膊,吓了她一跳。

"戴安娜·巴里,你知道现在谁在客厅里吗?夏洛特·摩根夫人,还有一个纽约富豪的妻子。我却是这样一副打扮。最糟糕的是,现在家里除了一块冷蹄髈之外,什么吃的都没有,戴安娜!"

安妮突然意识到戴安娜也在用那种疑惑不解的眼神盯着她看,简直和普里西拉一模一样。这真是太过分了。

"噢,戴安娜,别这么看着我好吗。"她哀求道,"你要知道,就算是这世上最爱干净的人，在更换羽绒内胆的时候，身上也不可能不落纤尘的。"

"这……这……不是羽毛的问题。"戴安娜吞吞吐吐地说，"是……是……你的鼻子，安妮。"

"我的鼻子？噢，戴安娜，我的鼻子怎么啦！"

安妮马上冲到洗手池照镜子。她一眼就看到了致命的问题，她的鼻子居然是红通通的！

安妮一下子瘫倒在沙发上，她的灵魂仿佛突然被抽走了。

"这到底是怎么回事？"戴安娜冒着逾越雷池的风险，好奇地问道。

"我以为我抹的是乳液，结果错拿了那瓶红色颜料，玛丽拉用它来印染地毯的。"安妮绝望地回答，"这下我该怎么办？"

"那就洗掉呗。"戴安娜实事求是地说。

"可能很难洗。以前我曾经作死用那瓶颜料染过头发，今天又糊里糊涂染了鼻子。上次因为实在洗不掉，玛丽拉只好把我的头发剪了，这回总不能把鼻子割了吧。好吧，这应该是老天对我的虚荣心的惩罚，我真是罪有应得。尽管如此，但这实在是令人沮丧。俗话说，福无双至，祸不单行。运气不好的时候喝凉水都塞牙。不过林德太太说这世上根本没有'运气'这回事，因为一切都是命中注定的。

幸运的是，那颜料很轻松就洗掉了，安妮总算感受到了一丝慰藉。戴安娜回家后，她便上东山墙去了。不一会儿，安妮就换好衣服下来，她的情绪也恢复了平静。她一直想要在摩根太太面前穿的那条纱裙，此时正在屋外的晾衣绳上快活地翻飞，所以她不得不暂时穿上那条墨绿色的裙装。戴安娜回来的时候，她已经燃起了壁炉，泡上了茶。只见戴安娜穿上了她自己那条纱裙，手里端着一个盖着盖子的大碟子。

"妈妈让我给你带来一样好东西。"她说着便掀开了盖子，里面是一整碟经过斩件摆盘的烤鸡，这让安妮兴奋得瞪大了双眼。

这盘鸡肉配以新鲜出炉的小面包、奶香浓郁的黄油起司、玛丽拉精心制作的水果蛋糕和一碟梅子蜜饯共同上桌。那盘蜜饯包裹着金黄诱人的糖浆，仿佛沉浸在凝固的夏日阳光中。除了菜肴之外，桌子中央还摆着一大捧粉白相间的紫菀作为装饰。然而，与先前为摩根夫人精心准备的宴席相比，这顿午餐确实是小巫见大巫了。

然而，饥肠辘辘的客人们似乎并不认为这顿饭有失规格，这些家常菜出乎意料地备受欢迎。没过几分钟，安妮便不再纠结于这桌普通的饭菜了，她的注意力回到了宾客身上。摩根夫人的外表着实有些令人失望，即便是她忠实的粉丝也不得不承认这个事实；但另一方面，她却是一个非常健谈的人，她的谈吐让人如沐春风。她游历很广，总能把扣人心弦的故事娓娓道来。她深谙人情世故，能对自己丰富的阅历进行总结，转化为机智幽默的连珠妙语。听众们觉得自己好像在看一本内涵丰富的书籍，里面的主人公正活灵活现地和她们促膝长谈。可以感觉到的是，在她所散发出的夺目光彩之下，潜藏着一颗激烈跳动的心，那是一颗赤子之心、悲悯之心、仁慈之心。这颗心轻而易举地赢得了人们的倾慕，就如同她的才华轻而易举地俘获了人们的景仰一样。交谈中，她没有滔滔不绝地发表长篇大论，而是进退自如地抛砖引玉，帮助他人打开话匣子。安妮和戴安娜都发现自己和摩根太太沟通起来毫无代沟，反而更像是多年未见的老友。彭德克斯特太太则很少说话。她迷人的大眼睛扑闪着，精致的嘴唇嫣然浅笑，小口地吃着鸡肉、蛋糕和蜜饯。她的优雅气质让人觉得她正在享用着珍馐玉露，而非家常便饭。正如后来安妮对戴安娜说的，彭德克斯特太太这样美艳不可方物的女人不需要开口说话，她只是静静地坐在那儿就已经倾倒众生了。

饭后，她们轻松地散着步，一起走过情人路、紫花谷和白桦小径，最后穿过恐怖林来到仙女泉。她们在那儿坐下来聊了半个小时,气氛非常舒心愉快。摩根夫人想知道恐怖林的名字是怎么来的。于是安妮便绘声绘色地讲起了一段难忘的经历。那是一个鬼魂出没的黄昏时分,她胆战心惊地穿过这片黑黢黢的林子,期间发生了许多搞笑的事情,逗得摩根夫人眼泪都流出来了。

"这真是一场思想碰撞交融的盛宴。"客人们已经离去,安妮再次和戴安娜单独走在一起,她如是说道,"我不知道我更喜欢哪一样,是聆听摩根太太的高谈阔论呢,还是欣赏彭德克斯特太太的仪态万方?由于预先不知道她们要来,我们不仅省却了那套繁文缛节,还享受了一段更为快乐的时光。戴安娜,你得留下来同我喝完午茶再走,咱们要把今天的事好好捋一捋。"

"普里西拉说,彭德克斯特夫人的小姑子的老公贵为英国的伯爵,但没想到,她却要了两份梅子蜜饯。"戴安娜说,仿佛这两件事水火不容。

"我敢说,即便是伯爵本人,看到了玛丽拉亲手制作的梅子蜜饯,也抵挡不住它的诱惑。"安妮自豪地说。

到了晚上,安妮把白天的奇遇一五一十地讲给了玛丽拉听,不过她对自己的鼻子遭遇的不幸只字未提。后来她悄悄拿上那瓶乳液,把它一滴不剩地倒到了窗户外边。

"我再也不用任何护肤品了。"她暗暗下定决心,"也许对于谨小慎微的人而言,它们是有用的。但是对于我这种粗枝大叶的人来说,折腾这些东西无异于玩火自焚呀。"

第二十一章

北方有佳人

　　终于开学了,安妮又回到了学校的工作岗位上。在教学上,安妮不再拘泥于空洞的教育理论,转而更多地从实际经验出发来处理问题。这学期她的班上添了几个新面孔,都是些六七岁的孩子。初来乍到,他们都在用圆溜溜的眼睛兴奋地打量着这片新奇的天地。戴维和朵拉就身处其中。戴维和米尔蒂·博尔特是同桌。米尔蒂已经上了一年学,因此他算是个老资历了。上个星期天,朵拉在主日学校和莉莉·斯隆约定,新学期她俩坐一块,但是莉莉·斯隆第一天没来,于是她被临时分配给了米拉贝尔·科顿。米拉贝尔十岁了,在朵拉眼中,她就是所谓的"大姐大"。

　　"学校真是个好玩的地方。"当晚戴维回家后告诉玛丽拉,"之前你说我有多动症,没法乖乖坐着,事实证明确实如此。而且我发现你说的话总能切中要害。后来我想了个办法,就是在桌子下面把两条腿像跷二郎腿一样拧在一块,感觉就没那么蠢蠢欲动了。学校最吸引人的是,里边有好多男孩子,这样我们就可以凑在一块玩游戏了。我的同桌是米尔蒂·博尔特,他是个很不错的家伙。他比我'长',但我比他'宽'。尽管我觉得坐在教室后排的感觉更棒,但我必须等到我的腿长得可以碰到地面才能坐在那儿。今天米尔蒂在小黑板上给安妮画了一幅肖像,但他画得真难看。我警告他,如果他再那样画安妮,等下课了我就揍他。我本来是想给他也画一幅画像,然后添上牛角和尾巴作为报复,不过我担心这会伤他的自尊心。安妮说我不该伤别人的自尊心,伤人自尊心的后果似乎非常严重。如果我要教训某个男生,把他痛扁一顿比伤他自尊心要好得多。米尔蒂说他才不怕我,但他决定还是满足我的要求,把那个丑陋的画像指定为别人。于是他便擦掉了安妮的名字,并在画像下面工整地写上了'芭芭拉·肖'。米尔蒂不喜欢芭芭拉,因为她总是自作聪明地叫他'乖孩子',有一次还伸手拍了拍他的头。"

朵拉也拘谨地说她喜欢上学。虽然她本身是个恬静的女孩子,但是看她的样子似乎另有隐情。到了黄昏时分,玛丽拉叫她上楼去睡觉,她犹豫了一下没动,最后竟忍不住哭了起来。

"我好……好害怕,"她抽泣着说,"我……我不想一个人摸黑上楼。"

"你脑子里又冒出什么稀奇古怪的念头啦?"玛丽拉质问道,"整个夏天你都是独自上床睡觉的,以前也从来没怕过呀。"

可怜的朵拉还在哭,所以安妮把她轻轻抱起来,温柔地问道:

"出了什么事?宝贝。告诉安妮,好吗?你在害怕什么?"

"是米拉贝尔·科顿的叔叔。"朵拉抽泣着说,"今天在学校里,米拉贝尔·科顿和我谈了她家里的情况。她说她的家人几乎都死了,包括她的祖父祖母,还有数不清的叔叔阿姨。米拉贝尔说,她们家族受到了死神的诅咒。她说家里有这么多死去的亲人让她感到非常骄傲。她还和我详述了他们各自的死因、他们的遗言,以及他们的遗容。米拉贝尔说,有人看见她一个已经入土为安的叔叔竟然还在屋子里走来走去,她母亲也亲眼看见了。其他的我都不怎么害怕,但一想到那个叔叔,我就毛骨悚然。"

安妮陪着朵拉上楼,然后坐在她床边,直到她入睡。第二天课间,安妮把米拉贝尔·科顿留了下来,语气温和但态度严肃地告诉她:"你的叔叔下葬后却仍在家中踟蹰,本来就是一件不幸的事情。现在你还拿这种怪事来吓唬你年幼无知的同桌,这真是一个非常不恰当的做法。"米拉贝尔觉得安妮的话相当刺耳。科顿家族本来就没有什么值得夸耀的事迹,一旦禁止她拿家里的鬼故事哗众取宠,她还怎么在同学中树立威望呢?

　　九月很快过去,秋天女神摇身一变,换上了十月那金碧辉煌的新装。一个星期五的晚上,戴安娜过来找安妮。

　　"安妮,今天我收到艾拉·金博尔的信,她邀请咱们明天去她家喝午茶,顺便见见她从城里过来的表妹艾琳·特伦特。但是我家明天没有马匹可用了,而你的小马驹又瘸了腿,恐怕咱们没法赴约了。"

　　"步行也可以呀。"安妮建议道,"如果我们径直穿过后面那片树林,就会抵达西格拉夫顿路,那儿就离金博尔庄园不远了。去年冬天我就这样走过,我对这条路熟得很,绝对不超过四英里。回来的时候我们就不需要走路了,奥利弗·金博尔一定会驾车送我们回家。因为他爸爸基本不许他驾车出门,但是他又很想去见卡丽·斯隆,所以现在有个机会让他驾车出行,他高兴还来不及呢。"

　　于是她俩下定决心走路过去。第二天下午她们就按时出发了,经过情人路,她们来到卡斯伯特农场的后面,在那里她们发现了一条小路,通向一片树林的深处。这片树林足有几英亩大,是一片由山毛榉和枫树组成的混合林。林中枝叶繁盛,午后的阳光从缝隙间漏下,空中仿佛撒上了金粉。所有的一切都在金色的光辉中。走在秋意浓浓的林子里,人的内心也变得无比静谧安详。

　　这种感觉就像是秋天女神跪在一座大教堂里虔诚地祷告。透过五彩斑斓的玻璃窗,阳光就像一壶陈酿,被晕染得绵柔而饱满。安妮若有所思地说,"咱们可不能匆匆忙忙地穿过这片树林,那是很不礼貌的,如同在教堂里跑步一样。"

"来不及欣赏风景了,"戴安娜说着瞥了一眼怀表,"留给咱的时间不多了。"

"好吧,我尽量走快点,咱们就先别说话了。"安妮加快脚步,说道,"我只想把这片美景尽收眼底。我觉得秋天女神好像把一杯醇香的美酒递到了我的嘴边,我每走一步都忍不住要喝一口。"

也许正是因为她太专注于这杯"美酒",所以当她俩走到岔路口的时候,本该右转的,她却一不留神选择了左边那条道。不过后来她不得不承认,这是她一生中最美丽的错误。最终她俩走到了一条杂草丛生的幽静道路上。放眼望去,一路上除了边上一排云杉树苗之外什么也没有。

"天哪,咱们这是走到哪儿了?"戴安娜迷茫地叫道,"这绝对不是西格拉夫顿路。"

"确实不是,这应该是中格拉夫顿的底线路。"安妮一脸愧疚地说道,"我一定是在岔路口拐错了方向。我不知道我们到底在哪里,不过我敢肯定我们目前距离金博尔家至少还有三英里。"

"那么我们在五点之前就到不了那里了,毕竟现在已经四点半了。"戴安娜看了一眼怀表后绝望地说,"估计等他们喝完午茶咱们才刚到,这样又要麻烦他们重新准备茶点。"

"咱们最好还是原路折返回家吧。"安妮难为情地建议道。但经过深思熟虑,戴安娜否决了这个提议。

"不,既然我们已经走了这么远,还是不要半途而废吧。"

往前走了一段路,姑娘们又来到了一个分岔口。

"这回咱们该走哪一条路呢?"戴安娜举棋不定地问道。

安妮摇了摇头。

"我不知道,我们不能再犯错了。你瞧,这儿有一扇大门和一条通向林子里的小径。里面一定有座房子，我们进去问问吧。"

"这是一条多么古朴而浪漫的小径呀。"戴安娜说。她们在曲径通幽的小路上走着，头上尽是苍翠欲滴的冷杉。这些参天古木的枝叶参差披拂、遮天蔽日，整条路因此变得幽暗，路上除了苔藓什么也无法生长。小径的两边是褐色的林地，一缕缕阳光从林叶间穿过，仿佛中世纪骑士的长枪。这里好像与世隔绝的桃花源，所有的一切都显得无比平静而悠远。安妮身处其中，感觉尘世间所有的喧嚣和烦扰都已离她远去。

"我觉得我们好像在穿越一片迷幻的魔法森林。"安妮低声说道，"戴安娜，你认为我们还能找到回现实世界的道路吗？我想，我们很快就会到达一座宫殿，里面正躺着一位睡美人呢。"

很快她们就走到了下一个路口，但是在她俩眼前出现的并不是一座宫殿，而是一幢小房子。然而她俩却像看见一座宫殿一样感到吃惊，因为爱德华王子岛上的建筑大多为木制的农舍，而这栋房子却是石质的宅邸。不过除了材质之外，两者毫无二致。安妮兴奋得地停下了脚步，随后她听到戴安娜大声说："噢，我现在明白咱们在哪儿了。那就是勒万达·露易丝小姐居住的小石屋，她好像把它叫作'回声小屋'。我对它早有耳闻，但我以前从未亲眼见过。这真是一个浪漫的地方呀！"

"这是我所见过或者我能想到的最温馨、最美丽的地方。"安妮高兴地说，"眼前这一切看起来既像是童话，又像是梦境。"

这所房子屋檐低垂，整体由岛上特产的未抛光的红色砂岩砌成。房子上有一个小巧玲珑的尖顶，上面有一对天窗，窗户上方装有复古的木质顶棚。此外，屋顶还长着两根大烟囱。整个房子外都爬满了生机勃勃的常春藤，它们在粗糙的砂岩上找到了舒适的落脚点。经过秋霜的洗礼，它们全都染上了一层醉人的酒红。

脚下的小径引领她俩来到一扇院门,里面就是一座连接着'回声小屋'的矩形花园。花园的其他三面围着老式的石墙,墙上长满了青苔、野草和蕨叶,看起来就像一个高高的绿坝。在石墙的上方,高大幽深的云杉在伸展着它们的棕榈般的枝干。石墙的脚下则是一片绿油油的草地,里边星星点点地缀着开了花的三叶草。这片草地一路向山谷生长,最终抵达蜿蜒曲折、如碧蓝绸带的格拉夫顿河。姑娘们举目四望,看不到其他房子或空地,只有远处的冷杉幼林覆盖着此起彼伏的丘陵和溪谷。

"我真想知道露易斯小姐是个什么样的人。"戴安娜一边打开院门一边猜测,"人们都说她很古怪的。"

"那说明她有个有趣的灵魂。"安妮肯定地说,"古怪的人总是如此,就算他们有不招人待见的特质。还记得我说过咱们要去一座魔幻宫殿吗?我早就知道,精灵们施展法术把我们引来肯定是有道理的。"

"勒万达·露易丝小姐可不是睡美人。"戴安娜笑着说,"她是个老姑娘。我听说她已经四十五岁了,而且头发都差不多白完了。"

"噢,那只是魔咒在作怪。"安妮自信地说,"实际上,她依然年轻漂亮。如果我们知道如何解开魔咒,她定能变回光彩夺目的自己。可惜我们并不知道,只有王子才知道解开的方法。可是勒万达小姐的王子迟迟没有出现,也许他已经遭遇不测,尽管这违反了童话的定律。"

"恐怕他很久以前就来了,只不过后来又走了。"戴安娜说,"他们说她年轻的时候曾经和斯蒂芬·欧文订婚了,也就是保罗的父亲。但他们大吵了一架,结果不欢而散。"

"嘘……"安妮提醒道,"门是开着的。"

姑娘们走到门廊,敲了敲藤蔓下那扇未关好的门。屋里传来一阵窸窸窣窣的脚步声，一个看起来怪怪的小姑娘出现在门口。她大约十四岁，长满雀斑的脸上生着一个朝天鼻。她的嘴巴很大，看起来仿佛连接了双耳。她那两条长长的浅金色的发辫上还系着两个硕大无朋的蓝丝带蝴蝶结。

"露易丝小姐在家吗？"戴安娜问。

"在的，小姐。请进，小姐。我这就去报告勒万达小姐你们来了。她现在人在楼上，小姐。"

话音刚落，这个小女仆就一溜烟地跑上楼了，留姑娘们待在原地，兴致勃勃地打量着屋子里的陈设。这栋"魔幻宫殿"不仅在外观上独树一帜，屋内的装潢同样别出心裁。

屋子的天花板很低，有两扇方形的小玻璃窗，上面挂着镶有棉纱褶边的窗帘。所有的家具都是传统风格的，但都保存良好。这些家具经过一番精心布置，看起来古朴考究。不过坦率地说，对于这两位在瑟瑟秋风中长途跋涉而来的女孩，最吸睛的莫过于那张桌子了，因为上面摆满了令人垂涎欲滴的美味佳肴，盛放在精美的淡蓝色瓷器碗碟中。桌布上还装点着金色的小蕨叶，正如安妮说的，平添了许多"节日气氛"。

"勒万达小姐一定是在等客人来喝午茶，"安妮低声说，"这儿一共有六个餐位。那位小女仆太滑稽了，活脱脱一个来自仙界的邮差。本来我想直接让她给咱们指路，不过我又很想见见勒万达小姐。嘘……她来了。"

话音刚落，勒万达小姐就出现在了门口。姑娘们都很惊讶，以至于完全忘记了礼数，只是呆若木鸡地注视着她。她们原本以为勒万达小姐就是司空见惯的那种老姑娘——骨瘦如柴，两鬓斑白，戴着一副老花镜。谁知勒万达小姐竟是如此与众不同。

她是一个娇小玲珑的女子，雪白、浓密的秀发似波浪起伏，发尾更是被精心盘成蓬松的发卷。头发下面是一张近似少女的脸庞，你可以看到粉红的脸颊、莹润的朱唇、可爱的酒窝——是的，如假包换的酒窝。还有那双大而透亮的棕眸，灵动中闪耀着温柔的目光。她穿了一件精致的乳白色长纱裙，上面绣着淡雅的玫瑰。这条长裙穿在大多数同龄女人身上都会显得幼稚可笑，但它却出人意料地和勒万达小姐相得益彰。

"夏洛塔四世说你们想见我。"她说。她的嗓音很符合她的气质，听起来让人如沐春风。

"我们想问一下去西格拉夫顿的路该怎么走。"戴安娜说，"我们应邀到金博尔先生家喝午茶，但我们走错了路。穿过森林之后我们就到了底线路，而不是西格拉夫顿路。我们在你家门前的那个路口是该右转还是该左转呢？"

"左转。"勒万达小姐说着便犹豫地瞥了一眼她的茶几，然后她好像突然下定决心似的对姑娘们大声说，"噢，干脆你们留下来和我一块喝午茶吧。请坐。如果你们现在过去的话，到那儿之前他们就已经喝完了。如果你们能留下来，我和夏洛塔四世都会因此感到非常开心。"

戴安娜没有说话，只是静静地看着安妮，等待着她的答案。

"我们非常乐意留下来，"安妮脱口而出，因为她渴望更深入地了解这位神秘的勒万达小姐，"但愿这不会给你带来不便，因为似乎你也有客人来访，对吗？"

勒万达小姐又看了看茶几，脸唰的一下红了。

"我知道你们一定会觉得我愚蠢至极。"她说，"我真的很傻，所以当我的秘密被人发现的时候我都会感觉羞愧难当。不过只要没人发现，我就还是能自得其乐。其实我并没有在等任何人，我只是假装有客人要来。你看，我很孤独，我想要有人陪伴，给予我那种真正的心灵的慰藉。但是很少有人来，因为这里太偏僻了。夏洛塔四世也很孤独，所以我就假装要开个茶话会。我为它精心准备美食，布置餐桌，甚至把我母亲婚礼上用的瓷器都拿了出来，然后把自己打扮得漂漂亮亮的，准备迎接客人的到来。"戴安娜这回确定了勒万达小姐果然如传闻中的一样古怪，一个四十五岁的女人居然像个小女孩一样玩过家家！但是安妮却两眼放光，兴奋地叫道："噢，你也在幻想吗？"

这个"也"字暗示她们是同道中人。

"是的。"她大胆地承认，"当然，我这把年纪还做这种事显得非常可笑。但是，我并没有做什么伤天害理的事情。如果这样我还不能自由自在地选择自己想要的生活，那我做一个独立自主的老姑娘还有什么意义？一个人总得要找点乐子打发生活的空虚寂寞。如果我不去幻想的话，有时候我真的感觉活不下去了。不过，我不是经常被人发现，而且夏洛塔四世也一直帮我保守秘密。今天虽然被你们发现了，但你们能来我真的非常高兴，我早已为你们准备好了茶点。不过，你们可以先去客房挂帽子，就是一上楼梯的那间白色门的屋子。我得到厨房去盯着夏洛塔四世，免得她又把茶煮干了。夏洛塔四世是个很棒的女孩，但她有时候确实有些粗心大意。"

勒万达小姐迈着轻盈的脚步去了厨房，一心琢磨着要好好招待这些贵客。两个姑娘上楼后来到客房，只见整个房间的色调和白色的房门一致。午后的阳光从挂着藤蔓的天窗照射进来，洒满整个屋子。正如安妮所说的，这里真像个温柔的梦乡。

"这真是一段奇妙的旅程，不是吗？"戴安娜说，"尽管勒万达小姐有点古怪，但她确实很可爱。而且她看上去一点都不像个老姑娘。"

"我觉得，她好似一首动人的歌曲。"安妮答道。

她们下去的时候，勒万达小姐正拿着茶壶进来。夏洛塔四世就跟在她身后，手里端着一盘新鲜出炉的曲奇饼，脸上洋溢着笑容。

"好了,现在可以把你俩的名字告诉我了。"勒万达小姐说道,"我真高兴你们都是这么年轻的女孩,我可喜欢年轻女孩了。我和你们在一起的时候,感觉自己都变年轻了。一想到自己的年龄就让我抓狂。"她立即做了个鬼脸,"好的,告诉我你们叫什么名字,免得交谈起来不方便。戴安娜·巴里,对吗?这位是安妮·雪莉?我可以假装已经和你们俩相识百年了吗?这样我就可以直呼你们安妮和戴安娜了。"

"当然可以啦。"两个姑娘异口同声地答道。

"那就让我们舒舒服服地坐下来享用美食吧。"勒万达小姐高兴地说,"夏洛塔,你就先站着帮大家分一下鸡肉吧。大家慢慢吃,我还做了海绵蛋糕和甜甜圈呢。当然啦,为不存在的客人准备这样的食物确实有些愚蠢。我知道,夏洛塔四世就是这样想的,我说得对不对,夏洛塔?可是你瞧,现在这些食物派上用场了吧。就算没人来,这些茶点也不会浪费掉,因为我和夏洛塔四世最后都会把它们吃得一干二净。唯一例外的是海绵蛋糕,它的保质期太短了。"

那真是一次愉快而难忘的午茶。随后,她们一行人来到花园,在草地上躺了下来,享受着一片醉人的夕阳。

"你住的这个地方真是太美妙啦。"戴安娜环顾四周,羡慕地说道。

"你为什么给它取名'回声小屋'呢?"安妮问。

"夏洛塔四世,"勒万达小姐说,"去屋里把挂在钟架上的锡制小号拿出来。"

夏洛塔四世便蹦蹦跳跳地进屋去把小号拿出来了。

"吹吧,夏洛塔。"勒万达小姐命令道。

夏洛塔遵命吹了起来。那刺耳的号声刚停下一小会儿,河对岸的树林里就传来了层层叠叠的精灵般的回音,仿佛清脆的银铃,悦耳动听又捉摸不定,似乎整个"精灵部落"的号角同时在落日的余晖中奏响了。听了这回声,安妮和戴安娜都兴奋得欢呼雀跃起来。

"现在笑吧,夏洛塔,大声地笑出来。"

夏洛塔对勒万达小姐百依百顺,这时候就算勒万达小姐命令她倒立,她也会毫不犹豫地去做。于是,她立刻爬上石凳,放声大笑了起来。回音很快又来了,仿佛无数精灵在那片包围着冷杉的紫色树林中模仿她大笑呢。

"人们总是很羡慕我的回音,"勒万达小姐说道,就好像回音是她的私人财产,"我也非常喜欢。在我的幻想中,它们就是我的挚友。在宁静的夜晚,我和夏洛塔四世经常坐在外面和它们一起嬉戏玩耍。夏洛塔,把小号拿回去吧,小心地挂回原处。"

"你为什么把她叫夏洛塔四世呢?"戴安娜对这个问题充满了好奇,终于忍不住问道。

"只是为了不把她和我的脑海里的其他夏洛塔弄混了。"勒万达小姐严肃地说,"她们长得很像,我根本没法区分她们。她的名字本不是夏洛塔。她的名字是……让我想想……是什么来着？我想应该是莱昂诺拉。没错,就是莱昂诺拉。说来话长,我母亲十年前去世了,我不能孤苦伶仃地待在这里,但是我也付不起一个成年女仆的薪水,所以我找了小夏洛塔·鲍曼来陪我,我负责提供吃穿用度。她的名字真的是夏洛塔,她是夏洛塔一世,当时她才十三岁。她和我待到了十六岁,然后就去了波士顿,因为她在那边可以赚得更多。随后她妹妹过来接班,名字叫朱丽叶塔。我猜鲍曼太太很喜欢给女儿们起花哨的名字。她看起来很像她的姐姐,所以我也叫她夏洛塔,她并不介意,所以我就不再叫她的真名。她是夏洛塔二世。她离开后,伊芙琳娜又来了,也就是夏洛塔三世。现在我又有了夏洛塔四世,她现在十四岁了。等到十六岁的时候她也要去波士顿,到时候我真的不知道该怎么办了。夏洛塔四世是鲍曼家的最后一个姑娘,也是最棒的一个。其他的夏洛塔姐妹总觉得我幻想的那些事情很愚蠢,但是夏洛塔四世却从不这样。不管她心里怎么想，至少她没有像她的姐姐们那样明目张胆地表现出来。我不在乎别人在心里怎么评价我，只要不表现出来就行。"

"嗯。"戴安娜恋恋不舍地望着夕阳说道，"恐怕我们不得不告辞了，因为我们天黑之前还要到金博尔先生家。今天我们在这儿玩得非常开心，露易丝小姐。"

"你们还会再来看我吗？"勒万达小姐恳求道。

身材颀长的安妮张开双臂抱着眼前这位矮小的女子。

"我们一定会来的。"她向勒万达小姐保证，"既然我们已经发现了这片桃花源，肯定不能浪费这里童话般的美景啦。到时候我们天天来打扰你，可别嫌我们烦呀。好啦，我们真的得走了。正如保罗·欧文每次离开绿色山墙时说的，'我们必须自己离开。'"

"保罗·欧文？"勒万达小姐的声音发生了微妙的变化，"他是谁？我不记得在艾凡里有人叫这个名字。"

安妮对自己的粗心大意感到恼火。当保罗的名字脱口而出的时候，她竟把勒万达小姐敏感的情史忘得一干二净。

"他是我的一个学生。"她犹犹豫豫地解释道，"他去年刚从波士顿过来，现在和他的祖母欧文老太太一块住在海边。"

"他是斯蒂芬·欧文的儿子吗？"勒万达小姐问道，说着便弯腰去看种着薰衣草的花圃，这样大家就看不到她的脸了。

"是的。"

"我要送你们每人一束薰衣草。"勒万达小姐兴高采烈地说，似乎并没听到安妮的回答，"真香，对吗？我妈妈非常喜欢它，她很久以前就种下了这些花。爸爸给我取名为勒万达，正是因为他很喜欢薰衣草。① 他和妈妈的哥哥有次去妈妈在东格拉夫顿的家里做客，那是他

---

① "勒万达"在英语中代表薰衣草。

俩初次见面。爸爸对妈妈一见钟情。当晚，爸爸被安排在一间客房里休息，床单散发着薰衣草的香味。妈妈的倩影在他心中挥之不去，让他辗转反侧、夜不能寐。从那以后，他就爱上了薰衣草的芬芳，后来他就给我取了这个名字。别忘了早点回来看我，亲爱的姑娘们。我和夏洛塔四世都万分期待你们的到来。"

她为姑娘们打开冷杉树下的院门，目送她们离去。她突然显得既苍老又疲惫，那红晕和光彩也从她的脸上消失了。不过，她临别的微笑依旧是如此青春洋溢，令人动容又难以忘记。姑娘们走到第一个转角时回眸一望，看见她已经在花园中央的旧石凳上坐了下来，脑袋有气无力地耷拉在手背上，整个人包裹在白杨树巨大的阴影里。

"她看起来好孤单，"戴安娜轻声说，"咱们要经常来看她才是。"

"我认为她的父母给她取了个最合适的名字。"安妮说，"就算他们给她随意起了个伊丽莎白、奈莉或穆丽尔之类的名字，最后她一定也会被人们叫作勒万达。因为她给人的感觉正像薰衣草一样，馨香、古典、优雅，还有一种柔软光滑的丝绸质感。然而，我的名字能让人想到的却只是面包和黄油、女红和杂务而已。

"噢，我可不这么认为。"戴安娜说，"在我看来，安妮代表的是一个高贵的女王。不过，如果要我来选的话，我觉得你叫'克伦哈普奇'会更好。我觉得实际上是人们的品行决定着名字的美丑。以前我觉得乔西和格蒂这俩名字挺好听的，但在我认识那些派伊家的女孩之后，我对这两个名字就再也喜欢不起来了。"

"你说得没错，戴安娜。"安妮高兴地说，"努力奋斗，活出耀眼的光芒，再黯淡的名字也能被自己照亮。当你的名字成为人们心中一个饱含意义的象征，人们就不会再纠结于名字本身。谢谢你让我明白这个道理，戴安娜。"

第二十二章

细 枝 末 节

"后来你们就和勒万达·露易丝小姐在那幢石头房子里喝午茶了?"第二天早上,玛丽拉在吃早餐的时候问安妮,"她现在长什么样子? 我最后一次见到她还是在十五年前的一个星期天,当时我们碰巧都在格拉夫顿教堂里。我猜她的模样应该已经有很大变化了吧。戴维·基斯,如果你有什么想吃的东西够不着的话,可以让我们帮你,但是我绝不允许你趴在桌子上拿。保罗·欧文在这儿吃饭的时候,你见过他这样做吗?"

"可是,保罗的手比我长呀。"戴维嘟囔道,"他已经十一岁了,而我才七岁,他那双手可比我的多长了四年呢。而且刚才我已经问过你们了,可是你和安妮都忙着说话,没空搭理我。还有啊,保罗从没来这儿吃过正餐,只喝过午茶。要在喝午茶的时候安分守己,那可容易多了,这能和吃早餐相提并论吗? 喝午茶那会儿我只是有点饿,可是,从晚餐到早餐之间隔了这么久,我早就饿扁了。最关键的是,安妮,我都已经长这么大了,可汤匙还是这么小,这怎么够吃?"

安妮把枫糖浆拿了过来,给戴维舀了两勺,终于让他消停了。然后她对玛丽拉说:"这个嘛,虽然我不知道勒万达小姐以前长什么样,不过变化应该不会太大。她的头发全白了,不过气色还是相当好,皮肤更是宛如少女般细腻紧致。她那双褐色的眼睛简直要迷死人了,你能从中看到深邃的褐色,其间浮跃点点金光。她悦耳的声线亦令人陶醉,仿佛在轻抚白色的绸缎,又如聆听叮咚的泉水,还似摇动仙女的风铃。"

"她年轻的时候可是公认的大美人呢。"玛丽拉说,"我和她不熟。不过,自从认识她之后,我就很喜欢她。然而那时候就已经有人觉得她性格古怪了。戴维,要是再让我看到你有这种失礼的行为,你就给我回房间里面壁,等大家都吃完了才许下来吃,就像那些法国女仆一样。"

在安妮和玛丽拉聊天的时候,假如这对兄妹也在场,她们就得时不时地停下来训斥戴维,因此交谈的过程总是断断续续的,眼下就是个活生生的例子。可怜的戴维太喜欢吃枫糖浆,可他碟子里的最后几滴枫糖浆已经没法再用汤匙舀起来。于是他想了个办法来解决这个难题,只见他双手托起盘子,然后伸出粉红色的小舌头,把盘子舔得干干净净。安妮看到这幅景象,不由得大惊失色。这个捣蛋鬼看到安妮的表情,小脸涨得通红,有点羞愧又有点理直气壮地说:

"节约光荣,浪费可耻。"

"有个性的人总是被视为怪人。"安妮说,"勒万达小姐确实与众不同,但你又很难说清楚为何她会如此与众不同。也许原因在于,她一直逆龄生长,永不变老。"

"当你那一代人都已到迟暮之年,那么你也最好跟着老去。"玛丽拉直言不讳地指出,"如果你不变老,那你就是不合群,这样你到哪儿都不受待见。我想这就是勒万达·露易丝选择离群索居的原因。她生活在与世隔绝的地方,大家也逐渐遗忘了这个人。那座小石屋是这座岛上历史最悠久的建筑之一,那是八十年前露易丝的父亲从英国迁居此地后建造的。戴维,别拽朵拉的手肘。噢,我早就发现了!你别装作很无辜的样子。今天早上你怎么这么不听话呢?"

"也许是因为早上我起床的时候,从错的那边下的床。"戴维推测道,"米尔蒂·博尔特说,如果你从错的一边下床,那你一整天都会很倒霉的。这是他奶奶告诉他的。可是,从哪一边下床才是对的呢?如果你的床有一边靠墙的话,就没得选了,这可怎么办呢? 快告诉我嘛。"①

"我感到非常好奇的是,当年斯蒂芬·欧文和勒万达·露易丝之间到底出了什么问题。"玛丽拉没有理会戴维,继续说道,"二十五年前他们确实订婚了,却在一夜之间分道扬镳。我不知道问题出在哪里,但一定非常严重,因为斯蒂芬从此远赴美国,再也没有回到故乡。"

"可能两人并非水火不容,也没有不共戴天之仇。只是生活中的琐事有时会被人为放大,继而引发链式反应,最终比大矛盾更加难以解决。"安妮说道,她这一灵光乍现的洞见真是比有些人数十载的人生经验更为深刻,"玛丽拉,请别把我去过勒万达小姐家的事告诉林德太太,她知道的话一定会对我'严刑逼供',这可不是什么好事。我敢打包票,如果这件事让林德太太知道了,勒万达小姐也会不高兴的。"

"我敢说,瑞秋一定会好奇得要命。"玛丽拉承认道,"不过,她现在没法像以前一样抽出很多时间搜刮八卦消息了。托马斯的病情让她脱不开身,所以现在她的意志非常消沉,我想她已不再对她先生的病情好转抱有希望了。如果托马斯有个三长两短,瑞秋一定会变得孤苦无依,因为她的孩子们几乎都到西部定居了,只有伊莉莎留在镇上,但是她并不喜欢她的老公。"

伊莉莎是非常爱她的丈夫的,玛丽拉却无意中在话里用了一个模糊的主语"她",其实是在指代林德太太。这样说很容易引起听众

---

① "从错的那边下床"是一句英文俗语,指的是一个人有"起床气"。

的误解，对伊莉莎产生不好的影响。

"瑞秋说，如果托马斯能振作起来，激起昂扬的斗志，他的病情一定会好转的。可是你要知道，托马斯就是个扶不起的阿斗。"玛丽拉接着说，"最好别和托马斯·林德谈什么斗志。结婚前，他的母亲就处处管束他，结婚后瑞秋接过了皮鞭。这次还没得到瑞秋的批准呢，他竟敢放肆地生起病来。不过这话可不能当着人家的面说，毕竟对他来说，瑞秋是个称职的好妻子。毫无疑问，如果没有瑞秋在他身边，他什么事也干不成。他天生就是受人管束的命，幸亏他遇上了瑞秋这位聪明能干的'老板'。他在瑞秋的关照下如鱼得水，完全无须费心做任何决定。戴维，别像一条鳗鱼一样扭扭捏捏的。"

"我好无聊。"戴维抗议道，"我已经吃不下了，只能傻傻地看着你和安妮吃，这真是一点也不好玩。"

"好吧，你和朵拉可以拿些麦子出去喂喂鸡。"玛丽拉说，"但我不许你再去拔白公鸡的尾羽。"

"我只是想弄些羽毛来做印第安土著头饰，"戴维闷闷不乐地说，"米尔蒂·博尔特就有一顶漂亮的土著头饰。他妈妈杀了家里那只老白火鸡，然后把羽毛收集起来给他做了那顶头饰。你就让我去拔一点嘛，反正那只公鸡身上的羽毛多得是，它也不缺那几根。"

"你可以用阁楼上的那把旧鸡毛掸子。"安妮说，"你需要的话，我可以帮你把它染成绿色、红色或黄色。"

听了这话，戴维便得意扬扬地跟着循规蹈矩的朵拉出去了。"你可别把孩子宠坏了。"玛丽拉说。虽然这六年来她的教育观念有了很大的变化，但是她依然认为过分迁就孩子对他们的成长不利。

"戴维班上的每个男生都有一顶印第安头饰，戴维自然也想做一顶。"安妮说，"我能理解那种感受。我从来没有忘记，小时候别的女孩子都有泡泡袖的裙子，当时我多么渴望自己也有一条。戴维并没被宠坏，恰恰相反，他每天都在进步。你想想看，对比一年前初来乍到的戴维，他身上发生了多大的变化呀。"

"他上学以后确实没以前那么调皮捣蛋了。"玛丽拉承认道，"我发现他有了同学的陪伴以后，开始渐渐改掉身上的那些坏毛病。不过我觉得奇怪的是，我们已经很久没有收到他舅舅理查德·基斯的信了。从去年五月至今，他音讯全无。"

"我很害怕收到他的来信。"安妮叹了口气，开始收拾桌面上的碗碟，"就算真的有他的来信，我也不敢拆开。我真担心他让咱们把这对兄妹给他送回去。"

没想到一个月后，她们还真的收到了一封信。但不是理查德·基斯寄来的，而是他的一个朋友。信里说，理查德·基斯两周前因肺结核去世了，这封信的执笔人同时也是他的遗嘱执行人。根据遗嘱，理查德给玛丽拉·卡斯伯特小姐留下了两千元钱，作为抚育戴维和朵拉的信托基金，并交由她代为管理，直至两兄妹成年或结婚。与此同时，基金利息滚动计入基金中，作为两兄妹的抚养费。

"我居然对别人的死感到莫名愉快，这真是太可怕了。"安妮严肃地说，"我为可怜的基斯先生感到难过，不过一想到我们不必和这对兄妹分离，我又感到分外高兴。"

"好在有这笔遗产。"玛丽拉实事求是地说，"我也想继续照顾他们，可是如果没有这笔钱，我真不知道我拿什么去供养他们。尤其是他们越长越大，开销也会与日俱增。农场的租金只够维持家里的基本开销，本来我已经想好了，你不能再把自己的钱花在这俩孩子身上，你为他们付出的已经够多了。朵拉不需要你为她买的那顶新帽子，就好比猫咪不需要两条尾巴。不过现在另当别论了。咱们有了这笔基金，未来道路上的障碍就扫清了，他们的开销问题也迎刃而解。"

戴维和朵拉一听说他们可以在绿山墙长住下去,顿时心花怒放。相比之下,他们那位素昧平生的舅舅去世的消息,对于他们来说简直无足轻重。不过朵拉心里还是悬着一块石头。

"理查德舅舅真的下葬了吗?"她低声问安妮。

"是的,亲爱的,当然已经安葬了。"

"那……他……应该不会像米拉贝尔·科顿的舅舅那样,对吗?"她仍然惴惴不安地低声问道,"他下葬以后就不会在房子里面游荡了,是吧,安妮?"

第二十三章

人生若只如初见

"傍晚我去一趟'回声小屋'。"在十二月的一个星期五下午,安妮对玛丽拉说。

"貌似快要下雪了。"玛丽拉不确定地说。

"下雪之前我就能抵达"回声小屋",我打算今晚在那儿过夜。戴安娜家里有贵客来访,所以这次无法同行。勒万达小姐一定也非常期待我今晚过去,因为我们已经整整两个星期没有见过面了。"

十月份以来,安妮已经多次拜访'回声小屋'了。她和戴安娜有时候会驾车顺着大路绕过去,有时候则直接穿过森林走过去。戴安娜脱不开身的时候,安妮就只身前往。勒万达小姐是个内心青春、朝气蓬勃的妇人,安妮又是个热爱幻想、心口如一的姑娘。两人之间已经建立起一份热忱真挚的友谊,不仅令彼此受益匪浅,更让安妮有种"千里遇知音"的感觉。那个金风送爽的午后,安妮和戴安娜阴差阳错地走进了一片与世隔绝的桃花源,遇到了那位茕茕孑立的玲珑佳人。勒万达小姐本来已经"遗忘了尘世,也被尘世遗忘了"①,现在安妮和戴安娜却给她带去了暌违已久的来自凡尘的喜悦。她们不仅给小石屋带去了青春洋溢的勃勃生机,也带去了有滋有味的人间烟火。

---

① 此句援引18世纪的英国大诗人亚历山大·蒲柏的诗歌《艾洛伊斯致亚伯拉德》。

尽管夏洛塔笑起来时，嘴巴会张得很大，有点吓人，但她总会笑容满面地迎接她们的到来。夏洛塔对她们敬爱有加，一方面是出于对主人的尊重，另一方面是因为她俩本来就讨人喜欢。小石屋从未有过如此喧闹活泼的景象，那五彩斑斓的秋色似乎也被窈窕淑女吸引，迟迟不肯离去。十一月完全复制了十月绚烂的光景，十二月更是向夏天借来了迷人的阳光和暖雾。

或许十二月终于想起该轮到冬季粉墨登场了。就在这天，天空突然浓云密布，大地笼罩在一层黑暗之中。整个世界陷入一片寂静，空气似乎凝固了，一丝风也没有。尽管种种迹象表明，一场大雪就要降临，安妮仍然兴致勃勃地穿过山毛榉林幽暗曲折的小径走去勒万达小姐家。虽是孤身一人，但她一点也不觉得寂寞。她想象着一路上有很多欢闹的小伙伴，他们一块天南海北地聊着天。这可比现实中的交流更加妙趣横生，毕竟现实中的交谈不以个人意志为转移，难以完全迎合你的需要。而这群安妮臆想的小伙伴就大不一样了，他们与安妮心有灵犀，所以每个人说的都是安妮喜欢听的话，同时她也可以在他们面前畅所欲言。在这群看不见的小伙伴的陪同下，安妮穿过树林，来到了那条冷杉树遮天蔽日的小径。就在这时，鹅毛般的雪花开始从天空中洋洋洒洒地飘落下来。

刚转过一个弯，安妮就看到了勒万达小姐。她正站在绿茵如盖的冷杉树下，穿着厚实的大红色长裙。一条银灰色的丝质围巾把她的头和肩膀严严实实地裹了起来。

"你看起来真像冷杉仙女国的女王呢。"安妮开心地喊道。

"我猜你今晚一定会过来，安妮。"勒万达小姐说着便跑上前来，"你能过来真令我高兴，因为夏洛塔四世出门去了。她妈妈生病了，她今晚必须回趟家。要是你不来，我一定会感到非常寂寞。幻想和回音也无法治愈我的孤独。噢，安妮，你真美。"她抬眼望向安妮，突然插了一句。这位亭亭玉立的姑娘,脸颊上已满是红晕,如蔷薇浅放。"多么漂亮,多么年轻! 十七岁真是个幸福快乐的年纪,不是吗? 我都要嫉妒你啦。"勒万达小姐坦率地说。

"可是你的心灵也只有十七岁呀。"安妮微笑着说。

"不,我老了,或者说已经人到中年啦,这可比人老珠黄更加糟糕。"勒万达小姐叹了口气,说道,"有时候我只能假装自己还年轻,可是有时候我确实感受到了自己的衰老。我像大多数女人一样,无法接受自己已经变老这个真相。从我发现自己的第一根白头发起,我就一直在抗拒这个事实。不过,安妮,你不要摆出一副理解我的样子,你在这个年纪是无法理解的。好了,现在我要摇动想象力的魔法棒,'变身'为十七岁的小姑娘了。因为你在这里,所以我一定可以做到。你总是把身上的青春活力当作礼物送给我。我相信我们一定会度过一个非常愉快的夜晚。老规矩,先喝午茶吧。你想吃什么? 只要你喜欢,我们都搬上桌来。你一定要想些适合我们'年轻人'的、让人垂涎三尺的好吃的。"

那天晚上,小石屋里传出阵阵欢声笑语。不论是烹饪宴饮、制作糖果,还是谈笑风生、醉心幻想,四十五岁的勒万达小姐都不像言行拘谨的老姑娘,而安妮也一点不像个文质彬彬的女老师。最后,她们都玩得精疲力竭,在壁炉前的地毯上坐了下来。此时,屋里的灯都已熄灭,只剩壁炉里仍跳跃着微弱的火光。炉台上,勒万达小姐的花瓶里插着一束盛开的玫瑰,让整间客厅都弥漫着沁人心脾的馨香。北风卷地,在屋檐下沉吟呼啸。纷飞的雪花轻柔地拍打着窗户,好像数百个风暴精灵登门造访,企望共度良宵。

"真高兴你能来这儿陪我,安妮。"勒万达小姐说着轻轻咬了一小口糖果,"如果你不在这儿,我该有多么沮丧,超级沮丧,沮丧得要死。在白天那明媚的阳光下,我可以在梦境和幻想中寻找慰藉,可是到了这狂风怒号的黑夜，没有什么能让我感到安心。这时候，人就需要真真切切的温存。不过你不会懂得，你这个年纪的小姑娘是不会明白的。当你十七岁时，幻想让你心满意足，因为你觉得美好的未来正在远方向你招手。当我十七岁时，安妮，我根本不会想到，我到了四十五岁竟会是个白发苍苍的小老姑娘。我的生活除了幻想之外一无所有。"

"你才不是个老姑娘呢。"安妮说完，微笑地看着勒万达小姐那双写满惆怅的褐色眼眸，"老姑娘是天生的，而非后天养成的。"

"有的人是天生的，有的人是主动选择的，还有的人是被逼出来的。"勒万达小姐模仿安妮的腔调戏谑地说。

"你就是主动选择的这一类吧。"安妮大笑道，"而且你把这种生活过得如此潇洒，以至于我觉得，要是每个老姑娘都像你这样，这种生活方式没准会变成一种潮流呢！"

"我总是想把事情做得十全十美。"勒万达小姐陷入了沉思，"既然我不得不做个老姑娘，我就下决心要活得精彩。人们说我古怪，只是因为我不走寻常路，我拒绝按照人们脑海中的传统模式来生活。安妮，有没有人和你说过斯蒂芬·欧文和我之间的事情？"

"嗯，有人提起过。"安妮坦诚地说，"我听说你和他曾经立过婚约。"

"确实如此。那是二十五年前的事了，现在想来恍若隔世。本来我们计划第二年春天就结婚，我甚至把婚礼礼服都准备好了，不过除了妈妈和斯蒂芬以外谁也不知道这事。可以这么说，我们早就决定要长相厮守。当斯蒂芬还是个孩子的时候，他妈妈就经常带着他来看我母亲。还记得那年，他九岁，我六岁。他第二次来我家的时候，就在花园里对我说，他已经下定决心，长大后要娶我为妻。我记得当时我的回答是'谢谢你'。当他回家以后，我很认真地对妈妈说，这下我终于放心了，再也不用担心自己嫁不出去了。你猜怎么着，我那可怜的妈妈差点没笑晕过去！"

"后来出了什么问题？"安妮屏息凝神地问道。

"我们之间只是发生了一次，情侣之间常见的那种愚蠢幼稚的争吵。那实在是太普通了，请你相信我，我都记不起是什么事情挑起了争端，也不确定究竟谁要为此事担负更多的责任。不过我记得是斯蒂芬率先发难的，但我猜想后来我肯定是脑子发热做了什么蠢事惹他生气了。你要知道，那时他有一两个情敌，而我又自视甚高，有点轻佻，常常借着和别的男人打情骂俏来作弄他。他偏偏是个敏感多疑的家伙，所以后来我俩就赌气分手了。我觉得这没什么大不了的，他迟早都会回来找我。安妮，亲爱的，不得不承认，"勒万达小姐压低了声音，就好像她接下来要坦白自己是个杀人魔，"我是个很容易生气的人。噢，你别笑，我是认真的。我特别容易生气。斯蒂芬回来时，我的气还没有消，我不听他解释，也不原谅他，于是他就走了，永远地离开了。他自尊心太强，不肯吃回头草。他越是不回来，我就越是生气。本来我可以主动去找他，可我实在放不下姿态，因为我骨子里和他一样心高气傲。我最终为自己的傲慢与狭隘付出了惨痛的代价，安妮。可是我再也无法爱上别的男人，我也不想去爱上另一个人了。我心意已决，就算嫁不出去，就算做个千年老姑娘，我也不愿意嫁给别人。唉，现在看来，过去的一切就像是一场梦。安妮，我看得出来你非常同情我的遭遇，那确实是十七岁特有的同情心。但是你也不必过分为我担忧。虽然我的心已碎了，但我仍是个知足常乐的人。当我意识到斯蒂芬·欧文再也不会回来时，我的心彻底破碎了，再也无法修补。不过，安妮，在现实生活中，心碎的感觉并没有书上描述的那么可怕。这和牙疼很像，尽管这个比喻似乎不是那么恰当。在很长一段时间里，它给你带来痛楚，甚至在夜晚疼得你辗转反侧。

不过在不疼的时候,你依然可以好好享受生活、幻想、回音和花生糖,就像什么事也没有似的。噢,现在你的样子看起来有些失望了。五分钟前你还相信,我是个被回忆深深伤害却依然强颜欢笑的可怜虫,而你现在会觉得我的经历其实并没有那么有趣。这是现实生活最糟糕的地方,但也可以说是现实生活最美好的地方,安妮。它不会让你痛苦得完全丧失信心,而是打你一巴掌又喂你一颗糖,这样你就能坚持下去,即使你感情的创伤永远无法愈合。你觉得这糖果怎么样?尽管吃太多糖果对身体不好,但它真是太好吃了,让我根本停不下来。"

沉默片刻后,勒万达小姐突然开口说道:

"你们第一次来这儿的时候,说起了斯蒂芬的儿子。那真让我大吃一惊,安妮。后来我一直没有机会提起他,不过我真的很想了解他。这个孩子怎么样?"

"他是我所见过的最可爱、最乖巧的孩子,勒万达小姐。而且他也喜欢幻想呢,就像你和我一样。"

"我真想见见他。"勒万达小姐柔声说道,就好像在自言自语,"我想看看他像不像幻想中和我一块居住的那个小男孩。噢,我可爱的孩子。"

"既然你想见保罗,那我找个机会带他一块过来吧。"安妮说。

"这真是太好了。不过先别急,我要好好想一想。如果他长得太像斯蒂芬的话,只会给我带来更多的痛苦而非快乐。然而他若是长得不像斯蒂芬,那我也高兴不起来。你还是一个月后再带他过来吧。"

于是,一个月后,安妮和保罗走过树林,来到了石屋。他们在小路上就遇到了勒万达小姐。她对此毫无防备,顿时哑然失色。

"这就是斯蒂芬的孩子?"她低声问道。她握着保罗的手,反复地打量他。保罗穿着漂亮的毛皮小外套,戴着毡帽站在那里,脸上洋溢着可爱的孩子气，非常讨人喜欢。"他……他真的好像他爸爸。"

"大家都说我和父亲是一个模子刻出来的。"保罗惬意地答道。

安妮一直站在旁边默默注视这一幕，现在她总算松了一口气。她看得出来，勒万达小姐和保罗都很喜欢对方，并不会出现冷场的情况。虽然勒万达小姐爱幻想，也经历过感情的伤痛，但她终究是个通情达理的人。尽管在第一眼见到保罗时，她的表情出卖了她，不过此时她已经完美地把自己的感情隐藏了起来。她快活而从容地招待保罗，仿佛只是某个普通人家的孩子过来找她玩而已。整个下午他们都过得非常开心。晚饭时他们更是吃了很多油腻的美食。要是欧文老太太知道了，一定会吓得高举双手呼天抢地，她准会认为保罗的肠胃将因此受到重创，并且永远无法痊愈了。

"小朋友，记得下次再来玩哟。"勒万达小姐在告别时握着他的手说。

"如果你愿意，你可以亲亲我。"保罗很认真地说。

勒万达小姐弯下腰，吻了他。

"你怎么知道我想亲亲？"她小声问保罗。

"因为以前我妈妈想吻我的时候，就像你刚才看我的样子一样。通常我不让别人吻我，所有的男生都不喜欢，你懂的，露易斯小姐。不过我还是愿意让你吻我。当然，我还会再来看你的。我想，要是你不反对，我很乐意和你成为好朋友。"

"我……我不反对。"勒万达小姐说完便转身快步回屋了。不过片刻之后，她又出现在窗户前，愉快地微笑着，向他们挥手道别。

"我喜欢勒万达小姐。"保罗笃定地说，此刻安妮和他正走在山毛榉林间，"我喜欢她看我的样子，喜欢她的石屋，我也喜欢夏洛塔四世。我真希望欧文奶奶雇的是夏洛塔四世，而不是玛丽·乔。我敢肯定，如果我把自己那些天马行空的想象讲给夏洛塔四世听，她绝不会说我的脑袋有问题。今天的午茶真好吃，不是吗，老师？奶奶说，男生不应该老是惦记着吃，可是当你确实很饿的时候，还是会忍不住去想的。你懂的，老师。我觉得如果一个男生不喜欢吃麦片粥的话，勒万达小姐是不会逼他吃的。相反，她会为他准备一些他真正喜欢吃的东西。当然啦，"保罗就事论事地说，"这可能对他的健康没什么好处。不过，老师，偶尔换换口味还是相当不错的，你懂的。"

第二十四章

本 地 预 言 家

五月的一天,夏洛特敦的《创业日报》刊登了一篇题为《艾凡里记事》的文章,作者署名为"观察员"。这篇文章在艾凡里引发了不小的骚动。坊间流传这篇文章的作者可能是查理·斯隆,一个原因是查理向来喜欢写这类批判文学,另一个原因是,其中某些文字似乎在暗讽吉尔伯特·布莱思。艾凡里的年轻人都认定吉尔伯特·布莱思和查理·斯隆是一对情敌,因为他俩都在追求某个热爱幻想的灰眸少女。

一般来说,流言蜚语都是忽悠人的。那篇文章的"罪魁祸首"其实是吉尔伯特·布莱思,"从犯"则是安妮。吉尔伯特故意加了一些和自己有关的内容作为烟幕弹。文章中只有以下两处文字和今天的故事有关:

"据说,在雏菊盛放之前,村里将举办一场婚礼。一位德高望重的新村民将会和村里一位颇受欢迎的女士携手走进婚姻的殿堂。"

"咱们村里远近闻名的天气预言家亚伯大叔推测,五月二十三日晚七点,将有一场雷电交加的特大风暴席卷我省大部地区。那天晚上要出门的人请务必带上雨伞或雨衣。"

"亚伯大叔确实预测过今年春天会有一场暴风雨。"吉尔伯特说,"还有啊,你认为哈里森先生真的在和伊莎贝拉·安德鲁斯约会吗?"

"完全是天方夜谭。"安妮大笑道,"我敢说,他只是过去找哈蒙·安德鲁斯先生下跳棋。不过林德太太说了,伊莎贝拉·安德鲁斯肯定很快就要结婚了,因为整个春天她都神采飞扬。"

可怜的亚伯大叔被这篇文章气坏了,他怀疑这个所谓的"观察员"是在耍他。他愤怒地向人解释道,他根本没给那场暴风雨限定一个确切的时间,可是完全没人相信他。

艾凡里的生活继续稳步向前推进。促进会开展了植树活动,要求每位成员都种下五棵观赏树。会里现有四十名成员,这就意味着他们总共种下了两百棵树苗。在这个时节,红色的田野里长满了绿油油的早麦,花枝招展的苹果树在农舍旁翩翩起舞。"白雪皇后"也盛装打扮,装点了一树银花,仿佛一位待嫁的新娘。安妮喜欢开着窗户入睡,让樱桃花的芳香整夜轻拂她的脸庞,她觉得这样的夜晚充满了诗情画意。可是玛丽拉却认为这么冷的天开窗睡觉,简直是在拿自己的生命开玩笑。

一天傍晚,安妮和玛丽拉坐在前门的石阶上,聆听着青蛙悦耳的和鸣。安妮对玛丽拉说:"感恩节在春天过才更合适呢。否则到了十一月,万物或衰败,或蛰伏,那种情形还有什么好感恩的? 五月则完全不同,花红柳绿,生机盎然,感恩之情油然而生。这就像是夏娃偷吃禁果前,在伊甸园里体会到的那种感觉。你说,山谷中的芳草到底是绿油油的还是金灿灿的? 对我而言,玛丽拉,美好的生活理应如此。在百花争妍、春风拂面的日子里,内心感受着丰饶纯粹的喜悦,仿佛置身于天堂。"

听了安妮的话,玛丽拉惊恐万状,急忙环顾四周,确保那对兄妹不在场。这时他俩刚刚走过屋子的一角。

"这真是个花香阵阵的夜晚。"戴维自言自语。他快乐地呼吸着空气中馥郁的芬芳,一双沾满泥巴的小手挥舞着锄头。他已经兴致勃勃地在花园里挥汗如雨了好长时间。这年春天,为了把戴维玩泥巴的激情转移到正途上,玛丽拉特地给他和朵拉各分了一小块土地做花园。他俩迫不及待地在一亩三分地里实现自己的蓝图。朵拉总是兢兢业业,循序渐进,持之以恒地挖坑、播种和浇水,所以她的那块地里已经长出几排整齐划一的蔬菜以及其他一年生植物。可是,戴维干起活来却是三分钟热度。刚开始的时候,他挖坑、锄地、耙土、浇水、移植,干得不亦乐乎。但是他对植物的后期养护缺乏周密合理的规划,所以他播下的种子根本没有存活的可能。

"你的花园打理得如何了,戴维好孩子?"安妮问道。

"长势不理想。"戴维叹了口气说,"我不知道这些玩意为什么长不好。米尔蒂·博尔特说,我必须在新月之夜,也就是每个月初一的晚上,种下那些植物才行,否则就会出现我现在遇到的这些问题。他说,你绝不能在错误的月相日子做那些重要的事情,例如播种、杀猪和剃头。这是真的吗,安妮? 我想知道。"

"谁叫你隔天就去揠苗助长。如果你不这么做,也许它们的长势会更好。"玛丽拉挖苦他说。

"我只拔过六棵植物。"戴维辩解道,"我想看看它们的根部有没有生虫。米尔蒂·博尔特说,如果不是月亮惹的祸,那就一定是根部生虫了。最后我只找到了一条虫子。它真是好大一条,肉乎乎的,蜷成一团。我把它放在一块石头上,举起另一块石头把它砸扁了。我跟你们讲,把它砸扁真的太好玩了。可惜我只有这一条虫子。朵拉是和我同时开始种的,可她种的东西长得很好,所以肯定不是月亮的问题。"戴维深思熟虑地说。

"玛丽拉,你瞧那棵苹果树,"安妮说,"啊,它的模样好似一位少女,伸出修长的玉臂,将它粉色的裙摆轻轻提起。人们都被那仙姿佚貌深深吸引,争相献上由衷的赞美。"

"这几棵'黄金公爵夫人'的收成向来很好，"玛丽拉心满意足地说，"今年想必也会结出累累硕果。真开心，用它们做苹果派最香了。"

不过玛丽拉和安妮万万没想到，这一年她们注定没法用"黄金公爵夫人"苹果制作苹果派了。

五月二十三日如约而至。这真是闷热难当的一天，没人能比安妮和她那群小学生更感同身受的了。他们坐在艾凡里学校蒸笼一样的教室里，焦头烂额地应付着小数运算和语法知识，一个个热得大汗淋漓。热风呼呼地吹了一个上午，正午刚过风却渐渐停了下来。炎热的空气仿佛凝固了，陷入一片令人窒息的寂静之中。下午三点半的时候，安妮听到天空中传来轰隆隆的雷声。她隐隐感觉不妙，于是立即宣布放学，好让孩子们在暴风雨来临前回到家。

他们走出教室来到操场后，安妮注意到，虽然阳光依旧耀眼，但是有一片黑暗的阴影正慢慢笼罩世界。安妮塔·贝尔惶惶不安地抓着她的手说：

"啊，老师，快看，那片云好吓人！"

安妮抬眼一看，便失声尖叫起来。在西北方向，有一大团乌云正气势汹汹地向他们逼近。安妮平生从未见过如此恐怖的乌云。它漆黑一片，却在卷曲的絮状边缘透出一道吓人的白光，咄咄逼人地蚕食着湛蓝的天空。云层中不时划过道道闪电，引爆声声惊雷。黑压压的乌云垂得很低，眼看就要碰到那片郁郁葱葱的山峦了。

哈蒙·安德鲁斯正驾着他的运货马车一路狂奔。他挥舞着皮鞭催促那几匹灰马全力奔跑。在一阵急促的马蹄声中，他的马车冲上山坡，在学校对面的路边停了下来。

"这一次居然被亚伯大叔蒙对了，安妮。"他叫道，"只不过这场暴风雨比他预测的来得早了点。你以前也没有见过这样的乌云吧。来，小朋友们，和我顺路的都上车来，赶紧地。那些家比较远的，就到邮局躲雨去吧,等雨停了再回家。"

安妮紧紧攥着戴维和朵拉的手,飞快地跑下山,沿着白桦小径,经过紫花谷和绿柳池,一路狂奔。那对可怜的兄妹已经开足了马力,他们胖乎乎的小腿都快跑断了。他们刚回到绿山墙,就在门口遇到了玛丽拉,她刚把鸡鸭赶进棚子里。他们刚冲进厨房,屋外的亮光就彻底消失了,好像有一股强烈的气流把天灯吹灭了。可怕的乌云翻滚而来,遮天蔽日,无边的黑暗像黄昏一样笼罩了天地。就在这时,震耳欲聋的雷声和明晃晃的闪电刺破长空,冰雹铺天盖地地砸下来。整个世界似乎都被白色的怒火吞没了。

风暴的咆哮中夹杂着七七八八的声音,有时是断裂的树枝落在房子上的巨大钝击声,有时是冰雹击中玻璃窗后刺耳的碎裂声。在短短的三分钟里,绿山墙西边和北边窗户上的玻璃都被打碎了,冰雹从残破的窗口涌了进来。地板上已经铺满一层冰坨,里面最小的也有鸡蛋那么大。在接下来的三刻钟里,暴风雨毫不留情地肆虐大地。每个经历过这场灾难的人都会永生难忘。玛丽拉往日的平心静气已经消失殆尽,这是她有生以来第一次被吓得魂飞魄散,只能躲在厨房的角落里,跪在摇椅旁簌簌发抖。在震耳欲聋的雷声间隙,你能听到她沉重的喘息和惶惶的抽泣。安妮已经把沙发拖离窗边,此时她正脸色煞白地坐在上面,一左一右地抱着双胞胎兄妹。戴维听到第一声雷时就已经吓得哆嗦起来:"安妮,安妮! 这是不是世界末日? 安妮,安妮,我以后再也不敢调皮捣蛋啦。"然后他就把脸深深埋在安妮的膝盖上,小小的身子一直抖个不停。朵拉的脸色有点发白,不过她很安静,面无表情,一动不动,只是任由安妮紧紧攥着她的小手。假如来一场大地震,不知能否打乱她的阵脚。

然后,就像暴风雨倏然而至一样,它的停止同样来得猝不及防。顷刻间冰雹就停了,雷声渐小,渐渐向东边滚去。太阳兴高采烈地从云后钻出来,普照这个面目全非的世界。谁也无法想象,在短短的四十五分钟里,这片土地已经发生了天翻地覆的变化。

玛丽拉绵软无力地站了起来,全身仍战栗不止。她瘫坐在摇椅上,形容枯槁,仿佛突然老了十岁。

"我们都活下来了吗?"她面色凝重地问道。

"当然啦。"戴维兴奋地叫道,他又恢复了以往的活力,"我一点也不害怕,只是刚开始的时候有一点点。它来得太突然了,我立刻决定,星期一不和特迪·斯隆打架了,尽管我俩已经下了战书。可就目前来看,我又可以英勇赴约了。朵拉,你说你怕不怕?"

"嗯,我有点害怕。"朵拉一本正经地答道,"不过我紧紧抓着安妮的手,然后在心里一遍又一遍地祈祷。"

"啊,本来我也应该祈祷的,事发突然所以就忘了。不过,"戴维得意扬扬地说,"你瞧,尽管没有祈祷,我照样毫发未伤。"

安妮给玛丽拉倒了一杯高度的醋栗酒。这酒的度数安妮最清楚,因为在她小的时候,这酒给她惹了天大的麻烦。随后两人走到门前,望着屋外的一片狼藉。

目光所及之处皆覆盖着一层及膝的冰雹,大地就像铺上了厚厚的白毯。屋檐下和台阶上的冰雹堆得像小山似的。这些冰雹要三四天才能消融,届时人们才能直观地看出这次灾害造成了多大的破坏。农田里和花园里的每一株绿植都被摧残得体无完肤,特别是那些苹果树,不仅满树白花无一幸存,就连粗壮的枝丫也难逃一劫。至丁促进会成员栽种的两百株树苗,大部分也遭受重创,要么拦腰折断,要么干脆连根拔起。

"这还是一小时前的那个世界吗?"安妮茫然地问,"这场冰雹怎么可能在这么短的时间里就造成了如此巨大的破坏。"

"这样的怪事还从没在爱德华王子岛发生过,"玛丽拉说,"从没有过。我记得我小时候这儿有过一场特大风暴，但和这次比起来简直是小巫见大巫。街坊们还会带来更多坏消息，等着瞧吧。"

"我真希望孩子们都平安无事。"安妮低声说道，言语间充满了焦虑。幸运的是，孩子们都躲过了这场浩劫，因为那些住得远的孩子都听从了安德鲁斯先生明智的建议躲到邮局里去了。

"约翰·亨利来了。"玛丽拉说。

约翰·亨利苦笑着，俨然一副惊魂未定的模样，艰难地蹚过厚厚的冰雹。

"噢，这太可怕了吧，卡斯伯特小姐。哈里森先生让我过来看看你们是否安好。"

"我们都还活着，"玛丽拉严肃地说，"房子也没有倒塌。我希望你们也同样平安无事。"

"唉，我们情况可不太好，小姐。损失可大了。闪电劈到了厨房的烟囱，把它打得粉碎，于是烟管就掉了下来，打翻了金杰的笼子，然后在地板上戳了个大洞，直直插入了地窖里，小姐。"

"金杰还好吗？"安妮询问道。

"噢，小姐，它伤得很重，不幸地死了。"

后来安妮到哈里森先生家去安慰他。她看见他坐在桌旁，用颤抖的手轻抚金杰光鲜亮丽的尸体。

"可怜的金杰再也不会嘲笑你了，安妮。"他悲伤地说。

安妮从没想过有朝一日自己会为金杰哭泣，可泪水还是不争气地在刹那间溢满眼眶。

"它是我唯一的伙伴，安妮，可现在它死了。唉，算了，我这么多愁善感，真是个老傻瓜。我要装作一点也不在乎。我知道，你是来给我说些同情的话的，但我求你别这么做。要是你开口安慰我的话，我一定会像小孩子一样号啕大哭起来的。这真是一场可怕的暴风雨。

我猜以后再也不会有人嘲笑亚伯大叔的预言了。似乎以前没应验的那些暴风雨全都在这次集中爆发了。他真是太牛了,居然连日期都算得这么准。你瞧瞧这千疮百孔的屋子。我得赶紧去找几块木板,把地上的大窟窿补上才行。"

第二天,艾凡里的街坊们都放下了手中的活,互相串门,比照损失。大路上堆满了冰雹,马车根本没法通行,人们只好步行或者骑马。邮差姗姗来迟,带回来自全省的坏消息:房屋损毁,民众死伤,电信系统瘫痪,大量没能及时回栏的幼畜遭遇不幸。

亚伯大叔这天一大早就跋涉到了铁匠铺,并在那儿待了一整天。这是亚伯大叔的胜利时刻,他尽情地享受着这份惬意。当然,你不能说亚伯大叔期望这场风暴来临。不过,既然它注定要发生,他还是为自己的预测感到无比自豪,尤其是连日期都算得如此精确。亚伯大叔早已忘了他曾气急败坏地否认预测时给出了日期。至于那个微不足道的时间上的误差就更是不值一提了。

傍晚,吉尔伯特来到绿山墙,看见玛丽拉和安妮正忙着把防水布钉到破掉的窗户上。

"天知道我们什么时候才能买到玻璃。"玛丽拉说,"巴里先生下午去了趟卡莫迪,使尽浑身解数也没弄到一块玻璃。罗森和布莱尔的玻璃店早在上午十点钟就被卡莫迪的居民抢购一空了。白沙村受灾严重吗,吉尔伯特?"

"非常严重。我和孩子们都被困在了学校,有些孩子吓得魂不附体。其中有三个学生晕了过去,两个女生变得歇斯底里,汤米·布莱维特全程都在声嘶力竭地尖叫。"

"我只叫了一声。"戴维骄傲地说,"但我的花园被夷为平地了。"接着他又伤心地说,"朵拉的花园也被毁了。"他的语气是那么沮丧,就好像当时花园里种着千金难买的珍贵植物。

这时安妮从西山墙跑下楼来。

"噢,吉尔伯特,你听说了吗? 利维·博尔特的老宅被雷劈中,烧了个精光,损失惨重。尽管这么说很不厚道,但这件事着实让我心中暗爽。博尔特先生坚称,是我们促进会施法把这场风暴招来的。"

"哈哈,至少有一件事情可以确定,"吉尔伯特大笑着说,"'观察员'让亚伯大叔这位天气预言家声名大噪。'亚伯大叔的暴风雨'定会载入史册。它就在我们随意挑选的日子里发生了,这真是个天大的巧合。我心中多少有点罪恶感,就好像真的是我把它'招来'的。博尔特先生的那栋房子总算塌了,这真是振奋人心,毕竟这场灾难里值得高兴的事并不多,尤其是咱们栽种的那些树苗,幸免于难的不到十棵。"

"唉,是啊,咱们不得不等到明年春天再种一次了。"安妮豁达地说,"这世上有一件事还是值得高兴的,那就是春天总会来临。"

第二十五章

平 地 风 波

六月一个令人心旷神怡的早晨,安妮提着两株枯萎的白水仙,从绿山墙的花园里走出来,缓缓穿过院子。此时亚伯大叔的风暴事件才刚刚过去两个星期。

"玛丽拉,你瞧。"安妮把水仙举到玛里拉眼前,难过地说,玛丽拉神情严肃,戴着头巾帽,穿着绿色格子裙,手里拎着一只拔了毛的鸡,正要进屋去,"只有几个花蕾幸存下来,而且还是奄奄一息的,真令人难过。我很想采些百合去看望马修,他生平最喜欢这种花了。"

"我开始有点惦念那些花了。"玛丽拉承认道,"不过只为它们哀悼可能不太合适,毕竟受灾的远不止花,还有各种庄稼以及果树。"

"大家又播种了一轮燕麦。"安妮十分欣慰地说,"哈里森先生说,如果今年夏天的气候不错,燕麦的长势也不会有问题,只是会比往年晚点成熟罢了。我的那些绿植也重新抽枝散叶了。噢,不过那些百合是无可替代的。可怜的海斯特·格蕾估计不会收到任何花了。昨天傍晚我专程过去瞧了瞧,她的花园果然什么也没剩下。我猜她一定会怀念那些花的。"

"安妮,我觉得你这么说就不对了,真的。"玛丽拉很严肃地说,"海斯特·格蕾已经去世三十年了,她的灵魂此刻应该在天国呢。"

"话虽如此,不过我想她仍然惦记并热爱着她的那片花园。"安妮说,"如果我是她,不管我在天堂待了多久,我还是愿意时时回望人间,看爱我的人将鲜花放在我的坟前。"

"好了,可别让那对兄妹听到你这番话。"玛丽拉苍白无力地反击道,然后就提着鸡进屋里去了。

安妮把水仙花插在头上,然后走到院子门口。她打算在回屋干活前,享受一下六月明媚的阳光。整个世界重新变得俊秀起来,自然母亲正竭尽全力抹去风暴留下的疮痍,尽管尚未完工,不过她确实取得了骄人的成绩。

"我真想无所事事地在阳光中懒散一整天。"安妮对柳树枝上欢歌起舞的蓝鸟说,"可是作为一个老师,还要养育一对双胞胎,我可不能松懈啊,小鸟儿。你的歌声多么甜美呀,鸟儿,你把我心声都唱出来了,不愧是我的知音。咦,那是谁来了?"

一辆快运马车沿小路颠簸驶来,车头坐着两个人,后面放着一只大旅行箱。待马车驶近了些,安妮才认出车夫是布莱特河车站站长的儿子,不过他的同伴却是个陌生女人。马车还没有停稳,她就轻盈地跳下来,跑到院门前。这是个身材娇小的美丽女人,看上去快五十岁了,不过面颊依旧红润,乌黑的眼睛闪烁着光芒,一头亮丽的黑发上戴着一顶羽饰绣花软帽。虽然她驾着马车风尘仆仆地跑了八英里路,但她全身上下却依然光洁如新,这身衣服就像是刚从衣帽盒里拿出来的一样。

"请问詹姆斯·哈里森先生住在这儿吗?"她快速问道。

"不,哈里森先生住在那边。"安妮茫然无措地说。

"噢,我还奇怪怎么这儿这么干净,完全不像詹姆斯住的地方,除非他脱胎换骨了。"这位小个子的女人高兴地说,"听说詹姆斯要和村里的某个女人结婚,这是真的吗?"

"不,噢,绝对没有。"安妮大声说道,心虚得脸都红了。那位陌生的女人好奇地打量着她，似乎有些怀疑，正是眼前这个姑娘要嫁给哈里森先生。

"可是我在一份本地报纸上看到了这条消息。"这位美丽的陌生女人坚定地说，"一位朋友寄了一份报纸给我，并帮我做了标记。朋友们总是喜欢干这样的事。'新村民'这一栏里就有詹姆斯的名字。"

"噢，那条八卦就是个玩笑而已。"安妮尴尬地说，她已经有点上气不接下气了，"哈里森先生从没打算和任何人结婚，我可以向你保证。"

"这个消息真是太令人高兴了。"这位面色红润的女人说着便麻利地爬上马车，回到自己的座位上，"因为他已经结过婚了，我就是他明媒正娶的太太。噢，你一定感到非常惊讶。他准是伪装成单身汉，到处拈花惹草。好啊，詹姆斯。"她望向田野对面那幢白房子，狠狠地点头。"我来了，你逍遥快活的日子也到头啦。要不是你整的这出戏，我才不愿操这份闲心呢。对了，"她转头对安妮说，"他那只鹦鹉还像以前那样出言不逊吗？"

"他的鹦鹉……已经死了……我想是这样的。"可怜的安妮吞吞吐吐地说。她现在连自己的名字都快想不起来了。

"死啦！那真是谢天谢地。"这位面泛桃花的女人高声欢呼道，"只要没有那只碍事的鸟儿，詹姆斯就很容易对付了。"

说完这句让人摸不着头脑的话后，她又高兴地踏上旅程了。安妮则飞快地跑到厨房去找玛丽拉。

"安妮，那个女人是谁？"

"玛丽拉，"安妮郑重其事地说，她的眼睛闪烁着激动的光芒，"你看我是不是疯了？"

"跟平常没什么差别呀。"玛丽拉说道。这话确实不是在讽刺安妮。

"那么,你觉得我意识清醒吗?"

"安妮,你脑子里都是些什么乱七八糟的想法?我在问你,那个女人是谁?"

"玛丽拉,如果我没有发疯,意识也很清醒,那个女人就不是梦境里的人物了,她肯定是个大活人。无论如何,我是没法在梦里臆造那样一顶软帽的。她说她是哈里森先生的太太,玛丽拉。"

玛丽拉目瞪口呆地转身过来。

"他的太太!安妮·雪莉!那他为什么要冒充自己是单身?"

"我不觉得他有冒充过。"安妮客观公正地评价道,"他从来没有说自己单身,那只是人们想当然的理解。噢,玛丽拉,真不知道林德太太到时候又会怎么说这件事了。"

这天傍晚林德太太来到绿山墙后果然振振有词。出乎大家意料的是,林德太太一点也不惊讶。她对哈里森先生的事早有预感。她早就知道哈里森先生藏着一个不可告人的秘密!

"被他抛弃的这位太太多可怜呀!"林德太太义愤填膺地说,"我还以为这种骇人听闻的事情只会在美国出现,但没想到居然在咱们艾凡里发生了。"

"可是咱们还不知道他是不是真的抛弃了妻子。"安妮反驳道,除非有确凿的罪证,否则她宁愿相信她的朋友是清白的,"毕竟咱们对事情的来龙去脉一无所知呀。"

"别怕,谜底很快就会揭晓了。我这就去他家探个究竟。"林德太太说道,似乎她的字典里就没有"委婉"这个词,"我不会说我去找他是因为我知道他太太来了。哈里森先生今天正好要帮托马斯从卡莫迪带些药回来,这是我最好的借口。我一定会查个水落石出,你们就等我的好消息吧。"

林德太太说完就奔哈里森先生家去了。这件事是安妮想做却不敢做的,因为她没有任何理由去拜访哈里森先生。不过出于天性,安妮对这件事怀有强烈的好奇心。她心里暗自高兴,得亏有林德太太自告奋勇去解开这个谜团。她和玛丽拉满怀期待地等待这位好心的太太回来,可是直到夜深了,林德太太也没有再来绿山墙。晚上九点,戴维从博尔特家回来的时候,和她们解释了林德太太没来的原因。

"我在山谷里遇到了林德太太和一个很奇怪的女人,"他说,"不过她们俩的谈话看起来很亲切。林德太太让我给你们捎话,由于时间太晚了,所以她不能回访,为此她感到非常抱歉。安妮,我好饿呀。四点钟的时候我在米尔蒂家喝了午茶,但是博尔特太太真小气,她不给我们吃果酱和蛋糕,连面包也好少。"

"戴维,当你到别人家玩的时候,千万不要对主人招待你的茶点评头论足。"安妮训诫道,"这是很没有礼貌的行为。"

"没问题,我只是在心里想想而已。"戴维开心地说,"快给我弄点吃的,安妮。"

玛丽拉跟着安妮走进餐具室,轻轻关上了门。安妮看着她,等着她的意见。

"你给他一片果酱面包吧,安妮。我知道利维·博尔特家里的午茶有多寒碜。"

戴维拿起那片果酱面包,叹了口气。

"这个世界真是让人有点失望啊。"他感慨道,"米尔蒂的猫有癫痫病,这三个星期来它的病每天都会发作。米尔蒂说,它癫痫发作的时候非常好玩。今天我专门去看它,没想到这个讨厌的家伙竟然健康得很,一次也没发病,害得我和米尔蒂眼巴巴地等了一个下午。不过没有关系,"戴维美滋滋地嚼着面包,里面的梅子果酱有一种无形的魔力,把他的心滋润得甜蜜蜜的,"我总会看到的。它的病不可能突然痊愈,发病的周期也很规律,对吧?这果酱可是真的好吃。"

对于戴维来说，没有什么坏心情是一份果酱无法治愈的，如果有，那就两份。

星期天阴雨连绵，街坊邻居没怎么串门，所以舆论也风平浪静。不过刚到星期一，街头巷尾就出现了关于哈里森先生的好几个版本的故事，连学校里也传得沸沸扬扬。戴维放学回家后立刻把他听到的消息和盘托出。

"玛丽拉，哈里森先生有了个新太太。嗯，不是很新的那种，他们以前结过婚，后来分开了很长一段时间，这是米尔蒂告诉我的。我一直以为，人们一旦结婚就要一直在一起。米尔蒂说不是这样的，如果你已经厌倦了这段关系，有很多办法分开。米尔蒂说，其中一种就是远走高飞，离开你的太太。哈里森先生就是这么做的。米尔蒂还说，哈里森先生离开他的太太，是因为她拿硬物砸他。而阿蒂·斯隆说，是因为她不许哈里森先生抽烟。内德·克莱则说，主要是因为她总对他破口大骂。要是换作我，我才不会因为这种鸡毛蒜皮的小事离开我的太太。我只会一跺脚，对她说：'戴维太太，你该做些让讨我欢心的事情，因为我是个男人。'我想，这样一定能让她安静下来。不过安妮塔·克莱说，是他太太离开他的，因为他不愿意在门口把靴子擦干净再进屋，这不能怪他的太太。我现在就到哈里森先生家去，看看他太太到底长什么样。"

没过多久，戴维就垂头丧气地回来了。

"哈里森太太不在家，她和瑞秋·林德太太去卡莫迪买墙纸了，打算用来装饰客厅。哈里森先生想请安妮过去一趟，因为他有事想和她说。我和你们说，他家的地板擦洗得很干净，哈里森先生也刮掉了胡茬，可是昨天教堂没有举行布道呀。"

安妮到了哈里森先生家一看，都快认不出那个厨房了。地板拖得亮洁如新，屋里的每件家具都擦拭得纤尘不染，炉子表面更是可以当镜子使。墙壁得到了重新粉刷,窗户玻璃在阳光下闪闪发光。哈里森先生坐在桌旁,身上穿着他的工作服。这件衣服在上个星期五还是破破烂烂的,可现在却已经缝补得整整齐齐,刷洗得干干净净了。他的胡子打理得整齐而时髦,原本不多的头发也已得到精心修剪。

"请坐,安妮,坐吧。"哈里森先生说道,他的语气比艾凡里村民在葬礼上说话的语气还要哀婉,"艾米莉和瑞秋·林德去了卡莫迪,她已经和瑞秋·林德结成了好朋友。女人真是反复无常的生物。好了,安妮,我的好日子到头了,彻底到头了。我想,我的下半辈子只能在无穷无尽的洒扫庭除里度日如年了。"

哈里森先生言语间中尽显凄凉,可是他眼中绽放出的幸福光芒却毫不留情地拆穿了他。

"哈里森先生,你的太太回来了,你其实很开心吧。"安妮指着他大声说道,"你别装了,我看得一清二楚。"

哈里森先生放松下来,露出了羞涩的笑容。

"呃,嗯,我还在适应的过程中。"他难为情地承认道,"也不是说见到艾米莉让我很难过。一个男人生活在这样一个村子里,的确需要一些保护措施。就算我只是和邻居下个跳棋,都会被诬陷为想娶他妹妹为妻,甚至还登了报。"

"你若不假装单身,自然不会有人怀疑你看上了伊莎贝拉·安德鲁斯。"安妮认真地说。

"我哪有假装单身? 要是有人问我,我肯定会如实告诉他的,可是人们只是想当然地认为我没有结婚。我不愿意谈及此事,因为回忆太令人心酸了。要是瑞秋·林德太太知道是我妻子抛弃了我,她肯定会疯狂地散布这个消息,你看现在不正是这样吗?"

"可是有些人说是你抛弃了她。"

"是她挑起了争端就是她,安妮。我要把整件事情的来龙去脉都告诉你,因为我希望你不会对我或艾米莉产生误解。我们还是到门廊去说吧。这里的每件东西都太干净了,让我很不习惯。我真怀念以前家里那种邋遢的样子。我想过一阵子我就会习以为常的。不过目前还是庭院让我感觉轻松些,毕竟艾米莉还没有时间打扫那里。"

他们刚在门廊上坐稳,哈里森先生就迫不及待地讲起他那伤心的往事。

"安妮,我来这里之前,住在新不伦瑞克的斯科茨福德。我的姐姐帮我打理家务,所以我在家中都是娇生惯养的。她也爱干净,但没有艾米莉这么夸张。她从不约束我,结果把我宠坏了,至少艾米莉是这样认为的。但是三年前,姐姐去世了。她去世前很担心我的将来,最后她要我答应她尽快完婚。她建议我娶艾米莉·斯科特,因为艾米莉家里很富裕,而且她很会操持家务。那时候我就说:'艾米莉·斯科特是不会看上我的。'可我姐姐说:'你先问问她,看看人家的态度。'为了让她安心,我就答应了。没想到我问完以后,艾米莉竟然说她愿意嫁给我。我这辈子从没这么吃惊过,安妮,因为她是这样一个聪明美丽、玲珑可爱的女人,而我只是个糟老头。说实话,当初我觉得自己太幸运了。于是我们就结婚了,然后到圣约翰去度了一个简短的蜜月,两个星期后我们就回家了。我们是晚上十点钟到家的。我告诉你,安妮,半个小时后,这个女人就开始打扫屋子。噢,我知道你心里在想我的房子确实需要打扫,你的表情泄露了你的内心,安妮,你的想法已经印在你的脸上了。不过事实并非如此,我的屋子并没有脏到需要打扫的地步。我承认,当我还是个单身汉时,那房子确实有够乱的。可是结婚前我请人打扫过了,而且还做了大量的粉刷和修缮。我告诉你,就算艾米莉来到一座崭新的、纯白的大理石宫殿,她也会轰轰烈烈地就地展开大扫除,只要她能找来一套干活时穿的旧衣服。后来她一直忙到凌晨一点，然后四点钟又爬起来继续打扫。她就这么不停地干，至少我是没见她停下过。每天她都要擦洗、清扫、掸灰，只有星期天是个例外。不过她会急不可耐地企盼着星期一的到来，然后接着干。这是她自娱自乐的方式，只要不妨碍我，我还是可以接受的。谁知她得寸进尺，决心把我彻底改造成一个爱干净的人，然而这种改造并没让我返老还童。她要求我在进门前必须脱掉靴子，换上拖鞋。我也不敢在屋里叼烟斗了，烟瘾犯时只能偷偷躲到畜棚里抽两口。你知道我的语法不标准，而艾米莉以前是老师，可她就是没法摆脱职业病，总是盯着我的语法错误。此外，我吃饭时用餐刀的方式她也看不惯。总之，她一直纠缠于这些芝麻绿豆的小事儿，整日絮絮叨叨个没完没了。不过，安妮，平心而论，我的脾气也好不到哪儿去，而且我还不乐意改正。每当她挑我的毛病，我就恼羞成怒，死不认账。有一天我嘲讽地说，当初我求婚的时候她怎么没有发现我的语法错误呢？这样说确实有些过分了。女人可以原谅男人对她动粗，但不能接受男人说这样的话，好像在暗示她巴不得嫁给他似的。嗯，我们总是这样吵吵闹闹，相处得不太愉快。不过要不是金杰的出现，也许过段时间我俩就能适应彼此的脾气了。金杰无疑是压垮这段婚姻的最后一根稻草。艾米莉不喜欢鹦鹉，更让她难以忍受的是，金杰出口成'脏'。为了我那当水手的弟弟我才收养这只鸟，小时候我就特别宠爱弟弟，他临终前托人把金杰带给我照料。我搞不懂纠结于它那些脏话有什么意义。我最讨厌别人说脏话，可是鹦鹉只是在重复人们说的话，它压根不知道这些话是什么意思，就好像我听不懂外语一样。我们本应充分体谅它，但艾米莉却完全无视这个客观现实。女人做事真的毫无逻辑可言。她努力让金杰戒掉说脏话的毛病，最后只能是徒劳无功。关键是，结果往往还适得其反，她要求得越严格，金杰就越要和她对着干，我也一样。

"唉,情况就这样持续下去,我们的摩擦也在不断升级。终于有一天,我的'火山'爆发了。那天,艾米莉邀请我们的牧师和他的妻子来家里喝午茶,正好另外一对牧师夫妇也要来拜访他们,于是我们就把两对牧师夫妇一同邀来家里做客了。我答应过艾米莉,我会把金杰放到一个安全的地方,不让客人们听到它的叫声。那个地方非常安全,就算给艾米莉一根十英尺的竹竿,她也够不着鸟笼。我自己也想把它弄远些,因为我也不希望牧师们在我家里听到不和谐的声音。但我最后竟然把这件事给忘了。艾米莉老是在提醒我换上干净的领子,并在交谈时注意语法。这些鸡毛蒜皮的事让我彻底分了神,直到我们坐下来喝茶的时候,我才想起那只可怜的鸟儿。一位牧师正带着大伙做餐前祷告,这时门廊上的金杰突然扯起嗓子大叫起来。原来有只火鸡跑进院子里被金杰发现了,而火鸡总是让金杰莫名地感到烦躁。它那次咒骂真是前无古人后无来者。安妮,你可以笑出声来,我承认,后来我也偷笑过几次。不过在那一刻,我和艾米莉真是如坐针毡,我马上出去把金杰拎到畜棚里,原本美味可口的茶点也失去了滋味。瞥了一眼艾米莉的脸色我就知道,金杰和我都大难临头了。待客人走后,我去了趟牧场。一路上我都在反思,我觉得自己很对不住艾米莉,我本该对她体贴入微,但如今却如此粗心大意。另外,我很担心牧师们可能会因此产生误解,以为金杰那些骂人的话都是跟我学来的。总而言之,我最后决定还是要宽宏大量地处理金杰的问题。我把奶牛赶回畜棚之后,就准备找艾米莉商量这件事。可是我哪儿也找不到她,只在桌子上看到一封信,这情节简直就像小说一样。艾米莉在信中说,她已经回娘家去了,而我必须在她和金杰之间做个选择,除非我过去告诉她,我已经扔掉了那只鹦鹉,否则她是不会回来的。

"这把我气得够呛,安妮。我回信说,如果她想等那就等吧,等到世界末日我也不会去找她，立书为证。我把她的东西打包好，给她寄了回去。一时间流言蜚语甚嚣尘上。在传闲话这点上，斯科茨福德和艾凡里真是不相伯仲。每个人都在同情艾米莉，这让我大为光火，脾气也变得越来越糟糕。惹不起我还躲不起吗？我明白我只能离开那片是非之地，否则甭想过上安稳日子。深思熟虑之后我决定来爱德华王子岛定居。小时候我就来过这儿，我很喜欢这片土地。而且艾米莉总是说，她不喜欢住在海边，因为住在那里的人们晚上都不敢出门，担心一不留神就会掉进海里。所以，为了躲她躲得远远的，我就搬过来了。这就是整件事的经过。我从那以后就再也没有艾米莉的任何消息。直到上个星期六，我从地里回到家，看见艾米莉正在擦洗地板，桌子上还摆好了丰盛的午餐。这是她离开我以后我吃到的第一顿美味佳肴。她让我先吃饭，吃完以后再好好谈谈。从这一点我看得出来，艾米莉已经开始懂得怎么和男人相处了。所以她既然来了，就一直住下去吧，毕竟金杰已经死了，而且这个岛比她想象的要大得多。噢，她和林德太太已经回来啦。不，安妮，先别走，来见见艾米莉吧。星期六那天她对你产生了浓厚的兴趣，她说她很想结识隔壁那位漂亮的红发女孩。"

哈里森太太笑容可掬地向安妮问好，热情地邀请她留下来喝午茶。

"詹姆斯跟我说了很多关于你的事情，说你特别热心，常常做蛋糕给他吃。"她说，"我想尽快和我的新邻居们熟络起米。林德太太是个令人倍感亲切的女士，不是吗？她待人非常友善。"

在清爽宜人的六月暮霭中，哈里森太太陪同安妮穿过田野，往绿山墙走去。萤火虫点亮了它们的小灯笼，就像点点星辰降落凡间。

"我想，"哈里森太太推心置腹地说，"詹姆斯已经把我们的事都告诉你了吧？"

"是的。"

"那我就无须赘述了,詹姆斯是个老实巴交的男人,他不会胡说八道的。我现在想通了,这件事也不能全怪他。跑回娘家以后,不到一个小时我就后悔了,我觉得自己做的这个决定实在太鲁莽,可是自尊心又不容许我退让。我现在明白了,当初我对男人的要求实在太过分。我一度纠结于他的语法问题,这真是一个非常愚蠢的行为。只要一个男人能养家糊口,又不跟你斤斤计较,那他的语法不规范又有什么关系呢?现在我觉得我和詹姆斯将要真正开始享受生活了。如果我能知道那位'观察员'是谁就好了,这样我就能当面感谢他。我真心欠他一份厚礼。"

安妮只是沉默不语。哈里森太太还不知道她的恩人远在天边近在眼前,她的感激之情也已得到完整的传达。安妮万万没想到,那篇滑稽可笑的《艾凡里记事》的影响竟然如此深远,它让一对失散的夫妇破镜重圆,同时也为一名天气预言家赢得了美誉。

林德太太来到绿山墙,在厨房里把事情的原委告诉了玛丽拉。

"你觉得哈里森太太这个人怎么样?"她问安妮。

"很不错呀,我觉得这个小巧可爱的女人非常友善。"

"说得一点没错。"瑞秋·林德太太强调道,"我刚和玛丽拉说起她,我觉得看在她的份上,我们应该包容哈里森先生的毛病,尽量让她感到宾至如归。好了,我该回去了。托马斯一定急坏了。因为伊莉莎回来帮忙,我才得空出来透透气。最近这几天托马斯气色好了许多,但是我也不能出来太久,免得他没人照顾。另外,我听吉尔伯特·布莱思说,他已经辞掉了白沙学校的教职。我猜他今年秋天就要去上大学了。"

瑞秋·林德太太直勾勾地盯着安妮,可是安妮却适时地弯下了腰,照看沙发上困得直点头的戴维,所以林德太太也没法从她的脸上看出情绪变化。安妮抱起戴维,她那细嫩的鹅蛋脸贴着戴维金色的卷发。他们来到楼上,睡眼蒙眬的戴维搂着安妮的脖子,给了她一个深沉的吻。

"你人真好,安妮。今天米尔蒂·博尔特在小黑板上写了两行小诗赠予詹妮·斯隆:

玫瑰红和紫光蓝,

你也是甜心宝贝。

"这恰好表达了我心底对你的感情,安妮。"

第二十六章

峰 回 路 转

托马斯·林德的生命之烛燃烧殆尽，他的离去就像他的存在一样默默无闻。他的太太一直在生活上给予他温柔体贴、耐心细致、孜孜不倦的照料。因为他性格懦弱，所以他总是消极地对待自己的健康问题。有时候林德太太会因此生气，从而疾言厉色地训斥他。但当他病倒之后，世界上再也没有谁的声音比她的更和缓，没有谁的举动比她的更轻柔，没有谁能像她一样任劳任怨地在托马斯床边守护。

"对我来说，你就是天底下最好的妻子，瑞秋。"在落日的余晖中，林德太太坐在他身边，用她那布满茧子的手握着他苍白瘦削的手，"你是一个好妻子，可让我感到惭愧的是，我没有给你留下多少财产。不过我相信孩子们会照顾好你的，他们都聪明能干，就像他们的母亲一样。你是个好母亲……一个好女人……"

他就这样沉沉地睡去了。第二天清晨，洁白的曙光刚刚爬上山谷里的冷杉树梢，玛丽拉就蹑手蹑脚地到东山墙叫醒了安妮。

"安妮，托马斯·林德过世了，他们家的男仆刚刚捎来口信。我现在就过去看看瑞秋。"

托马斯·林德葬礼过后的第二天，玛丽拉在绿山墙来回踱步，一副心事重重的样子。她不时看着安妮，一句话刚到嘴边，却又摇摇头，抿嘴咽了下去。吃过午茶，她又去看望瑞秋太太了。她回家后就来到东山墙,此时安妮正在批改学生们的作业。

"今晚林德太太还好吗?"安妮问。

"她现在的心绪平复了一些,人也安静了许多。"玛丽拉答道,随后在安妮的床上坐了下来。这个动作非常特别,说明此时玛丽拉心潮难平。因为按照玛丽拉为人处事的原则,坐在别人整理好的床上绝对是一种不可饶恕的无礼行为。"但她非常孤单。伊莉莎今天不得不回家了,她儿子近来身体不太好,她急得像热锅上的蚂蚁。"

"等我改完这些作业,我就马上到林德太太家去陪陪她。"安妮说,"我本来打算今晚学习拉丁文写作,不过这件事可以往后推一推。"

"我猜吉尔伯特今年秋天就要去上大学了。"玛丽拉突然话锋一转,"你也很想去吧,安妮?"

安妮抬起头,脸上是大写的惊讶。

"我当然想,玛丽拉。但这不现实。"

"这还是有可能实现的,而且我总觉得你应该去上大学。一想到你为了我,放弃了那么好的机会,我就于心不安。"

"可是,玛丽拉,我从没因为不能上大学感到遗憾。待在家里我也一样过得很愉快。噢,这两年的时光真是太美妙了。"

"嗯,是的,我知道你很满足。但根本问题是你应该继续接受教育。如果去雷德蒙念书的话,现在你已经攒够了一年的学杂费,卖牲畜挣来的钱又可供你第二年的费用。没准你还能赢得奖学金。"

"我知道,但我不能去,玛丽拉。你的眼疾确实有了好转,但我不能让你一个人带这对兄妹,毕竟照顾他们需要花费极大的时间和精力。"

"不会由我单独照顾他们的,这正是我想和你商量的事情。今晚我和瑞秋聊了很久。安妮,她面临很多棘手的问题,情绪十分低落。特别是她现在经济上有些拮据。八年前,为了给小儿子筹措启动资金去西部发展,他们把农场抵押出去了,从那以后,他们的收入就只够支付利息。然后就是托马斯的病,各种名目花了一大笔钱,最后他们不得不把农场卖掉了。瑞秋明白,在付清各类欠款后,他们已经不剩什么家底了。她说她不得不去和伊莉莎一起生活,可是一想到要离开艾凡里,她的心都要碎了。像她这么大岁数的女人已经很难再去结交新朋友,也很难再培养别的兴趣爱好了。安妮,就在她谈及这些问题的时候,我突然想到,我可以接她来绿山墙和我一起生活。不过我想先和你商量一下再告诉她。如果让瑞秋过来,你就可以放心去上大学了。你觉得这个主意怎么样?"

"我觉得……这就像……有人……把月亮摘下来……送给了我……我不知道……不知道……到底……该如何是好。"安妮语无伦次地说,"不过,要不要请林德太太过来住,这还是得由你做主,玛丽拉。你觉得……你确定……要这样做? 林德太太是个心地善良的女人,也是个热心的邻居,可是……可是……"

"可是她也有一些缺点,你是不是想说这个意思? 是的,她当然有缺点。可是,只要别让瑞秋离开艾凡里,再大的缺点我都能忍受。要是她走了,我会非常难过的。她是我在艾凡里最要好的朋友,如果她走了,我会感到怅然若失的。我们做了四十五年的邻居,而且从来没有吵过架。不过我想起有一次,她说你一头红发、相貌平平,你对她大发脾气,我差点也和她吵起来。你还记得吗,安妮?"

"我当然记得。"安妮懊丧地说,"对于那种事情,打死我也忘不了。那时候我真是恨死这个讨厌的瑞秋太太了!"

"之后你就和她说了那通不走心的'道歉'。唉,说真的,你那时候太倔了,安妮。我对你一点办法也没有,不知道该怎么管教你。倒是马修和你聊得来。"

"马修非常善解人意。"安妮柔声说。每当谈及马修,她的语气总会发生变化。

"好啦,我相信我和瑞秋能和睦相处。我觉得,如果同一屋檐下的两个女人合不来,那一定是因为她们抢厨房用。如果瑞秋能过来的话,北山墙可以做她的卧室,客房可以当她的厨房,反正我们用不到客房。她可以把她的炉具和其他想要保留下来的家具搬进去,这样既舒适又不拘束。当然,她的生活费用不着我们操心,她的孩子们会处理妥当的,所以,我只是给她提供几个房间而已。是的,安妮,我觉得这个计划挺靠谱的。"

"那就去问问她的意见吧。"安妮爽快地说,"看着林德太太离开故乡,我心里也不是滋味。"

"要是她同意过来,"玛丽拉继续说,"你就可以安心上大学去了。她可以和我做伴,还能给我搭把手,照顾这对兄妹。所以你再也没什么放不下的了,就安心上学去吧。"

这天晚上,安妮坐在窗前想了很多。她百感交集,内心久久不能平静。她终于来到了人生的转折点,一切来得那么突然、那么出人意料。大学生活就在那个转角静静地等着她,如同一条虹桥,将她引向五彩斑斓的梦想和希望。安妮也明白,一旦她选择了这条路,就意味着她要放弃一些美好的东西。那些散落其中的欢笑与泪水已经成为她这两年最珍贵的回忆,她曾为之投入巨大的热情,它们无不承载着安妮的荣光与喜悦。她也必须放弃她的教职,以及她深爱着的每一个学生,包括那些愚笨或调皮的孩子。尤其是一想到保罗·欧文,她就开始怀疑雷德蒙学院是否值得自己放弃这么多。

"这两年来,我在这儿已经扎下了许多小小的根须,"安妮对着月亮倾诉,"如今我要连根拔起,着实痛不欲生。可我认为玛丽拉说得对,这是我最好的选择,我没有理由不去。我必须拾起尘封已久的梦想,掸去尘土,让它扬帆起航。"

第二天,安妮便递交了辞呈。瑞秋太太和玛丽拉交心之后,也心怀感恩地接受了邀请,准备来绿山墙安家。不过,她决定这个夏天仍然住在自己家里,因为农场要等到秋天才出售,此外家里还有很多琐事亟待处理。

"我真的从未想过,自己会住到远离大路的绿山墙去。"瑞秋太太自言自语道,"不过说真的,绿山墙也并不像以前那样与世隔绝了,安妮给那里增添了许多人气,特别是那对双胞胎,让绿山墙充满了欢声笑语。无论如何,我宁愿住在井底也不愿离开艾凡里。"

一时间,艾凡里人人都知道了安妮将去上大学,而林德太太将搬到绿山墙。这两个消息在艾凡里迅速传开,甚至代替了哈里森太太过来定居的八卦。一些德高望重的长辈纷纷摇头,认为玛丽拉·卡斯伯特邀请林德太太入住绿山墙的决定实在太过草率。大家一致认为这两个人不可能和睦相处,她们的生活方式大相径庭,而且都我行我素。尽管诸多悲观论调新鲜出炉,但并没影响到两位当事人的生活,因为她们早已对新生活中彼此的职责和权利达成了一致,并将排除万难共同遵守这个决定。

"我不会干涉你的生活,你也不必来干涉我。"瑞秋太太坚定地说,"至于这对双胞胎,我很乐意帮着照看他们,但是我不会去回答戴维那些稀奇古怪的问题,我只有这个要求。我不是百科全书,亦非无所不知、无所不晓的大律师。等你被问得头大的时候,你一定会想念安妮的。"

"有时候安妮的回答跟戴维的问题一样古怪。"玛丽拉冷冷地说,"这对双胞胎毫无疑问会想念她的。可是,咱们不能为了满足戴维的求知欲而牺牲安妮的大好前程。如果戴维问我一些没法回答的问题,我就会告诉他,小孩子要乖乖听话,别问这么多为什么。小时候我父母就是这样教育我的,我不知道还有什么比这更先进、更实用的办法了。"

"不过，看起来安妮的手段对戴维非常有效。"林德太太微笑着说，"戴维和以前相比真是判若两人，真的。"

"戴维的本质不坏。"玛丽拉评论道，"我从来没有想到自己会这么喜欢他俩。戴维总能哄你开心，而朵拉也是个可爱的孩子，不过她……有点……嗯，是有点……"

"乏味？你说得没错。"瑞秋太太接过话茬，"就好像你在看一本书，结果发现每页竟是一样的内容，真的。朵拉长大后会是个诚实可靠的好女人，但她肯定不会干出轰轰烈烈的大事业。有这样的人在你身边还是挺舒服的，尽管她不像某些人那么有趣。"

听到安妮离职的消息还能笑得出来的，大概只有吉尔伯特·布莱思一个人。这个消息对于安妮的学生就如同晴天霹雳。安妮塔·贝尔一回到家就变得歇斯底里了。安东尼·派伊胸臆难平，竟无事生非地挑起了两场冲突。芭芭拉·肖难过地哭了一整晚。保罗·欧文则乖戾地和奶奶说，这个星期他一口麦片粥也吃不下。

"我实在吃不下，奶奶。"保罗说，"我只感觉如鲠在喉，真不知道自己还能咽下什么东西。要不是杰克·唐奈尔一直盯着我，我早在回家的路上就已经泣不成声了。上床以后我准会哭出来。明天起床的时候我的眼睛不会红通通的吧？能哭出来的话我心里会好受些。但是，无论如何我都吞不下燕麦粥。我不得不竭尽全力去抵御这份痛苦，所以，奶奶，我已经无法挤出更多精力来搞定燕麦粥了。噢，奶奶，那美丽的老师就要走了，真不知道以后我该怎么办。米尔蒂·博尔特向我打赌，简·安德鲁斯会过来填补空缺。安德鲁斯小姐很好，但是我明白，她不会像雪莉小姐一样和我产生共鸣。"

戴安娜对这件事情的看法也很悲观。

"等到冬天来临，这里真的很寂寞。"她哀叹道。暮色四合，月光如水银般轻柔地漫过樱桃树的枝丫,缓缓注入东山墙,把整个房间装点成一个缱绻氤氲的梦。两个姑娘正在屋里聊天,安妮坐在窗边低矮的摇椅上,戴安娜则盘腿坐在床上。"你和吉尔伯特都要走了,艾伦夫妇也准备离开。他们请艾伦先生去夏洛特敦任职,他自然再乐意不过了。现实真的好残酷。整个冬天我们都没有全职的牧师可用,而且还必须听一大堆兼职牧师的布道,最可怕的是,他们之中至少有一半人的业务能力很糟糕。"

"总之他们千万别请东格拉夫顿的巴克斯特来。"安妮义愤填膺地说,"他倒是很想来,可他的布道做得就像葬礼一样。贝尔先生说他是那种传统的牧师。不过林德太太说,他除了有点消化不良之外,也没有什么不正常的地方。他的太太好像不太会做饭,林德太太说,男人三天两头吃酸面包,他的三观不扭曲才怪。艾伦太太也为即将到来的离别感到万分难过,她说,自从她嫁到这里,每一位街坊都对她非常友好。现在她将要搬走,感觉就是像是要和挚友诀别一样。你知道,她长子的坟茔还在这儿。她说她真的舍不得故去的孩子,但又不知该如何是好。她还说,孩子去世的时候只有三个月大,她很担心孩子会想念母亲。虽然她十分不舍,但无论如何,她还是决定不要告诉艾伦先生。她说她几乎每天晚上都偷偷穿过屋后的白桦林,到墓地去为孩子唱一首摇篮曲。昨天傍晚,我带着初放的玫瑰去凭吊马修,结果正好遇到艾伦太太,她亲口告诉了我这一切。我向她保证,只要我还在艾凡里,就一定帮她为她的孩子献花。但是一旦我离开以后,恐怕就……"

"就由我来完成。"戴安娜衷心地回答,"我当然要这样做,为了你。当然我也会帮你给马修献花,安妮。"

"啊,谢谢你!我正想请你帮忙呢。还有海斯特·格蕾的坟墓,请别忘了她。你知道吗?我经常幻想着海斯特的事,也做了许多关于她的梦。她的模样如此真切，仿佛触手可及。我梦见她魂归故里，再次踏入花园中，坐在那个清凉宁谧、郁郁葱葱的角落。我想象在某个春天的傍晚，穿越明暗交织的时光隧道，悄无声息地来到那座花园。我蹑手蹑脚地爬上长满山毛榉的丘陵，尽量不让自己的动静惊扰到她。我看到这座花园已经恢复了往昔的模样，遍地是百合花和初绽的玫瑰花。她的小屋就在群芳之中，墙上爬满了常春藤。小巧玲珑的海斯特·格蕾就站在那儿，眼波流转，顾盼生辉，任清风吹拂那飘逸的青丝。她在花园中翩跹流连，时而伸出指尖扶起颔首低眉的百合，时而喃喃细语唤醒醉意渐浓的蔷薇。我迈着轻盈的步履款款上前，诚挚地伸出双臂，对她说：'亲爱的海斯特·格蕾，我亦钟情那火红的玫瑰。请许我与你共舞，为它献上最美的祝福。'我们一同坐在古朴的长凳上，时而窃窃私语，交换内心的秘密；时而缄默无言，享受惬意的春风。夜色朦胧，玉盘高悬。待我回过神来，举目四望，海斯特·格蕾已不知去向。爬满常春藤的小屋化作一缕轻烟，炽烈的玫瑰花亦消失不见，眼前徒留残旧破败的花园。零星的百合只能在纵横衰草之间顾影自怜，樱桃林中晚风阵阵，慨叹着似水红颜。唉，梦里梦外，虚虚实实，此刻的我已无从分辨。"戴安娜赶紧爬起身，向后挪了挪，把背贴在床头板上。当你的好友在夜深人静的时候给你讲这种让人背脊发凉的故事，你总会隐隐担心背后是不是有一双幽幽的眼睛。

"我怕你和吉尔伯特走之后，促进会将面临解散的命运。"戴安娜忧心忡忡地说。

"你一点也不用担心。"安妮轻松地说，她终于从梦境回到现实中了，"这个组织得到了广泛的认可，根基已经相当牢固，连村里的长辈们也积极地投身到我们的活动中。你想想夏天的时候他们是如何改造草坪和小路的。我在雷德蒙的时候也会对这边的情况持续关注，到了冬天我会把我的意见和建议写成报告寄给你们。别这么悲观，戴安娜。尽管我现在有点得意忘形，你也别生我的气。过不了多久，我就要离开这儿了，到时候也许我就再也高兴不起来了。"

"那才是值得你高兴的事儿呀。你就要去上大学了，你将要在那里度过快乐的求学时光，还能交一大群可爱的新朋友。"

"我当然希望能交些新朋友，"安妮若有所思地说，"结交新朋友会令生活更加多姿多彩。可是，不管交到多少新朋友，他们也不及我的老朋友珍贵。尤其是那个面带酒窝的黑眸女孩，你能猜到她是谁吗，戴安娜？"

"可是，在雷德蒙有很多聪明的女孩子，"戴安娜叹息道。"我却只是个笨手笨脚的村姑，时不时就从嘴里冒出'俺瞅着'之类的土话。不过当我能冷静思考的时候，我的脑子还是很灵光的。啊，这两年咱们过得真是太愉快了，我真不希望这阳光灿烂的日子结束。不过呢，得知你要去雷德蒙以后，某人高兴得不得了。安妮，我想问你一个问题，一个非常严肃的问题。你可别生气，而且你要认真回答我。你对吉尔伯特是什么感觉？"

"我们就是好朋友而已，绝不是你想的那种关系。"安妮平静而又坚定地回答道，她认为这是她由衷的回答。

戴安娜叹了口气。无论如何，她还是希望从安妮口中得到不一样的回答。

"你想过要结婚吗，安妮？"

"也许……会有那么一天……等我遇到了合适的人。"安妮说着，在一片银色的月辉中，露出轻微的笑容。

"可是，你怎么确定那个人就是你的白马王子？"戴安娜穷追不舍地问道。

"噢，我当然知道，这就是爱情的感觉。你知道我理想的男神是什么样的,戴安娜。"

"可是计划赶不上变化,理想也不是一成不变的嘛。"

"我不会改变初心的。那些达不到我要求的男人,我绝不会多看一眼。"

"要是你永远碰不到你的男神呢?"

"那我宁愿孤独终老,"安妮开心地说,"这种死法比起某些痛苦的方式要幸福多了。"

"噢,死亡是轻而易举的事情,真正令人难过的是老姑娘的那种生活。"戴安娜一本正经地说,"虽然我并不是很介意做一个老姑娘,只要我能成为勒万达小姐那样的人。可是我显然没有那种资质。等到四十五岁的时候,我一定会胖得像个水桶。丘比特之箭有可能射向一个纤瘦的老姑娘,但绝不可能射向一个胖乎乎的老姑娘。噢,我和你说,尼尔森·阿特金斯三周前向鲁比·吉利斯求婚了,鲁比亲口告诉我的。她说她从没想过嫁给他,因为一旦嫁给他,就得和他家里那群老家伙一块生活。不过鲁比说,尼尔森的求婚创意十足,浪漫到家,把她彻彻底底地征服了。然而她并没有草率地做出决定,而是提出要用一个星期的时间好好考虑。两天后,鲁比参加了在尼尔森母亲家举办的慈善缝纫会,她在客厅的茶几上看到了一本书,书名是《个人礼仪修炼宝典》。后来她就拿起这本书随手翻看。翻到某一章时,她发现标题是'婚恋人士的自我修养',仔细读下去,更是让她发现了一个天大的秘密。原来尼尔森在求婚现场摆的那一套'龙门阵'完完全全是这章内容的复制品。她心中像是打翻了五味瓶,非常不是滋味。回到家后她给尼尔森写了一封措辞严厉的分手信。这封信对他打击很大,她说,以至于他的父母不得不轮流照看他,免得他投河自尽。不过鲁比又说,其实他们根本不用担心,因为在'婚恋人士的自我修养'这一章里专门讨论了恋爱被甩后该如何自我调节,里面绝对没有'投河自尽'这条建议。最后她说,威尔伯·布莱尔也是为了她变得形销骨立,可她对此爱莫能助。"

安妮颇有些不耐烦了。

"尽管我不喜欢这么说,但是她也太轻浮了吧。不过,唉,我现在很不喜欢鲁比·吉利斯。当年我和她就是小学同学,后来又一起去了皇后学院,那时候我还是挺喜欢她的。当然了,我和你还有简的感情比那深得多。可是去年我在卡莫迪见到她,就感觉她像是变了一个人。她的变化真的非常……非常……非常大……"

"我知道,"戴安娜点头答道,"这是吉利斯的家风作祟,她也无能为力。林德太太说,就算吉利斯家的女生对男生们没感觉,她也不会在言行举止上表现出来。恰恰相反,她张口闭口都是男生,尤其爱把男生们对她的恭维拿出来炫耀,显得自己在卡默迪非常受宠。最神奇的是,你以为她只是在吹牛,但没想到这些窝囊的男生还真就是这样做的。"戴安娜有点忿忿不平地说,"昨天傍晚我在布莱尔的店里碰到了鲁比,她悄悄告诉我,她又结识了一个新'异性'。我才不会问她这个倒霉蛋是谁,因为我知道她巴不得我问她。是的,鲁比就是想要炫耀。你还记得吗? 当她还是个小姑娘的时候,她就总说,等长大了她要交一大堆男友,而且在她结婚之前,我认为她一直想要一个大的红宝石。她和简真是泾渭分明的两种人,不是吗? 简心地善良,通情达理,是个妥妥的淑女。"

"咱们这位老友就是一件瑰丽的珠宝。"安妮赞同道,"可是,"她顿了一下,身子前倾,抚摩戴安娜搁在枕头上的那只肉嘟嘟的小手,"她再怎么好也比不过我的戴安娜。戴安娜,你还记得咱俩初次见面的那个傍晚吗? 在你家花园里,我们发誓要做一辈子的好朋友。我们小心翼翼地呵护这份友情,而且我们还从没吵过架,也从未发生过冷战。特别是那天你说喜欢我,我感到瞬间有一股暖流穿过我的小心脏。我的整个童年是那么孤独彷徨,我渴望感受到那种被爱的滋味。是的,我现在才深刻地意识到,那份孤独和渴望所带来的痛楚就像刀割火烧般真切。没人在乎我,所有人都觉得我是个累赘,我只能靠着那些奇幻的梦境,去构造出我无比渴望的友谊和关怀。这是支撑我活下去的信念,若是没有它,我一定会过得很悲惨。直到我来到绿山墙,一切突然发生了一百八十度的转变,然后我又遇到了你。你一定不知道,咱俩的友情对我有多么重要。就在此时此刻,我要向你说声谢谢,亲爱的,感谢你给予我所有真挚而温暖的爱。"

"我要永远,永远爱你。"戴安娜呜咽着说,"你我姐妹情深似海,再不会有别的女孩,值得我付出一半的爱。一旦我结婚生女,我一定要为她取名叫安妮。"

第二十七章

午 后 时 光

"安妮,你打扮得这么漂亮,这是要上哪儿去?"戴维好奇地问,"你穿上这条裙子看上去棒呆了。"

安妮穿着一条浅绿色的薄纱裙下楼吃饭。马修去世后,她第一次穿这种颜色的裙子。这裙子能非常完美地展现她清新脱俗的气质,衬托出她花朵般娇嫩的脸蛋以及柔顺靓丽的秀发。

"戴维,我说过多少遍了,不许你说'棒呆了'。"安妮呵斥他,"待会儿我要去'回声小屋'。"

"带我去吧。"戴维恳求道。

"如果我驾车的话可以带上你,但今天我准备走路过去。你只是个八岁的小孩子,那两条小短腿走不了那么远的路。再说了,保罗会跟我一起去,我担心你和他在一起会不开心。"

"噢,以前我是不太喜欢他,但是现在我越来越喜欢他了。"戴维狼吞虎咽地吃着布丁,"既然我已经做得很好了,我才不管他有多优秀呢。如果我能不断进步,总有一天我会赶上他的,不论是腿的长度还是个人表现。而且,保罗对我们二年级的男生可好啦。他绝不允许高年级男生欺负我们,还教我们玩各种游戏。"

"昨天午休的时候,保罗怎么掉进溪水里了?"安妮问,"我在操场上碰到他的时候,他浑身湿透了,像个落汤鸡一样狼狈不堪。我让他赶紧回家换衣服，还没来得及问他到底是怎么回事。"

"哎呀，那只是个小小的意外。"戴维解释说，"他故意把头伸进水里，没想到脚底一滑，整个人就掉进去了。那时候我们都在溪边，不知道为什么，普里利·罗杰森突然冲保罗发飙。普利莉又小气又泼辣，尽管长相挺标致的。她说保罗的奶奶每天晚上都要给他烫卷发。我猜保罗原本并不在意她说什么，可是格蕾丝·安德鲁斯听完就哈哈大笑起来，让保罗的脸涨得通红。谁叫格蕾丝是保罗的暗恋对象呢。保罗又给人家送花，又帮忙拎书，还在海边走好长一段路送她回家。当时保罗的脸红得像萝卜头，他反驳说，他奶奶从来没有给他烫头，他是天生的'卷毛'。然后他就趴在溪边，把头伸进水里，想把头发弄湿证明给她们看。别担心，那条溪水不是我们的水源。"戴维看到玛丽拉露出想吐的表情，赶紧补充道，"只是下游一眼小泉流出来的溪水。可是岸边太滑了，保罗突然就跌到了溪水里。我跟你说，保罗溅起的大水花真是棒呆了。噢，安妮，安妮，我不是故意说那个词的，这个词没经过我的大脑就从嘴里溜出来了。那水花真是蔚为壮观。可是，他爬起来的时候就相当滑稽了，全身湿哒哒的，还沾上了很多烂泥巴。女孩子们都笑开了花。可是格蕾丝没有笑，她看起来很难过。格蕾丝是个好姑娘，可惜她长着一个朝天鼻。等我长大了找女朋友，坚决不要有朝天鼻的女生。我要找个鼻子和你一样好看的女孩，安妮。"

"你这孩子吃个布丁都弄得满脸糖浆，哪有女孩子会要你。"玛丽拉严肃地说。

"表白之前我会先把脸洗干净的。"戴维辩解道，连忙拿手背去擦拭脸上的糖浆，"我会连耳背一起洗的，就算没人提醒我也会记得。今天早上我就洗过了，玛丽拉。相比以前，我的记性可是好多了。不过，"戴维深深地叹了口气，"身上有那么多地方要洗，要把这些细节全部记住真是太难了。好吧,既然我不能去看勒万达小姐,那我就去找哈里森太太吧。我跟你们说,哈里森太太真的非常好客。她在储藏室里专门为男生们准备了一罐子曲奇饼呢。她还经常拿做李子蛋糕剩下的边角料给我吃。要知道,那上面还粘着好多李子干呢。哈里森先生一直都是个好男人,复婚以后,更是变得好上加好。我发现婚姻能成就更好的自己。可是,玛丽拉,你为什么不结婚呢?我想知道。"

这种幸福的单身状态永远不会成为困扰玛丽拉的问题,所以她和安妮交换了一下眼色,便大方地说因为没有人想要她。

"可是,也许是因为你从来没有向人家表白过。"戴维反驳道。

"噢,戴维,"拘谨的朵拉都忍不住插嘴,因为她对戴维的话感到非常震惊,"表白肯定得是男生主动啊。"

"我真搞不懂,为什么总是要男生主动。"戴维抱怨道,"我发现这世上什么事情都要推到男人头上。我可以再吃一份布丁吗,玛丽拉?"

"你已经吃得够多的了,再吃下去就对身体不好了。"说是这么说,但玛莉丽拉还是给戴维拿了一块中等大小的布丁。

"我真希望人们能把布丁作为主食。为什么布丁不是主食呢,玛丽拉?快告诉我。"

"因为甜点很快就会吃腻的。"

"我倒很想试试看。"戴维半信半疑地说,"在钓鱼或者聚会的时候吃布丁就是极好的。米尔蒂·博尔特家的人从来不吃布丁。米尔蒂说,家里来客人的时候,他妈妈只给客人吃奶酪,而且要由她亲自切,每个人只分一小块,后来为了表示礼貌,她才会再切一小块。"

"就算米尔蒂真的这样说他妈妈,你也没必要重复他的话。"玛丽拉板着脸说。

"我的天啊。"戴维抑扬顿挫地模仿哈里森先生的口头禅,"这可是赞扬呢。他为有这样的母亲而倍感自豪，因为大家都说他妈妈就算吃石头也能活下去。"

"哎呀……那群讨厌的母鸡一定又跑到花圃里糟蹋我的三色堇了。"玛丽拉连忙站起来，急匆匆地跑了出去。

那群被冤枉的母鸡并不在花圃里，玛丽拉也根本没去看一眼，而是坐在地窖口，笑得快抽过去了。

这天下午，安妮和保罗到达小石屋的时候，看到勒万达小姐和夏洛塔四世正在花园里愉快地忙着锄草、耙土、修剪、整枝。她们在尽情享受着宝贵的春光。勒万达小姐穿着她最喜欢的带褶边的蕾丝裙，显得既甜美又活泼。她看到贵客来访，马上扔下园艺剪，欢快地跑出来迎接，而夏洛塔四世也高兴得咧嘴笑了。

"欢迎你呀，安妮。我想你今天肯定会来的。你的性格和这个美好的午后很像，所以它就把你带到我这来了。有道是，物以类聚，人以群分。要是人人都能明白这个道理，那将省下不少麻烦呢。可是很多人都不明白，强扭的瓜不甜，所以他们到最后只能徒劳无功。噢，保罗，你长高啦！你比上次来的时候高出了半个头呢。"

"是呀，正如林德太太说的，我现在开始长个子了，就像夜里的藜草那样迅速蹿高。"保罗脸上洋溢着喜悦之情，"奶奶说这全是燕麦粥的功劳，也许是吧，老天才晓得呢。"保罗深深地叹了口气，"我吃了这么多，想不长高都难。既然我开始长个子了，我真希望自己能一直长下去，长到和我父亲一样高。他有六英尺高呢，你懂的，勒万达小姐。"

是的，勒万达小姐再清楚不过了。只见一抹红霞飞上了她漂亮的脸颊，她一手牵着保罗，一手牵着安妮，默默朝石屋走去。

"今天的天气状况可以听到回音吗，勒万达小姐？"保罗焦急地问道。因为他第一次过来的时候风太大了，所以山谷里听不到回音，这让保罗感到非常失望。

"今天的天气最合适不过啦。"勒万达小姐从甜蜜的回忆中醒来，答道，"不过咱们要先去吃点东西。你俩一路走来，穿过这片山毛榉林，一定饿坏了。我和夏洛塔四世随时可以吃东西，这真得感谢我们的好胃口。咱们待会儿就去扫荡储藏室，所幸里面的东西十分充足。我早有预感今天会有客人到访，所以我和夏洛塔四世已经把食物准备好了。"

"我发现你的储藏室里时刻都准备着美食。"保罗说，奶奶也喜欢这么做，可是她不同意我在正餐之间吃小吃，所以我有些纠结。"他思忖道，"既然她不同意我在家里吃小吃，那我在别人家里可不可以吃呢？"

"噢，如果她知道你走了这么远的路，一定不会反对的，毕竟今天的情况很特殊嘛。"勒万达小姐越过保罗盖满棕色卷发的脑袋，俏皮地和安妮交换了一个眼神，"我觉得吃零食对健康毫无益处。但也正因如此，我们才在'回声小屋'吃零食。我和夏洛塔四世以实际行动反抗着那些所谓健康的饮食习惯。我们吃各种难消化的食品，想吃就吃，不论是白天还是晚上。最后我们什么事没有，照样像月桂树一样健康茁壮。我们也曾试图改变这种生活习惯。每当我们在报纸上读到一篇文章，警告读者不要吃某种我们喜欢的零食，我就会把这篇文章剪下来，钉在厨房的墙上，以便随时提醒自己。可是，我们始终改不掉那些毛病，总是管不住嘴。至少到目前为止，还没有什么食物严重危害到我们的健康。不过据我所知，我们要是在睡前吃了甜甜圈、肉夹馍或是水果蛋糕的话，夏洛塔四世就会做噩梦。"

"奶奶允许我在睡觉前喝一杯牛奶，吃一片黄油面包。星期天晚上她还会让我在面包上抹果酱。"保罗说，"所以每到星期天晚上，我都会很开心。当然，原因不止一个。我感觉住在海边，星期天会显得特别漫长。奶奶说，她感觉星期天特别短暂，而我父亲小时候也非常喜欢星期天，从不会觉得厌烦。如果我可以去和我的穴居人朋友聊天，我也不会觉得星期天漫长，可是奶奶偏偏不让我在星期天去看我的穴居人朋友。我只能胡思乱想，可那都是些世俗的想法，没有任何诗意可言。奶奶说，在星期天我们应该思考神圣的东西。可是老师曾经说过，所有纯真美好的想法都是神圣的，不在乎它涉及什么主题，也不在乎我们是在星期几想到的。但我知道，奶奶认为只有教堂布道和主日学校传授的那些内容才是真正神圣的东西。当奶奶和老师的意见发生冲突的时候，我就不知道该如何决断了。不过从心底里，"保罗伸出右手捂在左胸膛上，抬起头，用蓝色的眼睛认真地凝视勒万达小姐那写满同情的脸庞，"我赞成老师的观点。但是，你懂的，奶奶就是用这种理念教育父亲的，并且培养得很成功。而老师暂时还没把谁抚养成人，尽管她正在照顾戴维和朵拉。你不能确定他俩将来是否成才，所以有时候我觉得听奶奶的话会保险一点。"

"我也这么认为。"安妮很认真地说，"尽管你奶奶和我表达的方式有差异，但追本溯源地说，我俩说的是一回事。你现在最好遵照奶奶说的去做，毕竟这是她总结的成功经验。我们要等到这对双胞胎长大成人，才能判断我的方法是否同样行之有效。"吃过午餐，他们又来到花园里。保罗兴致勃勃地玩着回音，感受到从未有过的惊奇和兴奋。安妮和勒万达小姐则坐在白杨树下的石凳上聊天。

"今年秋天你就要走了？"勒万达小姐忧伤地说，"我本该为你感到高兴的，安妮。可是我真的感到非常难过，我知道这都是我的私心作祟。我会非常想念你的。唉，有时候我觉得交朋友一点用也没有，相识不久，他们就会离你而去，仿佛一个匆匆过客。比起相识之前的空虚寂寞，这种离别的伤感更让人难以忍受。"

"这听起来不像你说的话，倒像是出自伊莱扎·安德鲁斯小姐之口。"安妮说，"世上没有比空虚寂寞更痛苦的感觉了，况且我并非要离开你。我们可以互相写信问候,等我放假了咱们也能重聚。亲爱的,你的脸色看起来有点苍白和疲倦,是不是哪儿不舒服?"

"哦……嚯……嚯……嚯……"保罗爬上低矮的石墙,在那儿使劲地制造出各种声音。他发出的声音并不全是悦耳的,但在河对岸的精灵施展点石成金的魔法后,这些声音顷刻便化作了天籁之音,犹如敲击金盏银盘,清脆悠远。勒万达小姐不耐烦地向安妮摆了摆那对纤纤玉手。

"我只是对这一切感到厌倦了,甚至对这回音也是。我孑然一身,唯有空洞的回音陪伴我。那回音仿佛是我所失去的希望、欢乐和梦想。尽管回音婉转动听,但饱含无情的讽刺。唉,安妮,我居然对客人说这种扫兴的话,我真是太不应该了。我看我正在变老,老得连回音也开始嫌弃我。等到了六十岁,我将变成一个暴躁古怪的疯婆子。不过,也许我吃一个疗程抗抑郁的药就没事了。"

午餐后就不见踪影的夏洛塔四世这时候回来了,她说她看到约翰·金博尔先生家牧场的西北角有一片草莓熟透了,问雪莉小姐是否愿意和她一块去采些回来。

"新鲜的草莓正好可以搭配午茶呢!"勒万达小姐高兴地叫道,"噢,我并没有想象中的那么老嘛。我也不需要那些抗抑郁的药丸,一粒也不需要! 姑娘们,等你们采了草莓回来,我们就在白杨树下喝午茶吧,我会拿出自制的奶油招待你们的。"

安妮和夏洛塔四世顺着刚探出来的小路,来到金博尔先生家的牧场。这片绿色的草场非常辽阔,她们漫步其中,感到空气犹如天鹅绒般细腻柔软。扑鼻而来的尽是紫罗兰的芬芳,绿油油的青草如同琥珀般光彩照人。

"噢,这儿真是个清香怡人的好地方。"安妮说着又深吸一口气,"我感觉自己要迷失在这片醉人的阳光中了。"

"是啊,小姐,我也一样。我也深有同感,小姐。"夏洛塔四世应声附和道。如果安妮说自己是荒野里的一只鹈鹕,夏洛塔四世肯定会说自己也是。每次安妮离开'回声小屋'后,夏洛塔四世总要跑到自己位于厨房楼上的小隔间里,站在镜子前模仿安妮的语气、神态和动作。夏洛塔还是感觉自己学得不到位,不过熟能生巧,在学校里老师就是这么说的。她热切地期盼着,在不久的将来,她也能展现出下巴微扬的自信、敏锐的目光,以及摇曳生姿的步态。如果你注意观察安妮,会觉得这些对她来说仿佛信手拈来。夏洛塔四世打心眼里崇拜安妮,尽管她并不觉得安妮美若天仙。在她眼中,尽管安妮明亮的灰眸散发着如月光般迷人的光辉,脸颊上一抹淡淡的红晕会随着时间变化深浅,还是戴安娜·巴里那红润的脸颊和一头乌黑的鬈发对她更有吸引力。

"与其给我漂亮的容貌,不如让我拥有你的气质。"她发自肺腑地对安妮说。

听到这样一句"盛赞",安妮不禁开怀大笑起来。她剥去这句话带刺的"外壳",细细品尝里面甜蜜的"果肉"。外界对于安妮的容貌向来褒贬不一,她对此也习以为常。有人听说安妮很漂亮,见面后却大失所望;而有的人听说安妮相貌平平,看过真人后却喜出望外,怀疑其他人是不是眼瞎。安妮从来不觉得自己漂亮。当她照镜子的时候,她只能看到一张苍白的面孔,鼻子上还挂着七颗雀斑。可是她的镜子永远不会向她展示,她脸上那层扑朔迷离的表情,仿佛一簇变幻莫测的蔷薇火焰。她的镜子同样无法映照出自己那双大眼睛里的迷人画卷,你能在这里清楚地看到五彩斑斓的美梦与春光灿烂的笑颜。

不论从哪一个层面上,安妮都很难和"漂亮"这个词沾边。然而,她的外表却拥有一种神秘而独特的魅力,让看到她的人怦然心动,不仅为她温柔妩媚的少女气质深深着迷,更为其中蕴藏着的巨大潜力欣喜若狂。完全无须赘言，了解安妮的人都能清清楚楚地感受到这种魅力。安妮最吸引人的地方在于她的气场，其中凝聚着无限的可能性。那是一种对未来胸有成竹的驾驭能力，她似乎总能明察秋毫、运筹帷幄。

在她们采草莓的时候，夏洛塔四世向安妮透露了自己对勒万达小姐的担心。这位热心的小女仆非常忠诚，时刻牵挂着主人的近况。

"这段时间勒万达小姐的状态不好，安妮小姐。虽然她从没抱怨过什么，但我敢肯定她真的不太好。自从那天你带着保罗过来做客以后，她看起来就不像从前的她了，小姐。正是在保罗来的那天晚上，她就感冒了，小姐。后来你和保罗都回去了。天黑之后，她走出屋子，在花园里徜徉了很长时间。她没穿多少衣服，只披着一条长披肩。小径上覆盖着一层厚厚的积雪，我觉得她着凉了，小姐。从那以后，我就注意到她总是一副疲惫而落寞的样子，似乎对任何事情都提不起精神，小姐。她不再假装迎接客人，也不再为此梳妆打扮，她什么都不做了，小姐。只有当你来看她时，她的精神才会稍微振作一点。你知道吗，安妮小姐，最糟糕的是，"夏洛塔四世压低了声音，好像要讲什么诡异又可怕的事情，"不管我摔碎什么东西，她竟然一点也不生气了。噢，安妮小姐，昨天我把书架上的一个黄绿相间的瓷碗打碎了。那是她奶奶从英国带回来的，勒万达小姐一直非常珍惜。昨天我小心翼翼地给它掸灰，安妮小姐，谁料它突然从我手中滑落。它坠落的速度太快，我还没来得及抓稳它，它就掉在地上摔了个粉碎。当时我真的吓坏了，内心非常愧疚。我想勒万达小姐肯定会狠狠地责骂我的，小姐。要是她能大骂我一顿，我心里还会好受些。你绝对想不到，她就那样走进来，看都不看一眼，只是淡淡地说：'没关系，夏洛塔，把碎片捡起来扔掉就行了。'她就是这样说的，安妮小姐。'把碎片捡起来扔掉就行了'，好像那不是她奶奶从英国带回来的瓷碗似的。唉，她身体不太好，我真的非常担心她。除了我之外，已经没人可以照顾她了。”

只见泪珠子在夏洛塔四世的眼眶中滴溜溜地打转。安妮一只手拿着带有裂痕的粉色杯子，另一只手饱含同情地轻轻拍了拍夏洛塔棕色的小手。

“我认为勒万达小姐需要换个环境，夏洛塔。她独居太久了。要不咱们建议她去亲戚家串串门？”

夏洛塔难过地摇摇头，头上硕大的蝴蝶结也跟着摇晃起来。

“这没用的，安妮小姐。勒万达小姐很讨厌去别人家串门。她这辈子只走访过三个亲戚，而且她说那仅仅是出于家族义务。最后那次走亲戚回来后，她说她再也不会为了家族义务去拜会任何人了。‘我喜欢家里的清净，夏洛塔。’她对我说，‘我再也不想离开我的葡萄藤和无花果了。我的亲戚们完完全全把我当作老姑娘对待，真是非常讨厌。’她就是这么说的，安妮小姐。‘真是非常讨厌。’所以我认为建议她出去串门是没有任何效果的。”

“咱们必须想想别的办法。”安妮说着把最后一颗草莓摘下来放进粉色杯子里，“假期就快到了，我一放假就过来，陪你们住上一个星期。我们可以每天都出去游玩，想象各种有趣的事情，但愿这能让勒万达小姐振作起来。”

“那真是太棒啦，雪莉小姐。”夏洛塔四世欣喜若狂地地叫起来。她不仅为勒万达小姐感到高兴，也为自己感到高兴。她将有整整一个星期的时间来模仿安妮，她确信自己一定能够学会安妮的神态和举止。

当这两个姑娘回到“回声小屋”时，她们看到勒万达小姐和保罗已经把厨房里的小方桌抬到花园里来了，所有的茶点都已准备妥当。鲜草莓和奶油真是绝配，世界上没有什么比这更好吃的了。团团白云如同细嫩的凝乳,滑过广袤无垠的碧空,阳光把树木的影子拉得好长,微风中传来树林的呢喃私语。吃过午茶,安妮帮着夏洛塔在厨房里收拾餐具,勒万达小姐则挨着保罗坐在石凳上,听他讲穴居人的故事。可爱的勒万达小姐听得津津有味,可是到最后,她好像突然对故事里的双胞胎水手失去了兴趣,这让保罗颇为吃惊。

"勒万达小姐,你为什么用这种眼神看着我呢?"保罗很认真地问道。

"什么样的眼神,保罗?"

"感觉好像你透过我,看到了另外一个人。"保罗确实拥有不可思议的洞察力。尽管很多时候只是灵光一闪,但也足以让人提防着自己那点小心思被他一语道破。

"是的,你让我想起很久以前的一个朋友。"勒万达小姐神情恍惚地说。

"你年轻时认识的吗?"

"是的,当时我正值花样年华。你看我是不是老了,保罗?"

"你知道吗? 我看你的样子根本想不到你有这么大岁数。"保罗悄声说,"从你的头发来看,你确实有些老了,毕竟我从未见过年轻人长白发。可是,当你笑起来的时候,你的眼睛就像我的老师一样朝气蓬勃。我告诉你吧,勒万达小姐,"这时,保罗的声音和神态都严肃得像个法官,"我认为你会成为一位优秀的母亲。我从你的眼神就可以看出来,因为我妈妈以前就拥有你这种眼神。可惜你没有孩子,真是太遗憾了。"

"我有一个想象中的孩子,保罗。"

"哇,真的吗? 他多大了?"

"跟你的年龄差不多吧。他应该比你大一点,因为你还没有出生的时候,他就已经活在我的幻想中了。不过我从不让他超过十一二岁，因为一旦他长大成人，就会永远离开我。"

"我明白。"保罗点点头，"这就是想象的好处——你想让他几岁就几岁。在这个世界上，我只知道三个人有这种幻想的能力，分别是你、我以及美丽的老师。而且我们互相认识，这种不期而遇是多么妙不可言。不过我觉得，有缘人总会相遇。奶奶就没有这种想象力，玛丽·乔甚至认为我的脑袋有毛病。可是我觉得拥有想象力真是太美妙了。你懂的，勒万达小姐。给我讲讲你梦中的小男孩吧。"

"他有着一双蓝色的眼睛和一头卷发。每天早上他都会偷偷溜进我的房间，把我吻醒。然后，我们一整天都在花园里玩耍嬉戏，我们玩各种各样的游戏，比如赛跑、制造回音，我还会讲故事给他听。等夜幕降临……"

"这个我知道。"保罗抢过话头，急切地说，"他来到你的身边坐下。嗯，毕竟十二岁的男孩太大了，没法坐在你的腿上。然后他把头靠在你的肩膀上。嗯，你伸出手紧紧抱着他，好像要把他揉进你的心里。最后你会把脸颊贴着他的头。对，就是这个样子。噢，你都知道，勒万达小姐。"

这时安妮正好走出石屋看到他俩，勒万达小姐幸福的神情让安妮不忍打扰。

"恐怕我们得回家了，保罗，否则天黑之前就到不了家了。勒万达小姐，我很快会再过来玩，到时候我要住上整整一个星期哦。"

"如果你只打算来一个星期，那就别怪我不客气。没有两个星期你是不会'刑满释放'的。"勒万达小姐打趣地威胁道。

第二十八章

王 子 回 宫

　　这个学期的最后一天终于到来了。学校里顺利举行了期末考试，安妮的学生们都表现得十分出色。考试结束后，学生们为她举办了盛大的欢送会，并送了她一张书桌。在场的女孩子和太太们无不伤心落泪，有的男孩子也跟着哭了起来，尽管事后他们都极力否认。

　　欢送会结束后，哈蒙·安德鲁斯太太、皮特·斯隆太太和威廉·贝尔太太在回家的路上还在聊这件事。

　　"看来孩子们都很喜欢安妮呀，可惜她就要走了。"皮特·斯隆太太叹道。她对任何事都能哀叹一番，即便是讲个笑话，她也要用一声叹息结尾。"不过可以肯定的是，"她急忙补充道，"明年学校又会来一个好老师。"

　　"简会恪尽职守的，这点我很放心。"安德鲁斯太太坚定地说，"她不会给孩子们讲那么多童话故事，也不会老是带他们到树林里溜达，而且她的名字还上了督察员的光荣榜。纽布里奇的街坊们听说她要离开都伤心不已。"

　　"安妮能去上大学了，我真心为她感到高兴。"贝尔太太说，"如今她夙愿得偿，这对她来说是一件大好事。"

　　"哎呀，这就难说了。"安德鲁斯太太今天是铁了心要把反调唱到底，"我完全看不出安妮还需要什么高等教育。如果吉尔伯特·布莱思到大学毕业还对安妮这么痴情，估计他俩就会迈入婚姻的殿堂。到了那个时候，大学里教的拉丁语和希腊语对她来说还有什么用处呢？如果上大学能学到如何调教男人，那还算是有点作用。"

哈蒙·安德鲁斯太太是艾凡里出了名的"长舌妇"，她还从未学会如何调教她的男人，因此她家里总是鸡犬不宁。

"我看到夏洛特敦那边下达了指令，要求艾伦先生赶紧到教堂报道。"贝尔太太说，"这就意味着他很快也要离开我们了。"

"他们要九月份之后才会动身。"斯隆太太说，"他们的离开对于艾凡里来说是巨大的损失。尽管我一直觉得，作为牧师的妻子，艾伦太太的穿着过于花哨了。不过世上没有谁是完美的。今天你们注意到哈里森先生了吗？他那套着装整整齐齐又紧致合身。我还从没见过一个男人发生如此天翻地覆的变化。现在他每个星期天都会去教堂，并且还会布施香火钱。"

"保罗·欧文俨然长成一个小伙子了。"安德鲁斯太太说，"他刚来这儿的时候还只是一个小不点呢。今天我差点没认出他来。他和他爸爸长得越来越像了。"

"这个孩子很聪明。"贝尔太太说。

"他的确很聪明，不过，"安德鲁斯太太压低了嗓门说，"他喜欢胡言乱语。上个星期格蕾丝从学校回来告诉我，保罗给她讲了住在海边的穴居人的故事，不仅冗长乏味，还荒诞不经，你懂的。我告诫格蕾丝不要相信这连篇鬼话，她却说，保罗早就告诉她'本故事纯属虚构'。可既然如此，他为什么还要和她讲呢？"

"安妮称赞保罗是个天才呢。"斯隆太太说。

"也许是吧。这些美国人想要干什么，你永远也猜不透。"安德鲁斯太太说。安德鲁斯太太并不明白"天才"的确切含义，只是经常听到人们把行为古怪的人称为"怪异的天才"。她大概和玛丽·乔一样,觉得"天才"形容的就是一个脑子进水的人。

在空荡荡的教室里,安妮独自一人坐在讲台上,一如两年前她头一天来学校教书的情景。她双手托腮,伤感地看着窗外波光粼粼的湖面,泪水渐渐模糊了她的视线。一想到要和孩子们分别,她就心痛万分,连心心念念的大学校园都失去了吸引力。她感觉安妮塔·贝尔仍紧紧搂着她的脖子,耳畔扔回响着那孩子气的哭号:"你永远是我最敬爱的老师,雪莉小姐,永远,永远。"

这两年来,安妮在工作岗位上兢兢业业、尽职尽责,虽然犯过不少错误,但也从中汲取了诸多宝贵的经验。如今她收获了丰厚的回报。她给学生教授了很多知识,可是她认为自己从他们那儿学到了更多——温柔、自持、纯粹和童真。或许她尚未激发学生们的鸿鹄之志,但是她凭借独特的人格魅力,而非"填鸭式"的灌输,让孩子们领悟了很多为人处世的道理。安妮让他们明白了,人生在世,不仅仅要过上优雅体面的生活,更要培养诚实、礼貌、善良的品行,远离虚伪、刻薄、粗鄙的恶习。也许他们还没有意识到老师给他们上过这样的课程,但在多年以后,当他们早已忘了阿富汗的首都叫什么名字,也记不起英格兰玫瑰战争爆发的时间,他们仍会牢记老师给予他们的谆谆教导,并在生活和工作中身体力行。[1]

"又是一出繁华落幕。"安妮一边锁上讲台的抽屉,一边感慨道。尽管此刻她非常难过,不过想到自己竟还能说出"繁华落幕"这样诗意的话,也算是得到了些许宽慰。

假期开始后,安妮到"回声小屋"住了两个星期,大家在这段时间里都过得非常快活。

---

[1] 玫瑰战争是英格兰金雀花王朝时期的两支皇室宗族为了争夺王位而发动的一系列内战。其中的兰开斯特家族以红玫瑰为徽标,约克家族以白玫瑰为徽标。

安妮带着勒万达小姐去镇上买东西，说服她买了一匹崭新的薄纱布料。回到家后，她们兴致勃勃地忙着裁剪和缝纫，而夏洛塔四世也乐不可支地帮她们粗缝衬里、打扫碎布。勒万达小姐曾经抱怨，自己对任何事情都已失去兴趣，可当她看到如此精美的裙子，眼睛里又浮现出动人的光芒。

"我真是个愚蠢又浅薄的人。"她感叹道，"想到这件新衣服我应该感到羞愧才对，哪怕它是带有勿忘我图案的薄纱衣服，而我居然兴奋成了这个样子。一个有良知的人，一个会为了支援传教而追加捐款的人不该是这样的。"

安妮在"回声小屋"住到一半，回了趟绿山墙，去给那对兄妹缝补袜子，并解答戴维积累起来的千奇百怪的问题。傍晚她去海边看望了保罗·欧文。透过欧文家起居室低矮的方窗，她瞥见保罗坐在某人的腿上。可是一转眼，他就飞快地穿过走廊跑了出来。

"噢，雪莉小姐。"他兴奋地叫喊道，"你一定猜不到发生了什么事情！一件非常美妙的事情！我父亲回来了。真的难以置信！父亲回来了！快进来吧。父亲，这就是我漂亮的老师。你懂的，父亲。"

斯蒂芬·欧文微笑着走过来迎接安妮。他是一位高大英俊的中年男士，银灰色的头发下是一对深陷的眼窝，蓝色的瞳仁幽邃如海。他面庞刚毅又略带忧郁，五官如刀劈斧凿般立体挺拔。这是一张帅气的脸庞，安妮内心激动不已，假如这个重要的男主人公首次见面令人失望，又或者缺少阳刚之气，那一定会让人倍感遗憾。如果勒万达小姐的这位梦中情人没有这样的倾世容颜，同样也会让安妮感到无所适从。

"这就是我儿子的那位'漂亮的老师'吧，久仰久仰。"欧文先生热情地与安妮握手，"保罗的信中全是关于你的内容，安妮小姐，所以我感觉已经认识你很久了。谢谢你为保罗做的一切。你给他的爱正是他需要的。我妈妈是世上最善良、最慈祥的女人，可是她僵化的思维方式使她无法完全理解保罗的想法，而你正好弥补了她的不足。这两年里，你们近乎完美地扮演了他母亲的角色，让他得以健康成长。"

任何人都乐意听到别人的赞美。安妮的脸颊原本就像含苞待放的花蕾，欧文先生的话像是清晨的第一缕阳光，彻底把她脸上的蔷薇唤醒。这位忙碌又疲倦的中年男人早已阅人无数。可当他打量完安妮之后，却惊讶地发现，这位朱发灵眸的女教师虽然屈居东部沿海小镇，可气质却如此超凡脱俗，自己从未见过比她更清秀、更甜美的小家碧玉。

保罗幸福地在父亲和老师中间坐了下来，脸上乐开了花。

"我做梦都没想到父亲会回来。"他欣喜若狂地说，"连奶奶都不知道这件事。这真是个天大的惊喜。通常来说，"保罗严肃地摇了摇他挂着一头卷发的小脑袋，"我并不喜欢惊喜。你若得到了惊喜，便会失去满怀期待的乐趣。可是这一次的惊喜来得恰到好处。昨天晚上父亲到家的时候，我已经睡下了。等奶奶和玛丽·乔兴奋的心情平静下来后，父亲才和奶奶上楼看我。他们本打算等到天亮再来找我，可是我正好醒了。一看到了父亲，我就像弹簧一样蹦了起来，扑到他的怀里。"

"当时我被他'熊抱'了。"欧文先生微笑着搂住保罗的肩膀，"我都快认不出他了。他长得好高，身体结实，古铜色的皮肤非常健康。"

"我不知道我和奶奶谁见到父亲更高兴。"保罗接着说，"奶奶已经在厨房里忙活了一整天，她亲自下厨给父亲做他最喜欢吃的菜，她说她不放心把这活交给玛丽·乔。这是奶奶表现兴奋的方式。而我最喜欢的方式就是坐在父亲旁边和他聊天。不过如果你不介意的话，我想出去一下。我得去帮玛丽·乔把奶牛赶回家，那是我的日常任务之一。"

　　保罗屁颠屁颠地去执行他的"日常任务"了，欧文先生和安妮开始海阔天空地聊着各种话题。可是安妮总觉得欧文先生心猿意马，似有心事。很快这个猜想得到了证实。

　　"在保罗上次寄给我的信中，他说你们一起去格拉夫顿的小石屋拜访了我的……老朋友……露易斯小姐。你们是不是已经很熟了？"

　　"是的，确实如此，我们是非常要好的朋友。"安妮很庄重地答道。欧文先生的问题像是忽然投出的石子，瞬间在安妮的心湖上荡起层层涟漪，并迅速传遍全身每个角落。安妮本能地感觉到，一场浪漫的爱情故事即将上演，兴许就在下一个转角。

　　欧文先生站了起来，走到窗前，凝视窗外那波涛汹涌的辽阔海面。斜阳晚照，海面浮光跃金，海风呼啸，犹如万马奔腾。光线昏暗的小屋一度陷入了沉默。终于，欧文先生微笑着转过身来，望向安妮那迷人的脸庞。他的笑容中一半透露着俏皮，一半透露着温柔。

　　"关于我们的事情，你知道多少？"他问。

　　"无所不知。"安妮果断地回答，"当然了，"她又急忙解释道，"因为勒万达小姐和我亲密无间，所以她才把这件事告诉我。但她不会把这么重要的事情到处乱说，毕竟我们是知己。"

　　"这我相信。嗯，我想请你帮个忙。如果勒万达小姐愿意的话，我想登门拜访她。你能帮我问问她吗？"

　　她会不愿意吗？噢，她当然愿意！是啊，这正是个浪漫的爱情故事，货真价实，童叟无欺，带着诗情画意的韵律、跌宕起伏的剧情和对未来的无限憧憬。也许它来得有点迟，就像本该在六月盛开的玫瑰花，却等到了十月份才绚丽绽放；但它仍是一朵气韵芬芳的玫瑰，金黄的花蕊熠熠生辉。第二天一早，安妮的双腿就像架上了风火轮一样，恨不得早点把消息送到山毛榉林那头的格拉夫顿。她在花园里遇到了勒万达小姐。此刻，安妮既兴奋又害怕，以至于手脚冰凉、舌头打战。

"勒万达小姐,我有件事要告诉你,一件非常重要的事情。你猜猜是什么事?"

安妮从未料想到勒万达小姐能猜出来。只见勒万达小姐顿时面白如纸,平常神采飞扬和嘹亮的嗓音也不见了。

"斯蒂芬·欧文回来了?"

"你怎么知道的? 谁告诉你的?"安妮失望地叫道,甚至有些恼羞成怒,因为这天大的秘密居然被她猜到了。

"没有谁告诉我。我知道一定是这件事,从你的口吻听出来的。"

"他想来见你。"安妮说,"那我捎话让他过来?"

"好的,当然。"勒万达小姐迫不及待地说,"没有理由不让他来呀。他只是个老朋友,想来就来吧。"

听完这话,安妮胸中立刻有了结论。她急忙跑进屋子,在勒万达小姐的桌子上写了一张便条。

"噢,生活在这样一个童话故事里,真是件让人高兴的事情。"她兴奋地想,"这个故事一定会有一个美好的结局,一定是这样的。保罗将收获一个体贴入微的母亲,这真是皆大欢喜。可惜的是,欧文先生会带走勒万达小姐,谁知道这个小石屋以后会变成什么样。不过任何事物都有两面性,这件事也不例外。"

把那张重要的便条写好后,安妮亲自跑到格拉夫顿邮局。她把邮差拦了下来,叮嘱他把便条送到艾凡里邮局。

"这封信非常重要。"安妮焦急地说。邮差是个脾气暴躁的老头,从装扮上根本看不出他是个信使。同时安妮也非常担心他的记忆力有问题。可是邮差承诺他会努力记住的,安妮也只好同意了。

这天下午,夏洛塔四世感觉石屋里弥漫着某种神秘的气氛,而她却对个中缘由毫不知情。勒万达小姐心烦意乱地在花园里徘徊,而安妮也像是着了魔一样，惶惶不安地在屋前屋后、楼上楼下窜来窜去。最终，夏洛塔实在忍无可忍了，等那个爱幻想的少女第三次漫无目的地晃进厨房时，她鼓足勇气把安妮拦了下来。

"求求你了，安妮小姐。"夏洛塔四世说道，她头发上系着的深蓝色蝴蝶结也跟着愤怒地摇晃，"你和勒万达小姐显然有什么事情瞒着我。请恕我冒昧，雪莉小姐，我们都已经这么熟了，你还这样藏着掖着的，是不是太不厚道了？"

"噢，亲爱的夏洛塔，如果那是我的秘密，我早就告诉你了。可是你要知道，那是勒万达小姐的秘密。算了，我还是给你透露一点吧。如果最后什么事也没发生的话，请你务必守口如瓶。你知道吗，白马王子今晚就要大驾光临了。很久以前他就来过这儿，但后来他一时糊涂离开了，去了很远的地方，并且忘记了那条回到魔法城堡的路，而城堡里的那个公主终日以泪洗面，翘首以盼。如今王子终于记起了回到城堡的路。公主仍然在那儿痴痴等他，因为只有她那亲爱的王子才能把她带出牢笼。"

"噢，安妮小姐，咱们说人话行吗？"夏洛塔一脸茫然，倒吸一口冷气说道。

安妮哈哈大笑起来。

"说人话就是，今晚勒万达小姐的一个老朋友要来看她。"

"你说的是她的前男友？"直肠子的夏洛塔四世追问道。

"坦白地说，就是这个意思。"安妮严肃地回答，"他是保罗的爸爸，斯蒂芬·欧文。天知道会有什么结果，让我们期待这件事能够开花结果吧，夏洛塔。"

"我希望他能迎娶勒万达小姐。"夏洛塔斩钉截铁地说，"有些女人一开始就没打算结婚，恐怕我就是这种类型，雪莉小姐，因为我对男人一点耐心都没有。但勒万达小姐从来不是这样的。而且非常令我忧心的是,我长大后就不得不去波士顿了,到那时候她该怎么办呢?我们家已经没有更多女孩了,天知道以后她的生活会变成什么样。要是她不得不去找一个陌生人做女仆,这个人可能会嘲笑她不切实际的幻想,会把家里弄得乱七八糟,也可能不愿接受'夏洛塔五世'这个称呼。也许她找回来的人不会像我这么粗心大意,老是打碎碗碟,但她也许再也找不到像我这样对她忠心耿耿的人了。"

这个忠诚的小女仆嗅了嗅空气中的味道,似乎察觉到了异样,于是赶紧跑去打开烤箱门。

这天傍晚,她们像往常一样在"回声小屋"喝午茶,可是大家都没有心思吃东西。勒万达小姐喝完茶就回到了她的房间,穿上她崭新的勿忘我薄纱裙,安妮在一旁帮她梳理头发。两个人内心都非常激动,可是勒万达小姐还要努力装出一副漠不关心的样子。

"我明天得好好修补窗帘上的窟窿了。"她仔细察看了窗帘,焦急地说,仿佛这是眼下最重要的事情,"窗帘补补还能用,当初也没花多少钱,可见它的性价比还挺高。我的天哪,夏洛塔又忘记给楼梯扶手掸灰啦。我必须提醒她才行。"

安妮正坐在门廊的台阶上,看到斯蒂芬·欧文穿过花园,沿着那条小径走下来。

"只有这里,时间完全静止。"他一边欣喜地打量周遭的环境,一边说道,"相比二十五年前我在这儿的时候,房子和花园都还是老样子,让我感觉自己又回到了风华正茂的年纪。"

"你要知道,在被施了魔法的宫殿里,时间总是静止的。"安妮认真地说,"只有王子到来后,命运的转轮才会向前推进。"

望着安妮洋溢着青春和希望的脸庞,欧文先生微微一笑,但笑容中夹杂着一丝苦涩。

"有时候王子来得太迟了。"他说。他并没有让安妮翻译她的话,毕竟所有志同道合的人都是心照不宣的。

　　"噢,不,只要是真爱,一切都不晚。"安妮摇着一头红发,坚定地说。她打开了客厅的门,等欧文先生走进去后,又把门紧紧关上。她转过身来,发现夏洛塔四世正站在走廊上,不住地对她点头挥手,脸上堆满了笑容。

　　"噢,安妮小姐,"她小声地说,"我从厨房的窗户偷偷瞄到了他。他好帅呀,年龄和勒万达小姐也很般配。噢,还有,安妮小姐,我趴在门外听一听,这没什么影响吧?"

　　"这可不好,夏洛塔。"安妮坚决地说,"你还是跟着我出去吧,免得你管不住自己的好奇心。"

　　"现在我没什么事可做,在外面干巴巴地等着实在太难受了。"夏洛塔叹了口气说道,"要是他最终没有求婚怎么办,雪莉小姐? 男人都不靠谱。我的大姐,夏洛塔一世,一度和男朋友订婚了,谁知后来对方出尔反尔。她说她再也不会相信任何一个男人了。我还听说了另外一件事,有个男人向一个女人表白,说他爱她爱得死去活来,孰料他的梦中情人其实是这个女人的妹妹。男人连自己的想法都搞不清楚,可怜的女人又怎么能轻易相信他呢,雪莉小姐?"

　　"我们去厨房擦洗银匙吧,"安妮说,"那是个不用动脑的活。今晚我已经没法理智思考了,我们干这活就可以把难熬的时间打发掉了。"

　　一小时过去了,当安妮把最后一把锃亮的银匙放好时,她们听到了前门关上的声音。两人忐忑不安地望向对方,希望从彼此的眼睛里求得答案。

　　"噢,安妮小姐,"夏洛塔倒吸一口冷气说道,"如果他就这么走了,那就等于彻底结束了,什么也不会有了。"

　　她们飞快地跑到窗边察看,发现欧文先生没有要离开的意思。

他和勒万达小姐正漫步在中央小径,朝着石凳走去。

"噢,雪莉小姐,他搂着她的腰。"夏洛塔四世克制着内心的兴奋,悄声说道,"他一定是向她求婚了,否则勒万达小姐是不会允许他这样做的。"

安妮高兴地搂着夏洛塔四世微胖的腰身,和她在厨房里跳起欢快的华尔兹,一直跳到两人都喘不过气来。

"噢,夏洛塔。"安妮快活地叫道,"我既不是一个女预言家,也不是预言家的女儿,但我现在就要宣布一个预言:在枫叶变红之前,这个石屋里将会举办一场婚礼。这个预言需要翻译吗,夏洛塔?"

"这个不用,我听得懂。"夏洛塔说,"'婚礼'这个词还是很通俗的。啊,安妮小姐,你怎么哭了?!"

"噢,这一切实在是太美好了,就像童话故事一样,既浪漫又有点伤感。"安妮说着,眨巴眨巴眼睛,泪水止不住地涌出来,"这是最完美的爱情故事,尽管故事本身透着一丝哀伤。"

"噢,当然啦,结婚本来就是在冒险。"夏洛塔四世接着说,"不过话虽如此,安妮小姐,这世上比结婚糟糕的事情多了去了。"

第二十九章

诗 歌 和 散 文

在接下来的一个月里,安妮忙得不可开交。她要为自己准备去雷德蒙大学的套装,这倒还是其次,更重要的是勒万达小姐婚礼的筹备工作。现在小石屋里是一派热火朝天的景象,大家似乎有忙不完的磋商、筹划和讨论。夏洛塔四世在一旁看着,既高兴又好奇,可是爱莫能助,急得像热锅上的蚂蚁。后来裁缝到了,大家又得在礼服的款式和尺寸上出谋划策,这真是个幸福的烦恼。安妮和戴安娜每天有一半的时间都在"回声小屋"帮忙。安妮向勒万达小姐提了两个建议,其一是选用棕色而非海军蓝的蜜月裙装,其二是公主裙用灰丝来做。因为她非常担心这样做出来的衣服不好看,所以接连好几天她都夜不能寝。

得知勒万达小姐的喜事,她的亲友们都由衷地为她高兴。保罗·欧文一听到爸爸的这个决定,就以最快的速度跑到绿山墙,和安妮分享这份喜悦。

"我早就知道,父亲会给我找一个优秀的后妈。"他自豪地说,"有一个靠谱的父亲真是很幸福的事情啊,老师。我很喜欢勒万达小姐,奶奶对她也很满意。她说,父亲没有再找个美国老婆,她真是非常高兴。虽然第一任美国老婆很不错,但这种天上掉馅饼的好事哪能撞上两次?林德太太也非常赞成这桩婚事,而且她认为,既然勒万达小姐决定结婚,她就很可能断了那些稀奇古怪的念头,过上正常人的生活。不过我倒是不希望她放弃那些奇思妙想,老师,因为我很喜欢这些想法。我不希望她变得和普通人一样,毕竟这个世界上,凡夫俗子已经够多了。你懂的,老师。"

夏洛塔四世是另一个欣喜若狂的人。

"噢,安妮小姐,这样的结局真是太美满了。等欧文先生和勒万达小姐蜜月旅行回来,我就要和他们一起去波士顿生活了。我只有十五岁,而我的姐姐们都是十六岁才过去的。欧文先生真的很优秀,他身上每一个细胞都装满了对勒万达小姐的浓浓爱意。他看着勒万达小姐时,那种脉脉含情的眼神让我感觉很奇妙。那真是一种说不清道不明的感觉。谢天谢地,他们是如此深爱着对方,这就是婚姻最美的样子。不过话说回来,有些夫妻虽然守着无爱的婚姻,但还是一路走过来了。我有一个婶婶,她有过三段婚姻。她说她的第一段婚姻是真爱,而后面两段则纯粹是为了生活。除了在丈夫的葬礼上有些悲伤以外,她在三段婚姻中都过得很开心。但是我觉得她在冒很大的风险,雪莉小姐。"

"噢,这真是太浪漫了。"这天晚上,安妮对玛丽拉说,"要不是我和戴安娜去金博尔家时迷了路,我们就不会结识勒万达小姐了。如果我没有遇到她,我就不会带保罗去看她,这样保罗也就不会给他父亲写信提起勒万达小姐的事情。没想到这封信正巧赶在欧文先生动身去旧金山之前寄到了他的手中。欧文先生说,他一收到那封信,就委派他的同事去旧金山,自己则赶回家里来。他已经十五年没有勒万达小姐的任何消息了。有人曾经告诉他,勒万达小姐就要结婚了。从那以后,他就默认她已婚,再也不向别人打听她的消息了。而现在,一切都回到了正轨,而且我也为此事助了一臂之力。或许正如林德太太所说的,一切都是命中注定,该发生的事情迟早会发生。不过即便如此,想想自己能成为命运之神推波助澜的使者,也是很不错的感觉呢。是的,这真是太浪漫啦!"

"我完全看不出这有什么浪漫的。"玛丽拉直截了当地说。她认为安妮对这件事热心过头了,她自己上大学还有很多事情需要准备,可现在却三天两头地跑去"回声小屋"帮勒万达小姐。"在我看来,事情简单得很。起初这两个傻瓜为了一点小事闹得翻脸不认人。斯蒂芬·欧文一气之下跑到美国去了,不久便在那儿结了婚。听说他在那边过得可滋润了。后来他的妻子死掉了,他痛定思痛,决定回来看看能否和初恋情人再续前缘。与此同时,这个老情人还没嫁出去,也许是因为没有一个好男人想要她。最后两个人见了面并同意结婚。事情就是这样,你瞧,哪有什么浪漫的?"

"噢,照你这么说,当然不浪漫了。"安妮倒吸一口气说道,就好像有人给她当头泼了一盆冷水,"你用大白话来说这件事,确实就是这个样子的。可是,如果你把它当作一首诗,就会得到完全不同的感受。我觉得那真的很唯美,"安妮又找回了自我,眼睛重新绽放出迷人的光彩,脸颊晕出朵朵桃花,"只要你把它当作一首诗。"

玛丽拉本来还想继续说些冷嘲热讽的话,但她瞥见安妮容光焕发的年轻脸庞后,就打消了这个念头。也许她已经意识到,安妮看待事物的眼光充满了智慧。这是一种与生俱来的天赋,既不能赠予,更无法剥夺。就好像给人戴上了一副魔法眼镜,透过它,世间万物似乎都沐浴在金碧辉煌的圣光之中,展现出一派欣欣向荣、生机勃勃的景象。玛丽拉则和夏洛塔四世一样,只能从现实主义的角度理解事物,自然就感受不到这番乐趣。

"婚礼什么时候举行?"短暂的沉默之后,玛丽拉问道。

"八月的最后一个星期三。他们会在花园里的金银花架下举行婚礼。二十五年前,欧文先生正是在这儿向勒万达小姐求婚的。玛莉拉,就算通俗地说,那也是非常浪漫的。出席婚礼的宾客只有欧文老太太、保罗、吉尔伯特、戴安娜和我,以及勒万达小姐的几个表亲。然后这对新人会搭乘下午六点的火车离开这里,去西海岸度蜜月。等到了秋天他们回来以后,保罗和夏洛塔四世会跟随他们一同前往波士顿。'回声小屋'会原封不动地保留着,当然他们会把母鸡和奶牛卖掉,还会用板条把窗户封上。以后每年夏天他们一家人都会回来住上一段时间。这真是太令人高兴了。原本我还以为,等到了冬天我在雷德蒙上学的时候,那熟悉的石屋已是家徒四壁、毫无人气,只剩下空荡荡的房间。那样的话,我一定会非常伤心的。又或者那里住满了陌生人,这就更令人肝肠寸断了。不过现如今这些疑云都消散了,石屋里的一切将会维持原貌,正如一直以来我看到的那个样子。它将期待着夏天的到来。届时,'回声小屋'又会被无限的欢乐与活力填满。"

然而在这个世界上,坠入爱河的可不仅仅是石屋里的这对中年人。一天傍晚安妮去果园坡找戴安娜,她抄近路穿过树林,刚走进巴里家的花园时,她就与另一场风花雪月不期而遇。她看到戴安娜·巴里和弗雷德·怀特正站在大柳树下。戴安娜斜倚在灰色的树干上,眼帘低垂,面颊似浆果一样红。弗雷德握着她的手,凝视着她的脸庞,嘴里结结巴巴地说着什么。声音虽然很小,但是听起来却很诚恳。在这个庄严的时刻,仿佛世上仅剩彼此,再无他人。他们甚至完全没有注意到安妮的存在。安妮尽管只瞟了一眼,心里却已经有了答案。于是她识趣地转过身,悄无声息地迈着步子,迅疾地穿过云杉林,一路跑回了家。她在东山墙的窗边坐下来时,大口喘着粗气,努力平复凌乱的思绪,好让自己镇定下来。

"戴安娜和弗雷德恋爱了。"她上气不接下气地说道,"噢,这一切看起来太……太……太难以置信了,这两个家伙真的长大了,开始玩

'成年人的游戏'了。"

其实在最近一段时间里,安妮已经有所察觉,戴安娜已经不再执着于像诗人拜伦一样浑身透着忧郁气质的白马王子了。俗话说得好,"耳听为虚,眼见为实"。如今这真相来得太快,让毫无防备的安妮惊呆了。她的心中有种奇怪的孤独感油然而生,就好像戴安娜已经奔向了一片灿烂的新天地,并关上了身后的门,把安妮孤零零地扔在了外面。

"事情发展得如此之快,真是出乎我的意料。"安妮想着,心中生出一丝感伤,"我担心这会让我和戴安娜日渐疏远的,从此以后,我肯定不能把我所有的秘密都告诉她了,毕竟她很可能会告诉弗雷德。她到底看中弗雷德的哪一点呢? 他确实非常和善也非常阳光,然而,他只是名不见经传的弗雷德·怀特呀。"

一个人究竟会看中另一个人的什么特质呢? 这真是个令人费解的问题,毕竟一千个人眼中有一千个哈姆雷特。或许正是如此,爱人的相遇才会显得那么幸运。如果每个人看到的都千篇一律,那么结果就将如一句印第安谚语说的那样:"每个男人都想追求我的老婆。"戴安娜显然看中了弗雷德的某个长处,这偏偏是安妮看不到的。第二天傍晚,戴安娜心事重重地来到绿山墙,看起来就像个羞答答的少妇。在昏暗僻静的东山墙,戴安娜把事情的经过一五一十地告诉了安妮。两个挚友时而哭哭啼啼,时而笑逐颜开,动情之处,还要亲昵拥吻,好不热闹。

"我真的很好开心。"戴安娜说,"但我真不敢相信自己就要订婚了。"

"订婚到底是一种什么样的感觉?"安妮好奇地问。

"呃,那就要看你和谁订婚了。"戴安娜摆出一副过来人的姿态,表现出一种令人气恼的优越感,"和弗雷德订婚的滋味真是甜如蜜。

我已经完全无法想象和别人订婚的情景了，那简直就像上刑。"

"那真是可怜了我们这些单身女孩，世上只有一个弗雷德可不够分啊。"安妮戏谑道。

"噢，安妮，你误会了。"戴安娜急得像热锅上的蚂蚁，"我不是那个意思……真是有口难辩。没关系，等你订婚的时候你就会明白了。"

"上帝保佑，我亲爱的戴安娜，我明白的。想象力是个好东西，它能让我透过别人的眼睛去观察人生百态。"

"你一定要来当我的伴娘哦，你懂的，安妮。答应我，不论你身处何方，都要回来参加我的婚礼。"

"即便我在海角天涯也会赶回来。"安妮郑重地承诺道。

"当然，那个日子并不需要等太久。"戴安娜说着，脸唰地红透了，"不过最快也要三年以后。因为我妈妈说，她不许自己的女儿在二十一岁前就出嫁，而我现在才刚满十八岁。此外，弗雷德的爸爸准备把亚伯拉罕·弗莱彻的农场买下来送给他。弗雷德说，他得先偿清三分之二的贷款，这块地才能正式划归他的名下。况且，我还要为操持家务做准备，但三年时间并不宽裕。现在，我还一点针线活都不会干。我准备从明天开始学着用钩针编织简单的网眼垫子。听说迈拉·吉利斯出嫁前织了三十七块垫子。那我先定个小目标，出嫁前我也要织这么多。"

"要学会持家，这三十七块垫子少一块都不行呢。"安妮一脸严肃，可是目光却俏皮可爱。

戴安娜听了有点不高兴。

"你又取笑我，安妮。"她嗔怪道。

"亲爱的，我可没有取笑你，"安妮愧疚地叫道，"我只是想和你开个小小的玩笑。你一定会成为这个世上最可爱的小主妇。你现在已经在为你温馨的爱巢勾勒美丽的蓝图，这是最令人钦佩的地方。"

"温馨的爱巢"这个词语刚一说出口，安妮就被它迷住了。于是她立刻发挥想象力，为自己也搭建一个"温馨的爱巢"。当然，这个爱巢里住着一个完美的男主人。在他的身上，神秘、桀骜、忧郁，一样不少。奇怪的是，吉尔伯特·布莱思竟在她的爱巢里赖着不走，时而帮着挂画，时而帮着整理花圃，还干着各种各样的杂事。她那位桀骜而忧郁的男主人身份何其尊贵，可不能干这些脏活、累活。安妮拼命想把吉尔伯特从她的梦幻城堡中赶走，可是不知怎的，他的身影就是挥之不去。所以，安妮在戴安娜再一次讲话之前，赶紧放弃构造自己的"梦想之家"。

"安妮，我如此钟情于弗雷德，你一定觉得很可笑吧。我以前总和你说，我要嫁一个瘦瘦高高的男人，弗雷德却和我当初想象的完全不一样。可是，我并不希望弗雷德变成瘦瘦高高的样子。因为那样他就不是弗雷德了，你懂的。"戴安娜难过地补充道，"我们将来肯定会变成一对矮胖的夫妻。其实这还不算糟糕，最糟糕的情况是，我们之中有一个又矮又胖，另一个却又高又瘦，就像摩根·斯隆和他太太那样。林德太太说，她每次看到他们在一起的时候，都总会觉得格格不入。"

这天晚上，安妮坐在镶着金边的化妆镜前梳头。她望着镜子中的自己说："戴安娜对她的选择显然是心满意足的，这真令人高兴。可是，当这个问题落到我身上的时候，我却没法像她那么洒脱。假如真的有那么一天，我还是希望命运的转角会有更激动人心的答案等着我。可是，戴安娜曾经也对心中的白马王子满怀期待。她不止一次地对我说，她绝不会接受平淡无奇的求婚，她的男人必须做出轰轰烈烈的壮举才能赢得她的芳心。然而她变了，也许有一天我也会动摇。可是，我不甘心，我决不妥协。噢，好姐妹都开始谈婚论嫁了，我却还是单身，这可真够让人郁闷的。"

第三十章

石 屋 婚 礼

八月的最后一个星期终于到来了。勒万达小姐将在这个星期完婚。两个星期之后,安妮和吉尔伯特就要动身去雷德蒙学院了。一周后,瑞秋·林德太太将会搬到绿山墙来,把家具搬进早已为她准备好的客房里。她已经把多余的物件拍卖掉,现在正在愉快地帮艾伦夫妇收拾行李。艾伦先生也将在下个星期天举行告别布道。旧的秩序渐行渐远,新的生活悄然而至,在安妮满心的兴奋与快乐中渗入了丝丝伤感。

"虽然不是任何变化都能尽遂人意,但它们终归是好事。"哈里森先生意味深长地说,"维持两年一成不变的生活已经够久了。如果再这样下去,人就要发霉了。"

哈里森先生此刻正坐在门廊上抽烟。他的太太对他很包容,允许他在屋里抽烟,只要他坐在窗户前把烟圈吐到外面就行。哈里森先生也做出让步,在天气不错的时候,他会主动到屋外吸烟。现在这两口子相敬如宾,其乐融融。

安妮此行是来找哈里森太太讨要一些黄色的大丽花。傍晚,她和戴安娜将去"回声小屋",帮勒万达小姐和夏洛塔四世为明天的婚礼做最后的准备。勒万达小姐的花园里没有大丽花,因为她不喜欢这种花,而且这花的风格与她幽静的老式花园不搭。然而那个夏天,你在艾凡里以及周边的村镇都很难找到鲜花,这都怪亚伯大叔的那场风暴。安妮和戴安娜寻思找来一个乳白色的大陶罐,就是平时用来装甜甜圈的那种,在里边插满明黄色的大丽花。然后把它往小石屋那晦暗的台阶边一摆,迎着深红色的墙纸,一定非常吸引人。

"两个星期后你就要上大学去了,是吧?"哈里森先生继续问道,"唉,我和艾米莉会非常想念你的。当然啦,林德太太会接替你住在那里。可是她除了在绿山墙帮你占个坑之外,恐怕就没什么别的作用了。"

哈里森先生话里话外极尽讽刺。虽然他夫人和林德太太已结成闺蜜,但他和林德太太最好的关系也仅仅是保持克制、互不侵犯,根本没有和解的可能。

"是的,我要走了。"安妮说,"虽然这件事让我非常开心,但心里还是觉得依依不舍。"

"我相信你一定能包揽雷德蒙大大小小的奖励和荣誉,这些对你来说就如同探囊取物一般。"

"我会努力争取其中一到两个奖。"安妮坦诚地说,"可是我现在不像两年前那么在乎这些东西了,我更想在大学学习人生的哲理,明白如何过好这一生,并彻彻底底地付诸实践。我想要学会理解别人、帮助别人,与此同时,认识自我,成就自我。"

哈里森先生点点头。

"这主意非常棒。这就是你在大学应该追求的目标,而不是仅仅为了一个学士学位。不论是死读书还是贪慕虚荣,都是不可取的。陷入其中只会让你无暇他顾,错失那些对人生更重要的东西。你说得没错。我相信你会在大学里如鱼得水的。"

很快,戴安娜和安妮就把自己花园和邻居花园里的各种鲜花搜刮一空了。她们喝过午茶后,带着"战利品"驾车赶到了"回声小屋"。

她们发现石屋里正是一派热火朝天的景象。夏洛塔四世不知疲倦地跑来跑去，四下忙活。她头上的蓝色蝴蝶结好像练就了特殊的本领，眨眼间可以飞到任何地方。

"谢天谢地，你们终于来啦!"夏洛塔四世由衷地说，"待办的事情已经堆积如山了。我们要等蛋糕上的糖霜凝固，要擦一大堆银质餐具，要收拾马鬃旅行箱，但是做鸡肉沙拉的公鸡们却还在鸡棚外快活地打鸣，雪莉小姐。勒万达小姐做事一点也不让人省心，我可不敢把这些活交给她。幸好几分钟前欧文先生赶到这里，带着勒万达小姐到树林里散步了。还是谈恋爱最适合她，雪莉小姐，若是让她来做菜、做家务，那就要人命了。这可是我切身的体会，雪莉小姐。"

安妮和戴安娜热情洋溢地投入工作中，一直干到了晚上十点钟，这让夏洛塔四世倍感欣慰。她把头发编成了无数根小辫子后，便拖着累散架的身子躺到了床上。

"可是我不敢合眼，雪莉小姐。我真担心最后突然出什么岔子，比如奶油发泡失败，或者是欧文先生突然中风，然后就没法来参加婚礼了。"

"他应该没得过这种病吧?"戴安娜问道，嘴角梨涡微颤。在戴安娜看来，夏洛塔四世虽然不算漂亮，但很招人喜欢。

"这不是有没有病史的问题。"夏洛塔四世严肃地说，"这种症状总是毫无防备地发生，突然之间你就不省人事了。任何人都可能中风，不用学就会。欧文先生有点像我那个中风过的舅舅。有一天他正要坐下来吃饭，结果砰的一声就倒下了。不过，也许明天一切都会很顺利。在这个世界上，你应该期待最好的结果，尽最大的努力，做最坏的打算，最后默默接受上帝的安排。"

"我唯一担心的是明天的天气，"戴安娜说，"亚伯大叔预测这个星期的中间几天会下雨。自从那次大风暴以后，我总是不由自主地相信亚伯大叔的预测了。"

关于亚伯大叔和那场大风暴的关系，安妮比戴安娜更清楚，所以她一点也不担心。因为已经到了入睡时间，再加上已经干了一晚上的活，她几乎刚合眼就睡着了。但是，第二天一大早，夏洛塔四世就把睡梦中的安妮叫醒了。

"噢，雪莉小姐，这么早把你叫醒真是非常抱歉。"房门的钥匙孔里传来了她的悲鸣，"可是我们要做的事情实在太多了。噢，雪莉小姐，我好害怕今天会下雨呀。我真希望你能起来看看天气，给我吃一颗定心丸。"

安妮赶紧冲到窗前，满以为夏洛塔四世是为了忽悠她起床才这么说的，不料外面的天色看起来的确不好。窗户下面是勒万达小姐的花园，那儿本该洒着一片淡淡的晨光，可现在外面却是一片晦暗，空气像凝固了一样，阴沉的天空挂满黑压压的乌云，都快碰到云杉树冠了。

"真是太糟糕了。"戴安娜说。

"凡事要往好处想。"安妮坚定地说，"只要不下雨，有这样凉爽的阴天也不错，至少比炎炎夏日舒服呀。"

"可还是会下雨的。"夏洛塔缓缓走进屋子，垂头丧气地说道。她头上盘着好多小辫子，辫尾都用白线扎了起来，像触须一样滑稽地向四面八方伸展着。"这雨一定是想拖到婚礼那会儿才下，而且一下就是瓢泼大雨，把所有的人都浇成'落汤鸡'。大家只能跑回屋里避雨，然后把地板弄得全是泥印子，这样他们就不能在金银花架下举行婚礼了。不管怎么说，雪莉小姐，没得到阳光照耀的新娘是不会幸福的。我早就料到好事多磨。"

看起来，夏洛塔四世的悲观性格跟伊莱扎·安德鲁斯如出一辙。

虽然天色一直是要下倾盆大雨的样子，但雨还是没有下起来。

到了中午,房间装饰一新,餐桌也布置得异常精美。楼上的新娘梳妆妥当,静静等待着如意郎君的到来。

"你看上去可爱极了。"安妮兴高采烈地说。

"是啊,漂亮得无以复加。"戴安娜附和道。

"一切都准备就绪了,雪莉小姐。而且到目前为止,尚未发生任何意外。"夏洛塔一边高兴地说着,一边走回她的小房间去换新衣服。她把头上的辫子全都解开了,然后将那些张牙舞爪的头发重新编成两个马尾辫,并把辫尾扎起来。她并非像上次一样两条马尾各扎一只蝴蝶结,而是升级为每边两只。而且她使用了闪耀着亮蓝色光泽的新缎带。最上面的两只蝴蝶结就像是从夏洛塔的脖子长出来的翅膀,模样和小天使的翅膀有点相像。夏洛塔四世认为这种装扮漂亮极了。随后她迅速地套上了一条白裙。这条裙子浆洗过度,硬得都快能自己立起来了。她非常满意自己的这身打扮,站在镜子前自我陶醉。不过她的满足感只持续了一会儿。她来到走廊后,透过客房门一眼瞥见一个身材高挑的姑娘,身着轻柔紧致的长裙。她那顺滑如波浪般的红发上,别着几朵五角星形的白花。

"唉,我永远都不可能像安妮小姐那样美丽。"可怜的夏洛塔四世沮丧地想,"除非我先天就是这个样子,否则不管后天如何训练,我都不可能拥有她那样的气质。"

到了下午一点钟的时候,客人们都到齐了,包括艾伦夫妇。由于格拉夫顿的牧师度假去了,所以此次婚礼由艾伦先生主持。婚礼不拘泥于形式。新郎站在一楼,迎接勒万达小姐走下楼梯。当欧文先生牵起她的手,她便抬起棕色的大眼睛,和欧文先生深情对望。夏洛塔四世惊讶地察觉到,她的眼神里流露出一种前所未有的柔情。他们走到屋外的金银花架下,艾伦先生正在那里恭候新郎新娘。客人们三三两两地聚在一起,安妮和戴安娜站在那张旧石凳旁,夏洛塔四世挤到她们中间,两只冰冷颤抖的小手拼命地握紧她俩的手。

艾伦先生打开他的蓝皮书,婚礼正式开始了。就在他宣布勒万达小姐和斯蒂芬·欧文结为夫妻时,太阳突然穿透灰暗的云层,在幸福的新娘身上洒下耀眼的光芒。阳光普照下,花园中的一切都熠熠生辉,斑驳的魅影在地上愉悦地舞蹈,这片小天地重新焕发出勃勃生机。

"这真是一个好兆头呀。"安妮想着,忍不住跑上前去亲吻着新娘。这情景逗得宾客们大笑起来。三位姑娘却无暇与大伙儿杯酒言欢,而是赶紧跑回屋里察看婚宴的准备工作。

"谢天谢地,婚礼终于结束了,雪莉小姐。"夏洛塔四世松了一口气,"他们现在平平安安地结了婚,我心里的一块石头也算是落地了。袋装的大米都已经运到了储藏室,那双旧鞋子已经放在门背了,奶油也正在发泡的过程中。"

到了两点半,欧文夫妇就出发去旅行了。他们将乘坐下午的那趟火车出发,宾客们纷纷前往布莱特河车站送行。当勒万达小姐——对不起,现在应该称她为欧文太太——走出她的老屋时,吉尔伯特和姑娘们一齐向她抛撒大米,夏洛塔四世则使劲扔出了一只旧鞋子,不偏不倚地砸在了艾伦先生的脑门上。不过,还要属保罗的欢送方式最别致。他冲出屋子,跑到门廊上,使劲地摇响一个陈旧的铜制大餐铃,这原本是放在餐厅壁炉上作为装饰用的。保罗只是想增加点欢乐的气氛,可没承想叮叮当当的铃声随风远逝,却从曲折起伏的河谷中引来了阵阵回音,仿佛精灵奏响的婚礼钟声,那么清脆、甜美、余音绕梁。勒万达小姐钟爱的回音似乎在向她传达着绵绵祝福之意和依依惜别之情。于是,在这片虔诚的祈祷声中,勒万达小姐乘着马车,离开了梦境中的桃花源,奔向那忙忙碌碌的红尘世界,从此开启一段崭新的人生旅程。

两个小时后,大家挥别了欧文夫妇,安妮和夏洛塔四世沿原路返回。吉尔伯特去西格拉夫顿办事了,戴安娜也要赶回家赴约。安妮和夏洛塔回到石屋,她们把东西收拾妥当后就锁上了大门。此刻的花园里一片金色的晚霞,蝴蝶和蜜蜂在空中盘旋。但热闹的婚庆过后,小石屋却陷入了一种难以名状的孤独情绪之中,那是狂欢后特有的怅然若失。

"唉,亲爱的,这儿是不是看起来有点冷清呢?"夏洛塔四世吸了吸鼻子,她是从车站一路哭哭啼啼回来的。"其实婚礼结束的感觉和葬礼差不多,雪莉小姐。"

接下来又是一个忙碌的下午。屋里所有的饰品都取了下来,碗碟清洗干净,餐桌上没吃完的美食都打包装进了篮子,准备让夏洛塔四世带回家给她的弟弟们享用。安妮中途没有歇息,直到屋里的一切收拾妥当。夏洛塔带着她的"战利品"回家去了。安妮走过那些静谧的房间,感觉就像走进空寂无人的宴会厅。她把每间屋子的百叶窗关上后,就锁好门,坐在白杨树下等吉尔伯特来接她。她感觉身体异常疲惫,可是精神依旧不知疲倦,脑子里充满了各种如梦似幻的遐想。

"想什么呢,安妮?"吉尔伯特从小径走下来问道。他把马车停在了外边的大路上。

"想着勒万达小姐和欧文先生。"安妮梦呓般地回答,"在经历了这么多年的是是非非和天各一方的生活之后,他们又重新走到了一起。缘分这东西真是妙不可言。"

"是啊,的确非常奇妙。"吉尔伯特说着低下了头,目不转睛地注视着安妮扬起的脸庞,"可是,假如他们之间从没有过误解和分离,而是一路肩并肩地走完人生旅程,假如在他们身后留下的只有同甘共苦的记忆,安妮,你说这样的爱情会不会更好呢?"

　　就在那一瞬间，安妮的心突然颤动了一下。她的目光第一次在吉尔伯特的凝视下乱了阵脚，面颊上泛出淡淡的红晕。那块遮掩内心的薄纱已被悄然掀开，映入眼帘的是一块万紫千红的新大陆。也许爱情并不会像那提枪跨马、意气风发的骑士，轰轰烈烈地闯入某人的生命里。它更像一位老朋友，没打一声招呼，静静地来到你的身边。也许爱情这首诗乍看之下，满篇皆是平淡无奇的文字，直到某天，一束圣光突然穿透它的纸面，那诗歌的韵脚方才显见。也许……也许……爱情会顺其自然，从一段温馨的友情之中破茧成蝶。就像那含苞待放的玫瑰，悄悄突破墨绿色的花萼，伸出金灿灿的花蕊。

　　那块薄纱又再次落下，重新遮住了她的内心。她已经不是以前的安妮了。曾经的安妮在傍晚时分策马扬鞭，豪情满怀地冲下眼前这条小路。而现在的安妮，只是安安静静地在夜幕下走着。她少女时代的最后一页已被无形的手指轻轻翻过，她将带着成熟女人的身份开启人生的新篇章，迎接未来那光怪陆离又充满酸甜苦辣的日子。

　　吉尔伯特聪明地关上了话匣子。但就在这沉默中，他细细品味着刚才安妮脸上的红晕，看到了未来四年的奋斗目标。在这四年里，他会刻苦地学习，愉快地生活。在毕业的时候，他不仅要掌握渊博的学识，还要赢得佳人的芳心。

　　在他们身后，被花园包围的小石屋隐没在斑驳的树影间。它仿佛孤孤单单，但绝非被人遗弃。它还有许多没做完的幽梦，许多尚待揭晓的欢歌笑语，许多仲夏的秘密。相信来日方长，必定后会有期。对面的河谷中，静静的小河蜿蜒流淌，紫色的薰衣草夹岸盛放，精灵们都陷入了甜美的梦乡。它们在等待着一个从石屋传来的声音，在某个骄阳似火的夏日，再次将它们唤醒……